KB262643

血燕

혈리연

일성 新무협 판타지 소설

FANTASTIC ORIENTAL HEROES

혈리연 4

일성 新무협 판타지 소설

초판 1쇄 찍은 날 § 2007년 11월 28일
초판 1쇄 펴낸 날 § 2007년 12월 8일

지은이 § 일성
펴낸이 § 서경석

편집장 § 문혜영
편집책임 § 서지현
편집 § 유혜림

펴낸곳 § 도서출판 청어람
등록번호 § 제1081-1-89호
등록일자 § 1999. 5. 31
어람번호 § 제2-1353호

주소 § 경기도 부천시 원미구 심곡1동 350-1 남성B/D 3F (우) 420-011
전화 § 032-656-4452 팩스 § 032-656-4453
http://www.chungeoram.com
E-mail § eoram99@chollian.net

ISBN 978-89-251-1049-3 04810
ISBN 978-89-251-0769-1 (세트)

혈리연

4

[완결]

일성 新무협 판타지 소설

도서출판 청어람

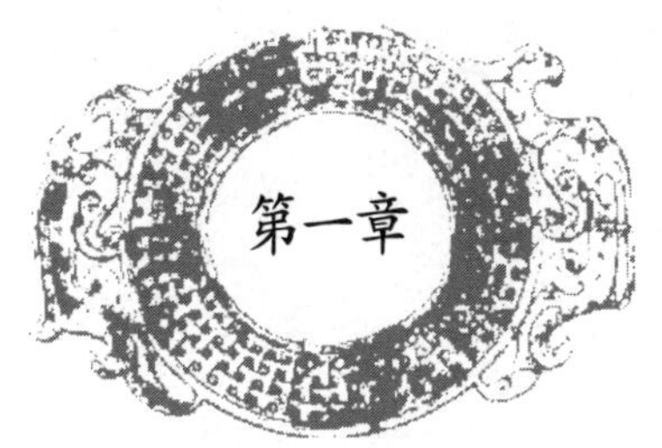

第一章

사랑도 사업이다

1

　홍안에서 북쪽으로 십여 리 떨어진 숲 속을 누군가가 걷고 있었다. 복면을 쓴 사내로 얼마나 걸었는지 숨을 헐떡이고 있었다.

　가을바람 옷깃을 적시고, 달빛도 밝은 밤!

　사내는 쉬지 않고 숲을 헤맸다. 그렇게 이경이 다되어갈 무렵, 작은 공터가 사내의 발걸음을 멈추게 했다.

　그곳이 목적지인지 그는 거친 숨을 몇 번 고르며 밤하늘을 한번 바라보았다. 그때 그를 놀라게 하는 또 다른 사람이 있었다.

　"헉!"

　경악성과 함께 복면인은 자리에 털썩 주저앉았다. 하늘에서 갑자기 검은 인영 하나가 떨어졌기 때문이다.

하지만 검은 인영을 두려운 눈으로 확인한 복면인은 안도의 한숨을 쉴 수 있었다. 만나기로 약속한 자였다.

푸른 낯빛이 달빛을 받아 괴기스러움을 풍기는 사내가 만면 미소를 지으며 복면인을 놀렸다.

"매번 놀라시는구려. 제가 따로 보약 한 첩 지어드려야 되는 거 아닌지 모르겠소?"

복면인이 불쾌한 눈빛으로 말했다.

"이상한 소리 마시오. 그렇게 갑자기 튀어나오면 어쩌라는 거요?"

"하하, 미안하오. 혹 미행자가 있는지 확인하기 위해서이니 신경 쓰지 마시오. 아무튼 일은 어떻게 진행되어 가고 있소?"

"모두 동조했소. 시간은 아직 정하지 못했지만 조만간 거사를 치를 생각이오."

"너무 신중하신 것 아니오?"

"신중해서 나쁠 것은 없소. 그리고 이번 일에 나는 모든 것을 걸었소. 그대와는 입장이 다르단 말이오."

복면인은 비릿한 미소를 머금었다.

"그리 말씀하신다면야… 군소리없이 따를 수밖에. 한데, 왜 날 보자고 한 것이오?"

"확실히 해야 할 일이 있어서."

"무엇이오?"

"계획대로 지부에서 들어오는 고수들을 철저히 막아줘야

하는데, 이번에 하남 지부의 상층대가 동만에 있는 지부로 옮겨왔소. 그들의 실력이 상당한데, 막아줄 수 있겠소?"

순간 사내가 인상을 찌푸렸다.

"고작 돈을 위해 움직이는 상단의 무사들을 못 막을 이유가 어딨겠소? 본 문의 정예는 그들을 안중에 두지도 않소. 일이 벌어지는 날 본 방에서의 협조나 차질없이 진행시키시오."

"그럼, 그렇게 믿겠소."

"그리고 또 하나. 약속한 돈은 확실히 지불해야 할 거요. 본 문이 나섰다는 것도 철저히 비밀로 붙여야 하고."

복면인이 결연히 고개를 끄덕였다.

"나를 돕는 자들에게도 그대의 신분을 말하지 않았으니 걱정 마시오. 그럼, 이만 가겠소."

말과 함께 복면인은 누가 보기 무섭다는 듯 공터를 벗어나 버렸다. 그런 그를 보던 괴사내의 눈빛이 조금 전과 달리 차가워졌다.

"욕심만 많았지, 겁도 많고, 소심하기까지 하니……. 저런 놈이 차기 방주가 못 되는 것은 당연한 것이 아닌가!"

그러다 다시 미소를 지었다.

"오히려 잘된 일이지. 이용해 먹기 딱 좋은 놈이니까. 잘만 하면 금룡방(金龍幫) 전체를 내 손안에 쥐고 흔들 수도 있겠어."

*　　　*　　　*

회의실에는 혈리연과 회양월 문주, 그리고 장충동 총관과 적발, 마맹상만 자리를 차지하고 있었다. 양원 외총관이 빠졌는데, 그는 의도 분타주 및 선착장 장주로서의 책무를 맡았기에 당분간 의도에 있을 수밖에 없기 때문이다.

회의는 의도의 선착장을 장악하는 과정과 이후 운영에 대한 보고만으로 간단하게 끝이 났다.

하지만 회의 내내 장충동은 다른 것에 정신을 팔려 혈리연을 경이로운 시선으로 바라보고만 있었다. 혈리연의 보고보다는 그전에 의도에서 보내온 보고서와 양원의 보고서, 그리고 다른 대원의 정보를 조합해 이미 의도의 사정을 파악하고 있었기 때문이다.

백골마검의 죽음!

장충동은 그의 죽음에 혈리연이 어떤 식으로든 관여했다는 사실을 확신하고 있었다.

'도대체 무공이 얼마나 고강한 건지…….'

그의 시선을 의식해서였을까? 혈리연이 멋쩍은 표정으로 물었다.

"제 얼굴에 뭐가 묻었습니까?"

"아, 아니오."

"그럼, 보고는 이것으로 끝이 났고……."

말끝을 흐린 그가 의미 모를 미소를 보였다.

회양월이 불안한 표정으로 물었다.

"다른 하실 말씀이라도 있습니까?"

“선착장 일을 끝냈으니, 다음 사업을 시작해야지.”

무리라고 생각했던 장강의 물길을 차지한 혈리연이니 회양월은 기대에 찬 얼굴로 물었다.

“무엇입니까?”

“금룡방으로 갈 생각이다. 이번에는 문주도 같이 가야 해.”

“금룡방? 홍안에 있는 그 금룡방을 말씀하시는 겁니까?”

뜬금없는 소리가 회양월의 고개를 갸웃거리게 했다. 금룡방에는 아무런 볼일이 없었던 것이다.

“무슨 일 때문이죠?”

“그건 가면서 설명하지. 내일 수영과 수환이 도착한다고 전서구를 보내왔으니까, 그 녀석들이 오는 즉시 출발하게 될 거야. 준비해 놔.”

그러면서 강조했다.

“문주로서 호북제일부를 찾아가는 거니 신경 써야 돼. 이번 일은 체면과 겉으로 드러나는 모습이 가장 중요하다는 것을 명심해.”

“도대체 무슨…….”

“가보면 알 거라고 했잖아.”

갑자기 짜증스런 반응을 보인 혈리연은 피곤하다는 듯 회의실을 나가 버렸다.

회양월이 마맹상과 적발을 돌아봤지만 그들 또한 어깨만 으쓱할 뿐, 별다른 말을 하지 않았다.

다음날 수환과 수영이 도착하자 회양월은 계획대로 청천문을 나섰다. 무슨 일 때문인지 알 수는 없었지만 혈리연이 하겠다는 일을 반대할 생각은 없었던 것이다. 그의 말을 들으면 자다가도 떡이 나온 적이 몇 번이던가.

아무튼 청천문주로서 공식적으로 금룡방에 가는 일이었기에 꽤 많은 인원이 동행에 나섰다.

혈리연은 청천문의 군사로서 문주의 보좌 역할을 담당했고, 수환과 수영은 문주의 독립호위를 자처, 적발은 급히 집사라는 직책을 받아 따랐다. 또한 환풍은 청천대주로서 당당히 합류, 그 외에 제삼청천대 십조 조장인 대방(大肪)이 조원들을 데리고 호위를 맡았다.

대방은 단체 훈련을 마치고 어제 청천문에 복귀했다가 다시 먼 길을 가게 된 경우라 여행 중에 연신 불만을 드러냈다. 잘못이라면 오랜만에 술이나 한잔하러 가기 위해 문 내에서 어슬렁거렸다는 것. 더 큰 잘못은 그러던 중에 혈리연의 눈에 띄었다는 것이었다.

"할 일 있어?"

"조원들과 회포 풀러 갈 건데요."

"잘됐군. 네 휘하 조원들에게 전해라. 정복을 입고 정문으로 모이라고."

"왜요?"

"왜긴! 한가한 놈들 부려먹으려는 거지."

'차라리 숙소에서 잠이나 자고 있을걸!'

대방은 호북을 가로질러 사흘째 걸으며 혈리연의 뒤통수를 노려보았다. 문주의 행차라 큰 마차를 타고 가는데, 혈리연이 답답하다며 마차 위에 누워 노래를 흥얼거리고 있었기 때문이다.

"다리도 아픈데 쉬었다 갑시다."

급기야 대방이 큰소리로 불평을 했다.

하나 먹힐 리가 없다.

"갈 길이 바쁘다."

"그럼, 우리도 마차를 태워주던가요."

"호위가 뭐야? 문주가 탄 마차를 보호하는 게 호위 아니야?"

"그럼 주군은 왜 문주님이 탈 마차를 타고 있습니까?"

"억울하면 성공해라, 돼지야!"

"……."

대방은 말없이 그의 큰 얼굴을 씰룩거렸다. 이름만큼이나 거대하다 못해 비대한 몸에서 살기가 모락모락 피어 나오는데, 혈리연의 노랫가락은 계속 이어졌다.

그렇게 닷새째가 되었을 때, 절벽을 낀 숲에서 일행은 노숙을 하게 되었다.

밥을 짓고 불을 피우고 있을 때, 회양월이 인내심을 버리고 혈리연에게 물었다. 일에 대해서만큼은 혈리연을 믿는 그였지만 사업 때문에 금룡방에 가게 된 이상 문주로서 알 권리가 있다고 생각한 것이다.

지금까지 꾹꾹 눌러 참은 것도 그로서는 대단한 일인 셈이었다.

"도대체 언제 말해줄 겁니까?"

모닥불 앞에 앉아 늦가을의 찬바람을 피하고 있던 혈리연이 시선을 던졌다.

"뭘?"

"금룡방에 왜 가는지 아직 설명해 주지 않았잖아요."

"중요한 일 때문이지."

"그러니까 그게 뭔지 묻는 거 아닙니까? 문주인 제가 이유도 모르고 갈 수는 없는 일입니다."

그러자 혈리연이 난감한 표정으로 머리를 긁적였다.

"이제 이틀 후면 금룡방에 도착하게 될 텐데……. 조금만 더 참으면 안 될까?"

회양월이 인상을 썼다.

그간 말하지 않은 이유가 필시 좋은 일은 아닌 것 같아서였다.

"빨리 말하십시오."

"아, 알았어. 인상 한번 참!"

말과 함께 잠시 뜸을 드린 그가 슬며시 입을 열었다.

"문주 나이가 어떻게 되지?"

"조금 있으면 열일곱입니다."

"맞아. 사내 나이 열일곱이면 장성한 거지, 안 그래?"

"그렇다고 볼 수 있죠. 그런데 왜 말을 다른 쪽으로 돌리십니까?"

"말을 돌린 게 아니라 상관이 있어서 그런 거다."

"제 나이와 금룡방이 무슨 상관이 있다는 거죠?"

"장성한 사내가, 그것도 일문을 이끄는 문주가 외롭게 있는 것을 지켜볼 수는 없는 일 아닌가."

"그 말은……."

"네가 생각하는 그대로지."

회양월의 얼굴이 심하게 구겨졌다. 그런 그의 시선을 피한 혈리연이 호탕하게 웃었다.

"하하하하하, 이번 기회에 내가 매파(媒婆) 노릇 한번 해보겠다는 거지 뭐."

급기야 노성이 터져 나와 밤하늘을 쩌렁쩌렁하게 울렸다.

"도대체 무슨 생각인 겁니까? 매파라뇨?"

혈리연은 급히 귀를 후비며 손을 저었다.

"무슨 생각이긴? 장성한 문주가 혼인할 나이가 되었으니 중매를 서겠다는 것 아닌가. 나도 심사숙고해서 내린 결정이야."

"심…사…숙…고?"

"하하, 정색할 필요 없어. 어차피 문주도 혼인을 해야지 않아? 평생 혼자 살 생각은 아닐 거 아냐?"

"지금 그걸 말이라고 하십니까? 제 나이가 몇인데 벌써 혼인입니까? 그리고 나에게 일언반구도 없이 여기까지 끌고 와서 그런 말을 하다니……."

생각할수록 화가 난 모양이다. 회양월의 언성은 점점 거칠어지고 있었다.

"우리 집안이 그렇게 만만하게 보이십니까? 어떻게 일류지대사를 제삼자인 군사께서 그렇게 마구잡이로 결정할 수 있단 말입니까?"

그러면서 몸을 돌렸다.

"전 이만 돌아가겠습니다."

"잠깐!"

"……."

"돌아가 봤자 헛걸음이야."

"무슨 말이죠?"

혈리연이 씨익 웃었다.

"네가 생각하는 것처럼 내 맘대로 결정을 내린 것이 아니란 거지. 난 분명히 집안의 어른과 상의해서 내린 결론이야."

"집안의 어른?"

"네 누님과 이미 이야기가 끝났다."

회양월의 얼굴이 핼쑥해졌다.

"그, 그럴 리가!"

"그런 걸 뭐 하러 거짓말하겠어. 네 누님께 상의했더니 좋아하더군."

"말도 안 되는 소립니다."

"말이 안 되긴……. 네 누님이 그러시더구나! '우리 월이도 다 컸죠'."

혈리연의 목소리가 차분해지고 가늘어졌다. 꼭 회소희를 흉내 내는 듯했지만 듣고 있던 모든 사람들은 오한을 느끼며 몸을 뗄 수밖에 없었다.

하나 혈리연은 상관하지 않고 계속 못 들어줄 목소리로 말을 이었다.

"문도 점차 번성하고 있다는 소리를 들었는데, 내조할 사람이 생긴다면 오히려 제가 감사 드려야 할 일입니다. 특히 금룡방이라면 사돈으로서 우리에게 과분한 곳이 아닙니까. 월이만 괜찮다면 누구라도 상관없지만, 멋진 군사께서 좋은 곳과 중매를 서주신다면 저도 찬성입니다."

환풍이 인상을 구겼다. 단어 하나가 거슬렸던 것이다.

"멋진?"

수환이 별스럽지 않다는 듯 대답했다.

"그건 당연히 지어낸 거죠."

혈리연이 버럭 소리쳤다.

"아무튼! 난 충분히 상의하고 결정을 내렸으니까, 문주도 누님의 말을 존중한다면 한번 만나보기라도 해야지 않겠어?"

"……."

회양월은 아무런 말도 하지 않았다. 그러자 혈리연이 다시 말을 이었다.

"금룡방이라면 호북에서 자금을 가장 많이 가지고 있는 곳이야. 본 방에 있는 자금만 해도 십만 냥이 넘는 다는 소리가 있고, 홍안을 중심으로 퍼져 있는 각 지부에 흩어진 자금까지 합치면 당장 움직일 수 있는 금액이 수십만 냥이 넘는다고 자타가 인정하는 사실이지. 뿐이랴!"

목소리에 힘이 들어갔다.

"그들이 가진 전답과 각종 사업에 투자되어 있는 자금, 중원 전역을 상대로 하는 전장과 수십 개의 고급 기루를 따진다면 호북만이 아니라 중원 전체에서도 다섯 손가락 안에 드는 부자라는 말씀이야. 그런데 문제는 전대 금룡방주에게는 자식이 하나뿐이라는 것. 지금의 방주 당한강(黨漢江)이 그 사람인데, 손이 귀한 집안이라는 사실도 한 번 집고 넘어가야 해. 그에게도 수많은 처첩이 있지만 십여 년 동안 자식이 없었고, 그러다가 하늘의 도움인지 마지막 첩이 임신을 했는데, 남아와 여아를 동시에 낳았지 뭐야. 쌍둥이었던 셈이지. 여기서 더 중요한 것 한 가지!"

혈리연은 더욱 힘주어 말했다.

"방주의 딸 당혜금(黨慧錦)은 홍안 일대에서 알아주는 미인으로 소문이 났다는 사실. 현재 나이 문주와 같은 열일곱. 부잣집 딸에 지성과 미모를 겸비했으니 문주는 오히려 내게 감사해야 할 입장이라는 거야."

그때 수영이 반가운 목소리로 나섰다.

"호오! 한번 꼬셔볼 가치가 있겠는데요."

"넌 빠져."

"왜요? 문주님이 싫다면 제가 작업해도 상관없잖습니까?"

순간 혈리연의 손이 검으로 슬쩍 다가갔다.

"지옥이 눈앞에 보이지?"

"노, 농담이었습니다."

"이번 일은 다음 사업을 위해 꼭 필요한 것이니 문주 이외에 그녀에게 수작 부리는 놈이 있으면 내가 가만있지 않을 거야.
명심해.”

모두에게 하는 말이었지만 시선은 수환과 수영에게 고정되
어 있었다.

수환과 수영이 투덜거리며 몸을 획 돌려 버렸다.

“다시 본론으로 돌아가서… 문주는 어떻게 생각해?”

“내키지 않습니다.”

“뭐가?”

“모든 게 다 마음에 안 듭니다.”

“잘 생각해 봐. 훗날 금룡방주와 처남 매부 사이가 되는 거
야.”

“…….”

“좋아, 그럼 이렇게 생각하자. 지금 결정할 필요 없어. 단지
기막히게 조건이 뛰어난 처자 한 명을 보러 가는 것뿐이야. 마
음에 들면 좀 더 친해지기 위한 과정을 겪어야 하는 거고, 그렇
지 않으면 미련없이 그녀가 싫다고 말해. 더 이상 권하지 않을
테니까.”

그런데 적발이 의외의 문제를 들고 나왔다.

“너무 자신만만하신 것 아닙니까? 그 정도 배경과 미모를
가진 여인이라면 다른 곳에서도 중매가 많이 들어올 텐데.”

혈리연도 고개를 끄덕였다.

“사실, 전력을 다해 작업 들어가도 될까 말까이기는 하지.
하지만 걱정할 필요 있남? 인정하기는 싫지만 최고의 ‘여자 후

리기 신공'을 터득한 두 늑대가 있잖아. 괜히 저놈들을 데려가 는 줄 알아?"

두 늑대는 수환과 수영을 가리킨 말이었다.

그 말에 수환과 수영은 진심으로 여인을 사랑한 것이지, 여 자를 후리는 저속한 행동 따위는 한 적이 없다고 반박했다. 하 나 그것이 혈리연 등에게 먹힐 리 없었다.

일말의 가치도 없다는 듯, 그들의 말을 무시하며 혈리연이 말했다.

"아무튼 나에게도 비책 하나가 있으니 잘될 거다."

그러자 회양월이 떠듬거렸다.

"저는 아직 결정도 하지 않았는데……."

"그러니까 금룡방에 가서 결정해도 늦지 않다는 것 아닌가. 아무튼 다음 사업을 위해서는 이번 일도 중요한 거니 그렇게 알고 있어."

"다음 사업과 연관이 있다고요?"

"지금까지 내가 해왔던 일들을 떠올려 봐. 무엇 하나 연결되 지 않은 사업이 있었나. 선착장을 장악했던 것도 다음 사업을 기약하기 위한 방편 중 하나야."

그러면서 마지막으로 결론을 지으며 더 이상의 대화를 무의 미하게 만들었다.

"사랑도 사업이야!"

홍안 동쪽 동두촌(東荳村) 끝자락에 거대한 장원이 존재한다. 보는 이로 하여금 기를 질리게 할 정도로 큰 것이 흡사 작은 성을 방불케 했다. 현판에는 금룡당총방부(金龍黨叢幫部)라 적혀 있으며, 현 금룡방을 움직이는 총단이었다.

때는 늦가을. 수많은 식솔들이 기거하는 금룡방 총단에 불청객이 찾아들었다.

"무슨 일인가?"

현 금룡방주 당한강은 전대 방주이자 몇 년 전 일선에서 물러난 아버지 당차기(黨嵯奇)와 함께 담소를 나누고 있었다.

막 방 안으로 들어온 하인이 고개를 꾸뻑 숙이며 차분히 말했다.

"청천문에서 사람을 보내왔습니다."

"청천문에서?"

기품이 흐르는 오십대 중년의 당한강은 시선을 돌려 앞의 당차기를 바라보았다.

"우리 금룡방이 청천문과 연이 있었던가요?"

당차기가 순백의 수염을 쓰다듬으며 고개를 저었다.

"오래전 인연이 있기는 했지. 청천문이 십대명문으로 손꼽힐 때 문주였던 회정과 가끔 만났었으니까. 물론 정사대전이 일어나기 전의 일이었지만……."

옛일이 생각나는지 당차기는 아련한 눈빛으로 미소를 머금었다.

"참 재있는 사람이었지. 호기롭지만 고지식한 면도 있었는데, 그가 죽었다는 소리를 듣고 실망한 적이 있었다."

그러면서 하인을 보고 물었다.

"한데 누구를 보냈다던고?"

"젊은 청년이온데, 스스로 청천문의 군사라 했습니다."

"군사? 청천문에도 군사가 있었던가?"

그 물음에 당한강이 대답했다.

"있을 겁니다."

"청천문에 대해서 알고 있느냐?"

"본 방은 타 문파에 대해 끊임없이 조사하지 않습니까. 청천문도 마찬가지입니다. 물론, 다른 문파와 마찬가지로 의례적인 보고서였지만 최근 급성장을 하고 있는 문파였기에 약간의 관심을 가지고 살핀 적이 있습니다."

당차기가 고개를 갸웃거렸다.

"급성장을 하고 있다?"

아무래도 일선에서 물러났기에 현재 무림 사정을 파악하지 못한 모양이었다.

당차기는 흥미롭다는 투로 질문을 이어나갔다.

"내가 알기로는 회정 문주가 죽은 후 청천문의 사정이 점점 나빠졌다는 것으로 아는데, 아니었더냐? 거기다 그의 아들까지 의문사를 당하고 어린 손자가 문주직을 이어 사정이 말이 아니었던 것으로 기억하는데."

당한강이 수긍했다.

"맞습니다만, 올해 들어 갑자기 성공한 것으로 압니다. 자세한 내막이야 저도 알지 못합니다. 어차피 의례적인 조사였으니까요."

"흐음!"

잠시 생각에 잠긴 당차기가 다시 하인을 보았다.

"무슨 일로 왔는지 말하지는 않던고?"

"네, 방주님을 만나기 위해 왔다는 말만 했습니다. 어찌할까요?"

당한강이 대답했다.

"우선 모양각 접객실로 안내해 드려라. 공무 중이라 조금 늦게 찾아가리란 것도 전하고."

"알겠습니다."

하인이 나가자 당차기가 미소를 던지며 말했다.

"왜, 지금 만나지 않고?"

"이런 일을 하루 이틀 겪은 것이 아니지 않습니까. 무리하게 사업 확장을 하고 있는 자들이니 자금이 필요할 것입니다. 말 몇 마디로 돈을 빌리려 하겠죠."

"빌려주면 되지 않느냐? 성공 가능성이 있는 문파라면 조건이 어떻든 관계를 돈독히 하는 것이 나쁘지만은 않다. 우리 같은 장사치들은 돈보다 사람 장사를 해야 하는 게야. 특히 무림을 상대로 하는 장사라면 더욱 많은 인연을 만들어놓는 것이 좋겠지."

"인연이라면 지금도 차고 넘칩니다. 그리고 따로 조사도 할 생각입니다. 사람만 보고 무작정 돈을 빌려줄 수는 없는 일이 아닙니까? 전장들을 통해 그들의 신용과 금전관계 등을 알아보고 그들의 능력 한도에서만 빌려줄 생각입니다."

말과 함께 그가 자리에서 일어났다.

"그럼, 먼저 일어나겠습니다."

"수고하려무나."

백발의 노인은 바쁜 아들을 향해 고개를 한 번 끄덕이고는 슬며시 일어나 책장으로 다가갔다. 방주 직에서 물러난 후부터 부쩍 독서에 빠진 그였던 것이다.

"여기서 쉬고 계십시오."

접객실로 안내된 혈리연과 적발, 환풍을 향해 하인이 말을 이었다.

"지금 방주님께서 공무 때문에 오실 수 없습니다. 이해해 주시길 바랍니다."

그래도 문파의 간부로 찾아왔으니 혈리연도 예의를 차리며 말했다. 하나 말투에 짜증이 담기는 것은 어쩔 수 없다.

"언제까지 기다려야 합니까?"

"공무가 끝나는 대로 오신다고 하셨습니다. 필요하신 것이 있으시면 문밖에 시비를 대기시켜 놓았으니 그녀에게 말씀해 주십시오. 그럼!"

하인이 나가길 기다렸던 혈리연이 욕설을 내뱉었다.

"젠장, 완전 찬밥 대우구만!"

적발이 그 말을 받았다.

"돈에는 귀신같은 놈들이니 왜 왔는지 낌새를 차렸겠죠. 우리 같은 자들이 한두 명 찾아왔겠습니까요?"

"아무튼, 날파리들 때문에 우리까지 같은 취급당하는구만!"

그러자 환풍이 혼잣말로 혈리연의 부화를 돋궜다.

"우리가 그 날파리 중 하나일 수도 있지……."

"넌 가끔 내 속을 뒤집어놓더라?"

째려보는 혈리연을 향해 환풍이 어깨만 으쓱했다. 그때, 적발이 궁금함을 드러냈다.

"그런데 얼마나 빌릴 생각입니까요?"

"사만 냥!"

순간 적발뿐만 아니라 환풍도 놀란 표정을 지었다.

“사만 냥이요? 그 막대한 자금으로 뭘 하시려고요?”

“수영과 수환은 북경으로 보냈었다. 조선 상인들을 만나게 했었지.”

그것만으로도 적발은 혈리연의 의도를 짐작할 수 있었다. 호북의 자금 흐름을 알아보기 위해 함께 여행을 했으니 어떤 사업을 구상했는지 대충 알고 있었기 때문이다.

“진짜 그걸 하시려고요?”

“언제까지 청천문에 붙어 있을 수는 없잖나. 한방에 끝내려면 그 수밖에 없지.”

“그렇기는 하지만, 문주님이 알면 노발대발하실 텐데요.”

“그러거나 말거나.”

“하지만 금룡방에서 그런 큰 자금을 빌려줄까요?”

“그러니 처음에는 혼인 문제로 운을 떼려는 것이 아닌가. 대충 장단 맞춰주다가 기회를 봐서 미끼를 던져야지. 그리고 문주가 금룡방의 사위가 될 수만 있다면 그것만큼 좋은 일도 없고.”

환풍이 다시 쓴 소리를 했다.

“너무 뻔뻔한 것 같은데…….”

혈리연이 버럭 소리쳤다.

“닥치고, 네가 좋아하는 무게나 잡고 있어!”

이어 엄포까지 놓았다.

“방주와 대화를 나눌 때 이상한 소리 했다간 요절날 줄 알아!”

“……."

“어디에 있나?”
금룡방주 당한강의 물음에 하인은 혈리연이 있는 객실로 그를 안내했다.
방 안에는 세 명의 사내가 있었다. 메기처럼 볼품없게 생긴 삼십대 중후반의 사내와 병풍처럼 멋을 잔뜩 부리며 서 있는 얼음 같은 사내, 그리고 이십대 초중반의 멀끔하게 생긴 문사 차림의 사내였다.
“오래 기다리게 해서 미안하오.”
그의 등장에 혈리연과 적발이 일어서며 포권했다.
“청천문의 군사, 혈리연이라고 합니다. 옆은 집사를 맡고 있는 적발, 저 친구는 청천대의 대주 환풍입니다.”
가장 어린 혈리연이 군사라는 말도 놀라웠지만, 집사와 대주까지 금룡방을 찾았다는 것이 더욱 의아한 당한강이었다. 하지만 짐짓 모른 체하며 고개를 끄덕였다.
“만나서 반갑소. 금룡방주 당한강이라고 하오. 우선 앉읍시다.”
모두 자리에 앉길 기다려 당한강이 물었다.
“그래, 청천문에서 날 찾아 먼 길을 왔다 들었소. 무슨 일 때문이오?”
“좋은 일을 하기 위해서지요.”
“좋은 일이라면…….”

"우리 청천문에 대해 조사를 해보면 아시겠지만, 최근 끊임없는 성장을 하고 있습니다. 호북에서 꽤 힘을 떨치고 있는 사파 계열의 흑문을 제압했고, 녹림토벌에 큰 공을 세워 회양월 문주께서 명예직을 받았지요. 뿐만 아니라 훗날 청천문만으로 녹림도를 소탕해 호북의 큰 문제를 해결하지 않았습니까?"

단숨에 토해낸 혈리연은 침을 삼키곤 말을 계속 이었다.

"게다가 뛰어난 무사들을 대거 고용하여 문파의 힘을 늘렸고, 그것을 기반으로 표국 사업을 호북 으뜸으로 만들어놨습니다. 뿐만 아니라 얼마 전에는 장강의 선착장까지 사업을 확대하여 육로와 수로를 뚫게 되었죠."

당한강은 열변을 토하는 혈리연을 향해 고개를 끄덕여 주었다. 물론 속으로는 팔불출, 그리고 빛 좋은 개살구일 뿐이라 욕하면서…….

"그래서 무슨 말이 하고 싶은 거요?"

"이 모든 것이 우리 문주님의 능력이라는 말이지요. 놀랍지 않습니까, 우리 문주님의 나이가 고작 열여섯이라는 게? 어린 나이에 명예와 실력을 동시에 갖췄으니 어찌 대단하다 하지 않을 수가 있겠습니까!"

"그 말씀을 하고자 먼 길을 오지는 않았을 텐데……? 하고 싶은 말이 있으면 부담 갖지 말고 하시오. 능력이 된다면 도울 생각이 있소."

혈리연이 당치도 않다는 듯 손사래를 쳤다.

"무슨 말씀을 그리하십니까? 말씀드렸다시피 저는 좋은 일을 위해 온 것입니다. 두 세력의 복이 되는 일이지요."

"청천문과 우리 금룡방에 복이 되는 일이 무엇이오?"

궁금증 유발을 위해 잠시 숨을 구른 혈리연이 씨익 웃으며 말했다.

"솔직히 말씀드리겠습니다. 조금 있으면 문주님의 나이가 열일곱이 되십니다. 이룬 것은 많은데, 경험이 아직 부족하여 집안일은 미숙하지요. 그래서 보다 못한 제가 매파로서의 역할을 하기 위해 왔습니다."

"매파? 설마, 아금이를 두고 하는 말씀은 아니겠지요?"

"왜 아니겠습니까? 지성과 미모를 겸비했다는 소문을 귀가 따갑도록 들은바, 우리 문주님의 배필로 딱이라 생각하여 금룡방을 찾게 된 것이죠."

당한강의 표정이 조금씩 싸늘해지고 있었다.

'건방진 놈들. 감히 내 딸을……'

적잖이 기분이 상한 그였지만 방주로서의 체면을 잃지 않기 위해 차분히 입을 열었다.

"내 딸아이가 부족하고, 또한 나이가 아직 열여섯이오. 혼인을 하기에 이른 나이는 아니지만, 그것은 평범한 사람들의 기준일 뿐. 강호의 여자들은 서른을 넘겨 혼인을 해도 흉이 되질 않는다 했소."

말이 끝나기 무섭게 혈리연은 능청스럽게 답변을 늘어놓았다.

"혼인이 무엇입니까? 서로 다른 이성이 만나서 부족한 것을 채워 완전해지는 것이 혼인이 아닙니까. 부족한 것이야 우리 문주님 또한 마찬가지니 서로 감싸줄 수 있어 잘된 일이고, 서로 좋아한다면야 열여섯이면 어떻고, 마흔이면 어떻습니까.”

당한강은 실소를 흘렸다.

작정하고 온 것이 분명했다. 하지만 그는 혈리연의 말에 휘둘릴 정도로 멍청하지 않았다.

“굳이 내 딸아이를 청천문주의 배필로 삼으려는 의도가 무엇이오?”

정곡을 찌르는 질문이라 그는 혈리연의 얼굴을 살폈다. 상당히 난감해하리라 생각했던 것이다. 그런데 대답이,

“금룡방이 호북제일의 부자가 아닙니까.”

지극히 노골적인 물음에 그만큼이나 노골적인 대답!

“하하하!”

너무 어이가 없으면 웃음이 튀어나오는 모양이다. 당한강은 자신도 모르게 이 웃긴 대답을 향해 대소를 터뜨렸다.

“그러니까, 금룡방이 부자라 청천문주와 혼인을 시키고 싶다? 든든한 처가를 두고 그 덕을 보겠다는 말씀이시오?”

“기왕이면 다홍치마. 그리고 말씀이 잘못됐습니다.”

“무엇이 말이오?”

“처가 덕을 보겠다는 것은 맞지만 도움만 받는다는 식으로 해석을 하면 안 되죠. 우리 청천문과 사돈을 맺으면 금룡방은 든든한 버팀목을 가지는 셈입니다. 그만큼 대단한 문파니까요. 그 점을 잊지 마시길.”

"군사께서는 본 문에 대한 자부심이 대단하신 것 같소?"

조금은 조롱 섞인 말이었지만 혈리연 역시 노골적이었다.

"요즘은 개나 소나 말이나 돼지나 무공만 익히면 문파를 세우는데, 그런 흔한 쓰레기 문파와 우리 청천문을 비교할 수는 없지 않겠습니까?"

"쓰레기 문파?"

"호북에 청천문을 빼고, 무림 세력이라고 할 만한 곳이 어디가 있겠습니까?"

'그런 망발을!'

하지만 생각과 달리 당한강은 호기심 어린 표정으로 혈리연을 부추겨 보기로 했다.

"그럼 백리세가와 제갈세가도 그 쓰레기 중 하나란 말이오?"

뭐라고 대답할지 궁금한 그였다.

이번 질문은 전보다 더 곤란할 것이 분명했다.

그의 예상이 맞았는지 혈리연이 잠시 대답을 찾지 못하고 있었다. 그것을 보고 당한강은 속으로 비웃었다.

'아무리 그래도 그들을 쓰레기라 할 수는 없겠지. 이 말이 그들의 귀에 들어가기라도 한다면 그 감당을 이겨낼 수나 있을까?'

그때 혈리연이 고개를 절레절레 저었다.

그 반응을 보고 당한강이 넌지시 미소를 지으며 물었다. 거드름이었다.

“왜 그러시오?”

“아무리 생각해도 덩치만 컸지 내세울 것이 없는 자들이라 뭐라 말해야 할지…….”

“…….”

당한강은 할 말을 잃었다.

‘백리세가와 제갈세가가 내세울 것이 없어?’

자금력으로는 금룡방 다음이 혈화궁이었고, 그 뒤를 바짝 쫓고 있는 곳이 바로 백리세가와 제갈세가였다. 무력으로 따져도 정파로서는 양대산맥이라 불리는 자들이었다. 무당파가 있기는 하지만 그들은 속세와는 연을 끊고 있기에 백리세가와 제갈세가가 현 호북의 실세라 할 수 있었다.

당한강은 더 이상 말을 섞기 싫어졌다.

허풍쟁이와 무슨 대화를 할까?

더 있다가는 자신조차 이 풋내기 군사의 망언에 휘말려 곤란한 지경에 빠질 수도 있는 것이다.

“말씀 잘 들었소.”

그는 그렇게 대화를 마무리지었다.

하지만 혈리연은 끈질겼다. 흡사 허락을 받은 것처럼 뻔뻔하게 밀어붙였다.

“그럼, 방주님의 따님과는 언제쯤 면식을 가질 수 있을까요?”

당한강이 표정을 굳혔다. 하지만 혈리연은 상관하지 않았다.

"문주님이 이미 홍안에 와 계십니다."

당한강의 표정이 더욱 굳어졌다.

그는 곤란한 얼굴로 할 말을 잃을 수밖에 없었다. 문주가 직접 홍안으로 와서 기다리고 있다면 보지도 않고 매몰차게 돌려보낼 수도 없지 않은가. 어리다지만 그래도 일파의 문주인 사람을…….

'그래서 먼저 왔군.'

문주의 체면도 지키고, 거절당하지 않기 위해 군사를 선발대로 보냈음이 분명했다.

누구 생각인지는 모르지만 청천문이 교활하게 느껴지는 것은 어쩔 수 없었다.

"왜 같이 오지 않으셨소?"

"갑자기 문주님께서 오시면 놀라실 것 같아 제가 먼저 소식을 전하고자 온 것이죠. 그렇다고 너무 부담 가지실 필요는 없습니다."

그 말이 더욱 부담이었다. 그러나 거절하기에는 너무 늦은 상태였다. 하긴, 처음부터 할 수도 없었지만.

하지만 잠시 생각에 잠긴 당한강은 내심 웃었다.

'하긴, 문제 될 일은 없겠지.'

그는 딸, 당혜금을 떠올렸다. 곱게 키운 탓도 있지만 도도함을 타고난 아이. 금룡방의 위세에 눌려 잘 보이려고 굽실거리는 후기지수들을 자주 대한 그녀를 어린 청천문주가 어찌 상대할지 궁금했다. 그리고 청천문과는 연을 맺을 생각이 아예

없는 그였으니 저녁 초대를 핑계로 잠깐 만나게 하는 것은 문
제가 되질 않았다.

'그래도 버릇없게 하지 못하게 충고는 해줘야겠군.'

사돈을 맺지 않는다고 하더라도 청천문과 악연을 만들 생각
도 없는 그였다.

"문주께서 오셨다면야 당연히 반겨야지요. 알겠소, 이왕 오
셨으니 특별히 내원에 있는 별채 하나를 드릴 테니 편히 쉬다
가시길 바라오."

"감사합니다."

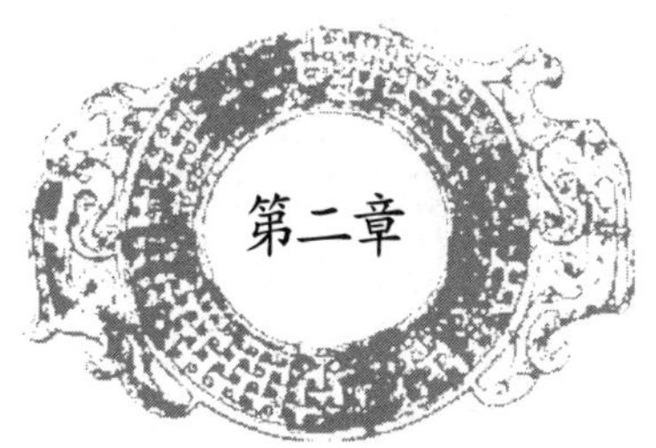

第二章

작업의 정석

1

혈리연이 금룡방주와 시간을 보내고 난 후, 마차 한 대가 무사들의 호위를 받으며 금룡방에 들어왔다. 회양월이 탄 마차였다.

회양월은 호위들과 함께 하인의 안내를 받아 내원 별채로 향했다. 거기에 그를 기다리고 있던 혈리연이 있었다.

"오! 이렇게 보니 제법 근사한데?"

혈리연의 연락을 기다리는 동안 홍안에서 고급스런 옷을 구해 입은 회양월이 조금 쑥스러운 표정을 지었다.

"수환과 수영이 골라준 것입니다."

"저놈들이 그런 쪽으로 재능이 있지."

그 말에 수영이 인상을 썼다.

"그런 것 말고도 재능은 많죠."

"시끄러! 아무튼 아무 방이나 골라잡아 짐을 풀어라. 당분간 여기서 머물 테니까."

손님을 위해 내원 한곳에 마련된 별채라지만 돈 많은 금룡방답게 십여 채의 건물이 있었다. 모두 정원이 따로 있고, 담장을 둘러 건물마다 구별해 놓고 있었다.

그중 하나를 모두 차지한 혈리연 일행은 문주와 혈리연을 제외하고 이인 일조로 원하는 방을 잡았다.

이층 구조의 별채에 회양월은 이층 가장 자리 방. 혈리연은 그 옆방이었다.

간단하게 짐 정리를 끝낸 회양월이 혈리연을 찾았다.

침상에 드러누워 게으름을 피우고 있던 혈리연이 물었다.

"무슨 일이야?"

"어떻게 됐는지 궁금해서요."

"어떻게 되긴……. 내 말발로 이야기 다 끝냈으니까, 걱정하지 마. 조만간 그녀를 만나게 될 테니까."

그 말은 다음날 현실로 다가왔다. 이른 아침부터 별채로 찾아온 시비 한 명이 방주와의 만남을 알려온 것이다.

청룡당 무원관으로의 저녁 초대였다.

직접 소식을 받은 회양월은 급히 혈리연을 찾아 사실을 알렸다.

"잘됐군. 저녁때라면 아직 시간이 남았으니 준비를 해볼까?"

“준비라니요?”

“깨끗이 목욕도 하고, 옷도 좀 더 좋은 것으로 고르고, 머리도 만지고, 예상 질문을 생각해서 답도 만들어놓고……. 할 일이 산더미야.”

말과 함께 그는 일행을 모두 불러모아 역할을 분담시켰다.

우선 수영에게 대방과 조원들을 붙여 홍안을 돌게 했다. 저녁식사 분위기에 맞는 옷과 장신구 등을 구하게 한 한편, 선물도 준비케 한 것이다.

적발은 방주와 그의 딸, 당혜금이 던질 질문을 예상하여 종이에 기록하게 했다. 그리고 별로 도움은 안 되지만 환풍을 적발에게 붙여 예상 질문에 대한 적절한 답도 만들게 했다.

수환에게는 항상 회양월을 따라다니게 하여 여인에게 호감을 살 수 있는 언변과 자세를 가르치게 했고, 혈리연 자신은 총감독을 맡았다.

그렇게 저녁까지 회양월을 들볶고 있는데, 금룡방주 당한강은 자신의 딸을 만나 기대를 저버리는 대화를 나누고 있었다.

“무슨 일이죠?”

개인 연무장에서 무공교두와 함께 수련을 마친 당혜금은 돌연히 찾아온 당한강을 보며 물었다. 그가 수련장에 찾아오는 일이 극히 드물었기에 더욱 의아해할 수밖에 없었다. 당한강이 바쁘다 보니 평소 때조차 잘 만날 수 없는 그녀였다.

그녀의 무공교두를 물린 당한강이 만면에 미소를 띠었다. 그에게는 자주 보지 못하는 딸, 게다가 뒤늦게 행운처럼 얻은 자식이라 눈에 넣어도 아프지 않았다.

"수련에 열심히구나!"

초롱초롱한 눈망울에도 미소가 서렸다.

십육 세 소녀의 풋풋한 자태는 수련으로 땀에 절었으면서도 빛을 발하고 있었다.

작은 키에 오목조목 섬세한 얼굴을 가진 당혜금이 땀을 닦으며 그에게 다가갔다.

"성과는 있느냐?"

"아직 멀었어요."

아름다운 외모와는 달리 목소리는 조금 탁했다. 하지만 그조차 그녀의 매력이었다. 거친 목소리가 앳된 소녀를 도발적인 색깔로 바꾸기 때문이다.

"오랜만에 너와 할 이야기가 있어 찾았구나."

"답답한데 정원으로 나갈까요?"

"그러자꾸나!"

부녀는 오붓하게 시원한 바람을 쐬며 꽃밭을 걸었다.

"하실 말씀이 뭔가요?"

"최근에 너에게 호감을 보이는 사람들이 많다는 건 알고 있겠지?"

순간 당혜금의 입가가 뒤틀렸다.

"제가 아니라 금룡방을 보고 달려드는 자들 아닌가요?"

부녀 간의 솔직한 대화인지라 당한강도 노골적으로 말했다.

"더 정확히는 돈이겠지."

“훗!”

당혜금의 입가가 더욱 뒤틀리고 피식 웃음까지 흘렸다.

“그런데 왜 그런 말씀을 하세요? 또 저를 보러 온 멍청한 녀석이 있나요?”

“멍청한지 아닌지는 모르겠다.”

“돈 욕심 많은 부모의 성화를 못 이겨 찾아온 자라면 멍청한 거죠.”

“그래도 네가 추녀였다면 그렇게 성화를 부리겠느냐?”

“추녀였더라도 그랬을걸요?”

“하하하하하!”

“호호호!”

부녀는 한동안 유쾌하게 웃었다. 그러다 회양월에 대해 당한강이 설명했다.

듣고 있던 당혜금이 고개를 절레절레 저었다.

“그를 꼭 만나야 하나요?”

“어차피 저녁 먹을 때 잠깐 얼굴만 마주하는 것이니 신경 쓸 필요는 없다. 게다가 상대가 다음에 만나길 바란다 하더라도 넌 매몰차게 거절하잖니.”

“제가요? 전 아버지 체면을 생각해서 최대한 정중하게 말한 거예요.”

“그랬느냐?”

전혀 그렇게 보이지 않았다는 표정으로 당한강이 너스레를 떨었다. 듣고 있던 딸이 눈을 흘길 때까지…….

당혜금이 항변했다.

"그리고 모두 거절하지는 않았어요."

"그게 더 무섭더구나. 다음날 따로 몇 명을 만났다는 소리는 들었다만……."

거드름을 피우는 그녀 때문에 상대들은 하나같이 불쾌한 빛을 노골적으로 비쳤다는 소리를 들은 적이 있었다.

그는 그것까지 말하지는 않았다.

그러다 정원 정문에서 걸음을 멈추며 말을 이었다.

"오늘 저녁에 초대를 했다. 한 시진 후에 간단한 식사를 할 생각이니 무원관으로 준비하고 오너라."

"그래도 문주인 만큼 다른 후기지수와는 달리 예를 지켜야겠네요. 그것을 당부하고 싶으신 거죠?"

"하던 대로만 하면 된다. 다만, 굳이 그를 기분 나쁘게 하려는 의도를 섞지 말았으면 하는 게다."

"제가 꼭 지금까지 상대를 창피 주려는 의도로 행동했다는 것처럼 말씀하시네요?"

"하하하, 그렇게 들렸느냐?"

"……."

"아무튼 그리 알고 이걸 참고하거라."

말과 함께 품속에서 종이 하나를 꺼내 밀었다.

당혜금이 받아 살피니, 거기에는 회양월과 청천문에 대한 간략한 설명이 적혀 있었다. 최근 벌인 사업과 체계 및 문파의 세력 크기 등 간략하지만 자세한 내용들이었다.

"그럼, 나는 산더미처럼 쌓인 서류를 확인하러 가볼까?"

당한강은 과장되게 진저리를 치더니 정원을 빠져나가 버렸다.

남겨진 당혜금은 다시 종이를 살피며 고개를 절레절레 저었다.

"어린 나이에 운도 좋아. 벌써 문주라고?"

왠지 시기와 질투심이 담겨 있는 목소리였다. 이어 그녀는 급히 금룡방의 다섯 집사 중 한 명인 정 집사를 찾았다. 청천문에 대한 호기심이 생긴 탓이었다. 겉으로 드러난 설명 외에 좀 더 정확한 정보를 구하고 싶어서였다.

"절 따라오십시오."

회양월과 혈리연이 청룡당 무원관에 도착하자 미리 대기하고 있던 하인이 방으로 안내했다.

잘 꾸며진 방에는 고풍스런 가구들이 깔끔하게 정돈되어 있었고 그 중앙에 큰 탁자 하나가 있었다.

탁자를 중심으로 앉아 있는 인물은 네 사람.

회양월과 혈리연을 보고 모두 일어서서 포권을 해왔다.

"어서 오시오."

대표로 인사한 당한강이 회양월이 포권하기를 기다려 남은 세 사람을 소개했다.

처음은 주름살이 자글자글한 백발의 노인이었다. 눈에 생기가 있어 정정해 보였지만 나이는 숨길 수 없는지 허리가 구부

정하고 왜소했다.

"제 아버님이시자 전 금룡방 방주님이십니다."

소개를 받은 당차기가 미소를 띠며 말을 받았다.

"늙으면 호기심이 많아지는 법이라 했는데, 늙은이가 끼어 들었다고 너무 불쾌해하지 마시게. 궁금증을 참을 수가 없어 동석하게 되었네."

그러자 회양월이 당치도 않다는 듯 말했다.

"무슨 말씀이십니까. 전대 방주님을 만나게 되어 오히려 제가 영광입니다."

"그렇게 말해주니 고맙네. 문주의 조부와 친분이 있어서 그런지 손자인 자네가 궁금하더군. 아, 일파의 문주님께 하대를 하는 것은 예에 어긋난 건가?!"

"아닙니다. 할아버님과 친분이 있다면 어르신 또한 제 할아버님이 되십니다. 하대를 하는 것이 당연합니다."

당차기는 껄껄 웃으며 고개를 끄덕였다.

그때 당한강이 소년을 소개했다.

"이 아이는 내 자식이오. 부족한 점이 많지만 너그러이 보아주시오."

제법 똘똘하게 생긴 소년이 고개 숙여 인사를 했다.

"당용(黨龍)이라고 합니다. 문주님의 위명을 자주 들었는데, 뵙게 되어 영광입니다."

교육을 그렇게 받았는지, 아니면 성격이 그런 것인지 제법 예를 알고, 목소리에서도 순수함이 묻어나는 소년이었다.

회양월도 마주 인사하며 자신을 소개했다.

이번에는 당혜금이었다.

"저 아이는 내 딸이오. 이름은 당혜금, 당용과 쌍둥이지요."

상큼한 미소와 달리 조금은 남성스런 목소리가 그녀의 입에서 흘러나왔다.

"반갑습니다."

회양월은 그제야 그녀에게 시선을 주었다.

그리고,

"바, 반갑습니다."

순간 회양월의 목소리가 떨렸다.

혈리연의 설득에 넘어가 억지로 온 것이기는 했지만, 듣던 대로 상당한 미모를 겸비한 소녀였다.

물론, 그 외모 속에 숨겨진 가시는 아직 보질 못했지만, 당장은 그녀와 시선이 마주치자 부끄럼이 몰려오는 회양월이었다.

얄밉게도 당혜금이 그런 회양월의 실수를 짚어냈다.

"어디 불편하신가요? 목소리가 떨리시군요."

"그, 그런 건 아니고⋯⋯."

대답이 무색하게 채 말이 끝나기도 전에 다른 질문을 던졌다.

"그런데 옆에 계신 분은 소개를 안 해주실 건가요?"

"아! 이분은⋯⋯."

"군사와 같이 오셨다고 들었는데, 그분이시겠죠?"

"네! 혈리 성에 연이라는 이름을 쓰는 분입니다. 능력이 출중하여 청천문의 군사 역할을 제가 맡겼습니다.”

혈리연이 고개를 포권했다.

“듣던 대로 능력 때문에 군사를 맡고 있는 혈리연이라고 합니다.”

그 말 때문에 순간 장내에 찬바람이 불었다.

뻔뻔하고 황당한 자기소개가 모두를 무안하게 했던 것이다.

하지만 그것으로 당혜금이 우위를 점하고 끌려가기만 하던 회양월의 대화는 완전히 틀어막을 수 있었다.

거기다 혈리연이 남몰래 그의 옆구리를 찌른 덕분에 회양월도 그간 연습했던 당당함을 다시 찾았다.

잠시 황당함에 물들었던 실내를 당한강이 풀었다.

“우선 앉으십시오. 준비한다고 했는데, 입에 맞으실지 모르겠소.”

그러면서 손뼉을 치자 문밖에서 시녀들이 들어와 음식을 탁자 위에 올리기 시작했다.

진수성찬이 순식간에 탁자 위에 차려지고 모두 조심스럽게 젓가락을 움직일 때, 당혜금이 다시 입을 열었다.

“들리는 소문으로는 얼마 전만 해도 청천문의 자금 사정이 좋지 않았다고 하던데, 지금은 어떤가요?”

혈리연이 회양월을 바라보았다. 예상했던 질문이고 이미 답도 준비했기 때문이다.

회양월도 혈리연을 힐끔 보더니 준비했던 답을 겸손하게, 하지만 차분하며 당찬 목소리로 말했다.

"무인들이 단합을 하여 문을 이루고 사업을 하다 보면 자금 사정은 부족할 때도 있고 넉넉할 때도 있다고 생각합니다."

내부 사정이나 빚에 대한 부분을 쏙 빼버린 답이었다.

"지금은 넉넉하신 모양이로군요."

"그렇지는 않습니다만, 문의 무사들이 합심하고 뛰어난 간부들이 저를 돕고 있으니 부족함을 모르고 지내기는 합니다. 조만간 문의 세력이 더 커질 것이라 생각됩니다."

그러자 당용이 칭찬을 늘어놓았다. 손님의 기분을 맞춰주기 위한 칭찬이었지만 과장되지 않고, 부족함도 없는 말이었다. 하나 당혜금은 어떡해서든 꼬투리를 물고늘어지려는 듯 보였다.

"의도에 선착장을 얻음으로 세력을 확장했다는 소문이 들리던데, 사실인가요?"

"운이 좋아 그리되었습니다."

그때 혈리연이 불쑥 끼어들어 맞장구를 쳤다.

"문주님은 겸손하심을 덕으로 알고 계시죠. 사실 문주님의 능력과 명망이 아니었다면 절대 선착장을 얻지 못했을 겁니다."

순간 당혜금이 희미한 미소를 보였다.

"그래도 원래 다른 사람의 사업이 아니었나요? 무림에서의 세력 확장이란 남의 것을 빼앗는 것이라 알고 있는데요. 다른 문파와의 충돌이 있었으리라 생각되는데……."

역시 차분한 회양월의 대답이 이어졌다. 이 역시 적발이 이미 예상했던 부분이었던 것이다.

"무림의 특성상 무력 충돌은 불가피한 점이기는 합니다. 하지만 뺏기 위해 한 싸움이 아니라 무림의 도의를 찾기 위한 싸움이었습니다. 그 과정 중에 운 좋게 당정문의 허락을 받아 선착장을 얻을 수 있었지요."

역시 혈리연이 부연설명을 했다.

"정도를 걷는 당정문이 사파 무리의 농간에 놀아나 선착장을 빼앗겼지 뭡니까. 그 부당함을 참지 못한 문주님이 그들을 도운 일입니다. 모두들 칭송해 마지않았죠."

'칭송?

당혜금은 속으로 웃었다. 말주변으로 청천문과 문주를 포장하는 잔재주가 재밌었기 때문이다.

그녀도 적당히 장단을 맞춰주었다. 당한강의 그만 하라는 눈빛을 의식했던 것이다.

"과연 듣던 대로 의리가 있으신 분이로군요."

그때 당한강이 슬며시 입을 열었다.

"그런데 녹림도의 일은 어찌 된 일이오? 녹림토벌전에서의 활약은 들었는데, 이후에 청천문의 무사만으로 그들의 뿌리를 뽑았다 들었소."

"잔재주였을 뿐, 대단한 일은 아니라 생각합니다. 무인이라면 당연히 앞장서야 하는 일이 아니겠습니까."

"잔재주?"

당한강이 기분 좋게 웃었다.

"하하하, 호북의 우환을 잔재주로 처리하시다니 놀랍소. 그런데 요즘 청천문의 사업이 날로 번창한다고 하던데, 특히 호북의 표국사업을 삼 할 이상 장악했다고 알고 있소. 그 비법이나 좀 가르쳐 주시오."

"사실, 비법이랄 것도 없습니다. 문의 무사들이 열심히 하는 것 외에 무슨 방법이 있겠습니까? 하지만 문제는 많지요."

"문제?"

"워낙 많은 의뢰가 들어오는 덕분에 표사의 수가 턱없이 부족한 실정입니다."

"얼마 전에 상당수의 무사들을 뽑은 것으로 아는데, 그래도 부족하다는 말이오?"

"장강의 수송에도 투입을 해야 하는 덕분에 지금의 몇 배가 된다 하더라도 부족하리라 생각됩니다."

엄청난 과장이었지만 회양월은 연습 때처럼 어두운 표정으로 능청스럽게 연기를 했다. 보고 있던 혈리연이 속으로 킥킥 웃을 정도로.

'짜식, 특훈을 한 보람이 있군!'

생각과 함께 그가 슬며시 본론을 꺼냈다.

"홍안에 일이 있어 문주님이 오셨지만 제가 굳이 따라오고, 또 금룡방을 찾은 이유는 이미 아시리라 생각됩니다."

당혜금이 모른척하며 물었다.

"금룡방에 따로 볼일이 있나요?"

"아직 듣지 못하신 모양이군요. 차라리 잘되었습니다."

말을 하던 그가 주위를 한번 둘러보더니 힘을 주어 말했다.

"우리 문주님은 무림에서도 알아주는 소년 영웅이십니다. 녹림토벌전 때 이미 용기와 용맹, 그리고 공명정대함을 널리 알리셨지요. 한 무리의 수장으로서 능력도 청천문을 조사하시면 잘 아시리라 생각합니다."

일장연설을 늘어놓던 그가 당혜금을 뚫어지게 바라보았다.

"하지만 우리 문주님만큼이나 뛰어난 여인이 있다는 소문을 듣게 되었습니다. 미모와 지성, 그리고 무공 실력까지 겸비한 금룡방의 꽃, 바로 당 소저지요."

혈리연은 활짝 웃었다.

"이 자리에서 제가 좋은 일을 하나 하려 합니다. 당 소저와 우리 문주님의 중매를 서는 일이지요. 두 분은 필시 천생연분임이 분명합니다. 뿐만 아니라 두 분이 연결된다면 두 집안의 큰 복이 되리라 생각합니다."

그는 집안의 가장 어른인 당차기에게 허락의 시선을 던졌다.

당차기가 너털웃음을 터뜨렸다.

"허허허, 과연 좋은 일이구려. 하나, 이런 중대사를 갑자기 결정하는 것은 무리한 일이오."

그러자 당한강이 고개를 끄덕이며 동조했다.

"나는 아금에게 여느 무림세가처럼 집안끼리의 혼례를 강요하지 않기로 다짐한 사람이오. 이 아이만 좋다면 누구라도 상관없으니……."

말끝을 흐리며 당혜금을 바라보았다.

“네 생각은 어떠하냐?”

“저를 높이 평가해 주시니 고맙지만, 저는 아직 하고 싶은 일이 많습니다.”

명백한 거절이라 더 이상의 대화는 무의미했다. 하지만 혈리연은 포기하지 않았다. 화제를 슬며시 돌려 대화를 유도하더니 식사가 끝나갈 때쯤 다시 그 문제를 언급했다.

“사람이 타인을 정확히 파악하려면 오래 두고 함께하라는 말이 있습니다. 아직 문주님과 당 소저가 사귈 시간이 부족했으니 내일 홍안을 돌며 함께 산책이나 가시는 것이 어떻겠습니까? 좋은 인연이 첫 만남으로만 끝난다면 아쉽지가 않습니까.”

당혜금은 표시나지 않게 인상을 찡그렸다.

‘눈치가 없는 건지, 아니면 뻔뻔한 건지 모르겠네. 굳이 무안당하고 싶다면 그렇게 해주지.’

그녀는 생각과 전혀 다른, 정중한 목소리로 허락했다.

“홍안에 경치 좋은 곳이 많으니, 제가 안내해 드리죠.”

“어떻게 보이느냐?”

회양월과 혈리연이 돌아간 후 당한강이 물었다.

당혜금은 어깨를 으쓱했다.

“생각할 것도 없어요. 그 군사라는 작자는 너무 뻔뻔하고, 자기 주장이 강해요. 상대를 무조건 자기 생각에 맞추려는 억지가 많아 보였어요. 그리고 문주는 순진한 것 같지만……”

말을 하며 피식 웃었다.

"군사라는 자와 죽이 잘 맞는 것으로 보아 그 나물에 그 밥이겠죠."

순간 당차기가 웃었다.

"허허허허! 그렇게 보았느냐?"

당혜금이 표정을 굳히며 물었다.

"제가 틀렸나요, 할아버지?"

"글쎄다……. 겉과 속이 달라 보이기는 했다만, 이 늙은이의 눈에는 애교로밖에 보이지 않더구나."

"애교라니요?"

"터무니없는 자신감과 당당함. 금룡방에서 드러내 놓고 자신의 문파를 자랑할 만한 자가 그리 흔하겠느냐? 아무튼, 시종일관 변하지 않는 그 뻔뻔한 언변이 재밌더구나."

그러면서 당한강에게 물었다.

"너는 어찌 생각하느냐?"

"아버님 말씀을 생각하니 좀 달라 보이는 구석은 있었던 것 같군요. 하지만 역시 크게 신경 쓸 자들은 아닌 것 같습니다."

하지만 금룡방주 정도 되는 인물이라면 눈치가 빠를 수밖에 없었다.

당차기는 딸을 보며 주의를 주었다.

"다른 후기지수들처럼 함부로 대해 적으로 두지는 말거라."

"알겠어요."

하지만 대답과 달리 그녀는 어떻게 회양월의 본심을 끌어내어 무안하게 할까, 재밌는 고민을 하기 시작했다.

가족끼리 대화를 나누고 있는 사이, 그들의 주제가 되었던 회양월과 혈리연 또한 이야기를 나눴다.

방을 나와 별채로 향하던 혈리연이 물었다.
"어때? 소문처럼 경국지색은 아니더라도 상당한 미인이지?"
회양월은 대답하지 않았다. 사실 외모로만 본다면 그의 눈에 차고 넘칠 정도였지만 혈리연 앞에서 수긍하기에는 왠지 내키지 않았기 때문이다.
혈리연이 씨익 웃으며 그의 옆구리를 찔러왔다.
"솔직하지 못하기는……."
"뭐가요?"
"그녀를 처음 본 네 눈을 내가 못 봤을까 봐?"
회양월이 인상을 찌푸렸다.
"제, 제가 어땠는데요?"
"첫눈에 반했다고 홍보하는 것 같았단 말이지."
"마, 말도 안 되는……."
더듬거리는 그를 향해 '귀여운 놈!' 이라는 노골적인 시선을 던진 혈리연이 다시 물었다.
"그래도 싫지는 않지?"
"내키지 않습니다."
"내키지 않는다?"
"네. 군사도 보셨잖습니까. 저에 대해 못마땅하게 생각하는 것이 뻔히 보이는데, 굳이 그녀의 마음에 들려고 노력을 해야 할지 의문입니다."

"흐음! 그렇긴 했어. 사람 속을 들여다보려고 애쓰는 것 같더군. 그런데 이런 말 알아?"

"……?"

"곰 같은 마누라보다는 여우 같은 마누라가 낫다."

회양월도 들어본 적이 있는 것 같았다.

"그리고 여우가 의외로 다른 동물에게는 칼 같지만 지인에게는 의리가 있지. 지조가 있다고 해야 하나?"

말과 함께 회양월의 어깨를 툭 두드렸다.

"그녀가 싫지 않다면 오늘부터 내가 계획한 것을 준비하는 건 어때?"

회양월은 대답하지 않았다. 싫지 않았기 때문이지만 좋다고 할 수도 없었다. 못 이기는 척 따라줄 수밖에.

"짜식!"

혈리연도 그렇게만 말하고 평소처럼 놀리지 않았다.

“내가 왜 그런 걸 해야 합니까?”

대방이 강하게 반발했다. 같은 일을 맡게 된 환풍 또한 같은 반응이었다.

혈리연이 귀찮다는 듯 답했다.

“문주를 위해서지.”

“그럼, 다른 사람에게 시키십시오.”

“여기에 할 만한 놈들이 어딨나?”

말과 함께 혈리연이 주위를 둘러보았다. 그의 시선을 받은 모두가 화들짝 놀라며 딴청을 피웠다.

혈리연이 적발을 지목했다.

“저런 간사한 얼굴이 그 역할을 감당할 수 있을 것 같냐?”

다음은 수환과 수영!

"저놈들은 난봉꾼은 할 수 있을지도 모르지. 하지만 난봉꾼은 필요없어."

수환과 수영이 인상을 구겼지만 역시 딴청이었다. 그만큼 혈리연이 말한 계획에 동조하긴 싫었기 때문이다.

혈리연이 단정적으로 말했다.

"아무튼 이 일은 너희들이 해야 돼."

대방이 마지막 발악을 했다.

"우리 얼굴을 알아볼 겁니다."

"분장을 하면 돼. 그리고 하기 싫으면 문주와 당 소저가 잘 되길 기도하던가!"

"……!"

쨱쨱쨱!

새벽녘이 밝아올 무렵, 별채에 날아든 산새가 시끄럽게 지저귀고 있었다. 곤히 잠을 청하는 사람이라면 짜증을 낼 만큼 부산한 소리인데, 회양월과 혈리연 등에게는 예외였다. 밤새 여인을 대하는 방법을 수련(?)하고 있었기 때문이다.

혈리연의 감독 아래 수환과 수영의 끊임없는 교육이었다.

"자! 그럼 이제 분위기가 무르익었을 때 어떻게 해야 하는지 설명하죠."

수영이 말을 하며 수환을 바라보았다.

수환이 고개를 끄덕이며 설명했다.

"누누이 말했지만, 사랑은 혼자 하는 것이 아닙니다. 두 사람의 교감이 무엇보다 중요하죠. 혼자 좋아서는 안 되고, 같이 좋아야 한다는 말입니다. 그래서 분위기 파악을 정확히 해야 합니다. 보통 여인이 상대 남자에게 호감을 느끼는 경우, 시선이 자주 바뀝니다. 그것을 빠르게 알아내는 것이 승부의 관건이라 할 수 있습니다."

밤새 시달렸던 회양월이 하품을 하며 물었다.

"시선이 왜 자주 바뀌죠?"

"여자는 태어날 때부터 보는 즐거움을 탐합니다. 본능이라고 해야 할 겁니다. 좋은 것을 시선으로써 받아들여 충족감을 느낀다고 할까요? 그렇기에 다른 사람의 시선에도 민감한데…… 그래서 좋아하는 사람, 특히 남성과 같이 있을 때는 시선이 자주 바뀝니다. 보기는 봐야 하는데, 시선이 마주치는 것은 부담스러워하니까요."

수영이 덧붙였다.

"힐끔힐끔 보다가 눈이 마주치면 재빨리 딴청 피우는 모습이 그런 경우라고 할 수 있죠."

회양월이 고개를 갸웃거렸다.

"그렇지 않은 여자도 있지 않을까요?"

"성향이 다 다르지만 본론적인 부분은 크게 다르지 않습니다. 그걸 잘 파악해야 해요."

"이후에는?"

"이때는 조용한 곳을 산책하는 것이 좋습니다. 그리고 가장 중요한 점. 여인이 호감을 가지고 다가왔을 경우에는 약간의 허점을 보이십시오. 그래야 여인이 긴장했던 마음을 편하게 풀어놓거든요."

그러면서 예를 들었다.

"가령, 꽃가루나 어떤 냄새 때문인 듯 재밌는 표정으로 재채기를 한다던가, 발이 꼬여 여인 쪽으로 넘어진다던가. 아! 넘어질 때 여인과의 가벼운 접촉이 있어도 좋습니다. 이후에 미안한 표정이나 쑥스러운 표정을 지으면 그런 남자의 인간적인 면 때문에 여인은 안심하게 되죠."

"그럴듯하군요."

"그럴듯한 것이 아니라 정답입니다."

수영은 자신을 못미더워하는 회양월의 반응에 불쾌감을 드러내며 강조했다.

"밤새 천하제일애법을 전수한 것이니 머릿속에 하나도 빠짐없이 담아놓으십시오. 마지막으로……."

그는 묘한 미소를 드러내며 물었다.

"지금까지 여인의 마음을 빼앗는 많은 방법과 반응 대처법 등을 말했는데, 이제는 마무리로 들어가겠습니다."

"마무리?"

"우리가 전수한 것을 잘 응용만 한다면 서로 호감을 가질 수 있을 겁니다. 하지만 계약서에 내용만 적는다고 다는 아니죠. 수결을 찍어야 할 것 아닙니까?"

회양월이 떨떠름한 표정을 지었다.

"그 말은……?"

"직접적인 접촉을 말하는 거죠."

화들짝 놀란 회양월이 손사래를 쳤다.

"그, 그건 됐습니다."

"가장 중요한 겁니다."

제자를 가르치는 스승의 그것과 같은 표정으로 수영이 엄하게 말을 이었다.

"나에 대한 그녀의 감정이 남성으로서의 호감이라 확신했다면, 이후에는 인적이 드문 곳으로 그녀를 유도하는 것이 가장 좋습니다."

수환이 뒤를 이었다.

"유의할 점은 자연스러워야 한다는 것. 이 말은, 일부러 그런 장소를 찾았다는 느낌을 주지 말아야 한다는 겁니다. 또한 경관이 아주 아름답거나 볼거리가 있는 곳은 절대적으로 피하십시오. 여인이 그곳에 시선을 빼앗길 수도 있고, 또 약간의 접촉을 시도하려 할 때 무서운 나머지 주변 경관을 핑계로 사전에 화제를 돌리거나 접촉 기회를 차단해 버릴 수가 있습니다."

"……!"

때마침 혈리연이 관심을 드러냈다.

"그럼 좋은 장소가 따로 있다는 거냐?"

"물론이죠. 지금까지 우리가 성명했던 것이 모두 세밀한 심리 파악이 아닙니까?"

그는 자랑하듯 말했다.

"고도의 심리술! 사소한 것 하나까지 이용하는 게 얼마나 강력한 조력자가 되는지 알고 이용할 수 있다면 백전백승입니다. 주군과 우리의 급격한 수준 차이가 여기서 나는 겁니다."

"쉰 소리 말고 뒤나 말해봐. 어디가 가장 좋아?"

수환은 다시 회양월에게 시선을 던졌다.

"조금은 침울한 곳? 특별히 이거다, 라고 말할 수는 없지만 공포감이나 두려움, 또는 잡생각을 할 수 없는 그런 장소가 딱입니다. 꼭 기억하십시오."

회양월은 가만있는데 혈리연이 고개를 끄덕였다. 사실, 밤새 회양월보다 더 귀를 기울인 것이 그였다.

수환에 이어 수영의 설명이 다시 이어졌다.

"아무튼 그런 장소에서 분위기를 잡습니다. 그리고 먼저 접촉을 하지 마시고 유도하십시오. 그 이후에는 일사천리지만, 절대 서둘러서는 안 됩니다. 여기에서도 중요한 것은 시작 전에 선을 분명히 그어놓아야 한다는 겁니다. 오늘은 어디까지 하겠다, 라는 정도죠. 그리고 첫 만남에서는 서두르지 말고 입맞춤 정도로 끝내는 게 가장 이상적입니다. 여기까지 하면 사실 주군의 계획은 필요도 없을 겁니다."

혈리연이 다시 끼어들었다.

"문주, 할 수 있겠어?"

회양월이 난감한 표정으로 고개를 저었다.

"머리로는 알겠는데…… 행동으로 옮길 수 있을지는 저도 잘 모르겠습니다."

잠시 생각하던 수영이 이해를 못하겠다는 듯 물었다.

"용기가 그리 없어서 어쩌십니까? 용기있는 자만이 미인을 얻는다는 말도 못 들어보셨습니까?"

"……?"

"그녀의 심금을 울리십시오."

교육은 그렇게 끝이 났다. 그리고 당혜금을 만나기 전까지 회양월은 홀로 방 안에 틀어박혀 홀로 수련을 해야 했다.

*　　　*　　　*

어둠 속의 귀영족(鬼影族), 자하문(紫霞門)의 문주 사립파(司立波)는 급히 전달된 서신을 보며 입가에 미소를 지었다. 괴기스런 얼굴이 더욱 뒤틀리며 음산한 분위기를 마음껏 뿜냈다.

잠시 후, 그가 밖을 향해 은은하게 외쳤다.

"장(葬)!"

검푸른 무복에 문주만큼이나 괴기스럽게 생긴 사내가 실내로 들어와 부복했다.

"하명하십시오."

"방에서 연락이 왔다. 시간은 술시(戌時). 이후, 적들의 지원을 차단할 준비를 해라. 그에 대한 모든 책임과 권한은 네게 주겠다."

"존명!"

"방으로 갈 고수도 대기시켜 놓아라."

"직접 갈 생각이십니까? 혹여 우리의 신분이 드러날지도 모릅니다."

"누가 나를 알겠느냐?"

말과 함께 음침하게 웃었다.

"금룡방의 창고에 싸였다는 돈이 정말 십만 냥인지 확인해 보는 것도 나쁘지는 않겠지."

*   *   *

"갈까요?"

해가 중천에 떴을 때쯤 별채로 찾아온 당혜금은 무심한 표정으로 그렇게 말했다. 이상하게 긴장한 회양월이 고개를 끄덕였다.

"홍안에 좋은 볼거리가 많아요. 저를 따라오세요."

"가, 감사합니다."

말과 함께 그는 당혜금을 따라 별채를 빠져나갔다. 그 모습을 멀리서 훔쳐보던 혈리연이 고개를 절레절레 저었다.

"밤새 그렇게 훈련을 했건만, 초반부터 그녀에게 제압당하는 것 같지 않아?"

옆에서 같이 구경하고 있던 수영이 고개를 끄덕였다.

"남자가 이끌어서 여인에게 안도감을 주어야 된다고 그렇게 설명했거늘!"

"역시 내 계획도 실행해야겠어. 대방과 환풍에게 준비하라고 해.”

“꼭 그렇게까지 해야 합니까? 아주 단순하고 치졸한 방법인데.”

혈리연이 인상을 구겼다.

“단순한 방법이 가장 잘 먹히는 거야. 그리고 네놈들에게 치졸하다는 소리를 들을 이유 없어.”

말과 함께 그는 몰래 회양월과 당혜금을 따라 미행에 나섰다. 그 뒤로 수영과 수환도 같이 뒤를 밟았다.

“이곳이 청각(靑閣)이에요. 많은 여행객들이 일부러 들르는 곳이죠.”

당혜금의 설명에 회양월은 높게 세워진 건물을 보았다. 수백 년 전, 고승 무해가 부처의 꿈을 꾸고 찾은 곳이었다. 우연의 일치인지 땅을 파자 금부처 상이 나와서 당시 무해를 중심으로 많은 승려들이 부처의 영묘함을 기리기 위해 건물을 세웠다. 이후 전란으로 인해 완전히 손실되었지만 백여 년 전 다시 축조한 터였다.

“주변 경관과 잘 어울리는군요.”

나무숲 사이에 어우러진 건물을 보며 회양월이 감탄했다.

“이 안에 차를 주는데, 마셔보겠어요?”

“네!”

둘은 청각 안으로 사라져 버렸다.

그 모습을 훔쳐보던 수영이 한숨을 쉬었다.

"완전 끌려 다니는군요. 밤새 가르친 것이 허무할 지경입니다."

혈리연도 고개를 끄덕였다.

"벌써 시간도 늦었는데, 설마 이대로 돌아가려는 건 아니겠지?"

"몰래 귀띔을 해줘야 하지 않을까요?"

"그러는 게 좋겠다."

말과 함께 그들은 곧바로 행동을 옮겼다. 당혜금이 잠시 자리를 비운 사이 수환이 급히 다가가 몇 가지 설명을 해주었던 것이다. 하지만 고개를 끄덕인 회양월은 이후에도 마찬가지였다.

"저런 쑥맥!"

혈리연이 투덜거리며 수영에게 말했다.

"이렇게 되면 계획대로 한다. 환풍과 대방에게 연락해."

계획에 대해 반대했던 수환과 수영도 수긍을 했다.

그렇게 해가 서쪽으로 기울어 노을이 질 무렵, 당혜금과 회양월은 홍안에서 동쪽으로 조금 떨어진 강가로 향하고 있었다. 강가 주변에 억새풀이 펼쳐져 바람에 물결치는 모습이 아름다운 곳이었다.

혈리연과 수환은 억새풀에 바짝 엎드려 여전히 회양월을 훔쳐보았다.

늦은 시간이라 인적이 없는 것을 확인한 혈리연이 조바심을 드러냈다.

"환풍과 대방은 뭘 하고 있는 거냐?"

그때 수영이 멀리서 조심스럽게 다가왔다.

"전했습니다. 조금 있으면 덮칠 겁니다."

"좋아!"

혈리연은 재미난 구경거리가 생겼다는 눈빛으로 드러내며 회양월과 당혜금을 유심히 살폈다. 회양월은 우물쭈물, 당혜금은 의기양양한 모습으로 뭔가를 이야기하고 있었다.

그렇게 시간이 흘러 술시가 되었을 때였다.

늦가을이라 술시가 되자 이미 해는 지고 사위는 어두웠다. 서쪽 하늘만 푸르스름한 빛으로 물들어 있을 뿐인데, 홍안에서 강가로 오는 오솔길에 십여 명의 장한이 몽둥이를 들고 걸어오고 있었다.

"슬슬 시작하려나 보군."

대방과 환풍, 그리고 조원들임을 안 혈리연이 미소 비슷한 것을 입가에 떠올렸다.

저잣거리를 활보하는 한량들의 그것과 같은 복장에 얼굴까지 분장한 터. 거기에 인상까지 험악하게 쓰고 있으니 제법 그럴듯해 보였던 것이다.

이제 남은 것은 당혜금을 희롱하는 저들을 회양월이 멋지게 쓰러뜨리고 달콤한 말 한마디 던지면 되는데…….

"얍!"

소녀의 앙칼진 기합성이 터지는 것과 동시에 혈리연과 수환, 수영이 경악한 표정을 지었다.

"저, 저런!"

회양월이 나설 필요도 없었다. 이미 당혜금에게 단번에 제압당한 녀석들은 바닥을 뒹굴고 있었기 때문이다.

혈리연의 얼굴이 잘게 떨리기 시작했다.

"아, 아무리 뒷골목 건달패 역할이라지만 저렇게 넋 놓고 당해도 되는 거야?"

수환이 머리를 감싸 쥐었다.

"다 틀렸습니다."

수영이 투덜거렸다.

"이래서 이런 유치한 방법은 안 된다고 했잖습니까."

하지만 되고 안 되고의 문제는 이미 벗어난 후였다. 더욱 난감한 문제가 그들을 기다리고 있었기 때문이다.

소녀의 목소리, 당혜금의 조롱 섞인 일성이 그들이 숨어 있는 곳을 향해 터져 나왔다.

"이제 그만 하고 나오시죠!"

순간 혈리연 등이 몸을 굳혔다. 서로를 바라보며 먼저 일어나라는 듯 눈빛을 주는데, 다시 당혜금의 재촉하는 목소리가 이어졌다.

"이미 다 알고 있으니 나오는 것이 좋을 겁니다."

"빌어먹을!"

나직한 욕설과 함께 혈리연과 수환, 수영이 자리에서 일어났다. 그리고 너털웃음!

"하하하, 남몰래 품은 제 호의를 간파하시다니 대단하십니다.”

당혜금의 표독스런 눈빛이 혈리연에게 쏟아졌다.

혈리연은 괜스레 머쓱해진 기분을 털고 성큼성큼 그녀가 있는 곳으로 걸어갔다.

“도대체 무슨 짓이죠?”

“너무 걱정이 돼서 호위를 붙인 거죠. 방해하기 싫어서 몰래 뒤따르라고 했습니다.”

“호위요?”

“그럼요.”

“호위치고 욕을 참 잘하시던데요?”

“하하하하하! 뭐, 뭐라고 했기에……?”

“입에 담기도 싫군요. 그리고 저를 속이시려면 제대로 하실 수는 없었나요?”

“하하하!”

너털웃음으로 난감한 표정을 숨긴 혈리연이 웃음과 달리 환풍과 대방 등을 노려보았다.

대방이 항변했다.

“우리를 보고 딱 청천문 무사라는 것을 알던데요.”

혈리연이 그들에게 다가가 낮게 으르렁거렸다.

“그래서 어인 하나를 못 당하고 이 꼴이냐?”

“우리가 누군지 알고 있는데 어떻게 손을 씁니까?”

“모른 척 발뺌했어야지.”

그러자 이번에는 환풍이 말했다.

"비겁한 짓은 체질에 안 맞아서……."

"네놈들을 믿은 내가 바보다."

그때 뒤에서 당혜금이 다시 추궁했다.

"그리고 군사께서 저를 미행하신 것을 제가 모를 줄 알았나요?"

"지모가 뛰어나고 계략이 미모만큼이나 밝다는 소문을 들어서 시험을 한 것이니 너무 기분 나빠하지 마십시오."

"그걸 핑계라고 말하는 건가요?"

혈리연은 머리만 긁적였다.

당혜금이 으름장을 놓았다.

"오늘 일은 그냥 넘기지 않겠어요."

말과 함께 불쾌하다는 듯 몸을 돌려 금룡방으로 걸음을 옮겼다.

회양월이 인상을 팍 찡그렸다. 화풀이 대상은 당연히 이번 일을 주도한 혈리연이었다.

"이럴 줄 알았습니다. 이제 어떻게 하실 작정입니까? 오늘 일이 무림에 알려지기라도 한다면 제 체면은 뭐가 되겠습니까."

적반하장!

혈리연은 오히려 고래고래 소리쳤다.

"문주가 이미 말해 버린 거 아냐? 의리보다 사랑을 택하다니! 정말 나에게 이럴 수 있는 거야?"

"말도 안 되는 소리 하지 마십시오. 누구라도 연기인 줄 알아챘을 겁니다."

"그게 무슨 소리야?"

회양월이 대방과 환풍을 가리켰다.

"협박을 하든 시비를 걸든 제대로 해야지, 책 읽듯 대사를 줄줄 읊어대는데 어떻게 모를 수가 있는 겁니까?"

혈리연이 대방을 휙 째려보았다.

대방이 시선을 피하며 중얼거렸다.

"난 역시 경극 배우처럼 안 되나 봐."

옆에 있던 환풍도 한마디 거들었다.

"책 읽는 정도는 아니었는데……."

"시끄럽다, 이놈들!"

일갈과 함께 외쳤다.

"이렇게 됐으니 본색을 드러내는 수밖에. 가서 단판을 짓자."

회양월이 뒤따르며 물었다.

"단판을 짓다니요?"

"돈! 돈을 빌려야 할 것 아냐!"

"일이 이렇게까지 됐는데 빌려줄까요?"

"안 주면 드러눕지 뭐."

그러면서 사달이라도 낼 듯 바삐 금룡방으로 향했다. 하지만 금룡방으로 가는 숲길에서 그들의 발길을 잡는 목소리가 있었다.

"까악!"

걸음을 멈춘 혈리연이 고개를 갸웃거렸다.

"무슨 소리지?"

"여자 비명 같은데요!"

수영이 기다렸다는 듯 대답하고, 이어 수환이 확신하듯 말했다.

"당 소저의 비명입니다."

"당혜금?"

"네! 저쪽에서 들린 것 같습니다."

순간 회양월이 급히 몸을 날리려 했다. 그때, 혈리연이 그의 어깨를 잡으며 씨익 웃었다.

회양월이 급한 듯 외쳤다.

"왜 그러십니까?"

"하늘이 우릴 돕는 것 같지 않아?"

그 의미를 알아차린 회양월이 잔뜩 인상을 썼다.

"위험에 빠진 사람을 두고 무슨 말씀입니까?"

"떡 본 김에 제사 지낸다는 말도 있잖아. 아무튼 섣불리 구해주지 말자고."

하지만 회양월은 이미 그의 손을 뿌리치고 비명이 들려온 곳으로 몸을 날리고 있었다.

혈리연이 짜증스럽게 중얼거렸다.

"열혈남아 났구만! 뒷일은 책임 못 져."

"크윽!"

바닥에 엎드려 등을 제압당한 당혜금은 놀라고 두려운 마음에 연신 바둥거렸다. 기분이 상해 금룡방으로 돌아가는 길에 튀어나온 다섯 명의 복면인이 원인이었다.

이 또한 혈리연의 장난인 줄 알고 가볍게 상대를 했던 것도 실수였다. 물론 상상 이상의 고수였기에 결과는 같았겠지만.

한 수에 제압당해 바닥에 엎어진 그녀의 등을 누군가가 밟아 눌렀다.

"이 녀석이 금룡방주의 여식인가?"

"확실합니다."

"찾으러 가는 수고를 덜게 되었군."

등 뒤에서 들리는 대화가 꺼림칙했던 당혜금이 두려운 목소리로 물었다.

"도, 도대체 제게 왜 이러시는 거죠?"

차가운 대답이 돌아왔다.

"신경 끄려무나. 어차피 죽을 녀석에게 주절댈 여유는 없으니까."

말이 끝나기 무섭게 예리한 쇳소리가 울렸다.

스릉!

당혜금은 오금이 저렸다. 일말의 생각할 여지도 없이 자신을 죽이려 하니 다급할 수밖에 없었다. 하지만 다행히 누군가가 그녀를 살려주었다.

"잠깐! 이용 가치가 있을지 모른다."

"설마요. 문주님까지 나섰는데, 실패할 리가 있겠습니까?"

“그래도 모르니 일이 끝날 때까지는 잡아두기로 하지.”

“알겠습니다.”

당장 죽지 않아 다행이지만 당혜금으로서는 여전히 두려울 수밖에 없었다. 하지만 불안한 와중에도 금룡방에 큰일이 벌어지고 있다는 확신을 할 수 있었다.

‘어떡해서든 도망쳐야 해.’

그녀는 슬며시 내공을 끌어올리기 시작했다. 하지만 복면인들은 그녀가 상상하는 이상의 고수들이 분명했다. 발이 등을 밟고 있는 것만으로도 그녀의 상태를 짚어낸 것이다.

“어설프게 내공 운용을 했다간 지금 당장 단전에 검을 찔러 넣을지도 모른다.”

그녀는 몸을 굳혔다. 절망적인 상황이었다. 전신으로 퍼뜨리던 기운도 서서히 흩어버릴 수밖에 없었다.

‘제발! 아무라도 좋으니까, 도와줘!’

그때 그녀의 생각에 대답하는 목소리가 있었다.

“멈춰라!”

그녀는 목을 틀어 억지로 소리의 근원지를 살폈다.

순간 그녀의 입가에 희망이 떠올랐다.

“아!”

절로 탄성이 터져 나왔다. 회양월이 서 있었기 때문이다. 그 뒤로 혈리연과 그 수하들도 있어 안심이 되었다. 하지만 다행의 마음과 달리 또 다른 불안이 그녀의 전신에 경고를 보냈다.

자신에게조차 당하지 못했던 자들이 아닌가!

‘하필!’

그녀는 절망할 수밖에 없었다. 그때 회양월의 당당한 목소리가 이어졌다.

“그녀를 놔주시오.”

복면인이 가소롭다는 듯 이죽거렸다.

“금룡방과 관계가 있으렷다? 훗, 운이 없군. 모른 척 지나쳤다면 좋았을 것을……!”

그러자 혈리연이 나섰다.

“보아하니 인신매매를 일삼는 족속은 아닌 듯한데……. 네 놈들이 잡고 있는 소저가 금룡방주님의 금지옥엽임을 알고는 있나?”

복면인의 차가운 대답!

“조용히 시켜라!”

순간 세 명의 복면인이 앞으로 나섰다. 그러자 회양월 쪽에서 환풍이 선두로 걸어나왔다.

그 모습을 바라본 당혜금이 외쳤다.

“이들은 고수예요!”

하지만 회양월 일행은 별다른 반응을 보이지 않았다.

당혜금으로서는 황당한 일이었다. 무엇을 믿고 저리 당당한지 이해를 할 수 없었기 때문이다.

‘끝났어!’

기회를 봐서 도망치려는 마음도 있었는데, 고수들을 상대로 저런 식이라면 그 기회마저 사라질 것 같아 절망에 빠진 그녀였다. 복면인들이 환풍을 향해 달려들 때는 그저 포기한 듯 두 눈을 감았을 뿐이다.

그런데 이게 무슨 일인가!

"크아악!"

비명이 울리자 슬쩍 눈을 뜬 당혜금은 두 눈을 휘둥그렇게 떴다. 세 복면인이 사람의 형체를 알아볼 수 없을 정도로 토막난 채 바닥에 널브러져 있었기 때문이다.

뿐만 아니라 그녀를 밟고 있던 복면인과 두목인 듯 보이는 복면인도 무사하지 못했다. 세 복면인이 토막 살인이라는 잔인한 일을 겪는 것과 동시에 환풍의 신형이 다시 움직였던 것이다.

쉬익!

허공을 가르는 일검이 바람을 일으켰다.

남은 두 복면인은 자신들이 어떤 일을 당했는지도 모른 채 목이 바닥에 떨어져 뒹굴었다.

'이, 이럴 수가!'

그녀는 그 놀라운 광경에 입을 다물지 못했다. 순식간에 다섯 복면인을 제압해 버린 자가 반 시진 전쯤에 자신에게 맞아 꼴사납게 쓰러진 사람이라는 것이 믿어지지 않았다.

멍하니 환풍을 바라보고 있던 당혜금을 향해 회양월이 다가와 부축했다.

"괜찮습니까?"

그의 불안한 표정이 그녀의 두 눈 깊이 들어왔다.

무엇이 불안한 걸까?

'설마, 나를 진심으로 걱정한 건 아니겠지?'

하지만 치졸한 계획으로 자신을 끌어들인 회양월에 대한 평가가 조금씩 바뀌기 시작한 그녀였다. 몸 여기저기를 살피며 등에 묻은 흙까지 정성스레 털어주자 강변에서 자신의 행동이 오히려 미안해졌다.

그러나 회양월 뒤에 서서 입맛만 다시고 있던 혈리연이라는 작자는 꽤나 불만스런 표정이었다. 흡사, 자신이 구출된 것이 못마땅하다는 듯했다.

'저자는 정말 마음에 안 들어.'

하지만 금룡방과 아버지가 떠오르자 여유를 부릴 틈이 없었다.

그녀는 급히 회양월에게 부탁했다.

"빨리 금룡방으로 가야 해요."

"무슨 말씀이죠?"

"금룡방이 위험해요. 도와주세요."

第三章

운명

1

“그건 안 되겠소.”

혈리연은 단호하게 거절했다.

당혜금이 항의와 애절한 눈빛을 동시에 쏟아내는데도 그는 신경조차 쓰지 않았다.

보다 못한 회양월이 나섰다.

“도와주는 것이 좋을 것 같습니다.”

“우리가 왜 그래야 합니까?”

“다른 이의 위기를 보고 어찌 그냥 지나칠 수 있습니까?”

“세상에 불쌍한 사람이 지천인데, 그들을 다 도와주자는 말씀?”

“전혀 모르는 사람이 아니지 않습니까.”

"위험을 무릅쓰고 도와줄 정도로 친분이 있는 것도 아니죠."

그러면서 당혜금이 들을 수 있게 중얼거렸다.

"혼인을 약속했다거나 사례금을 준다면 모를까!"

당혜금은 표정을 굳혔다.

'어떻게 저런 놈에게 한 문파의 군사 자리를 줄 수 있지? 치졸한 놈!'

하지만 상황이 여의치 않았다. 복면인들의 실력과 대화로 보아 단단히 준비를 하고 금룡방을 위기에 빠뜨린 것이 분명했다. 더는 시간을 끌 수 없어 그녀가 말했다.

"좋아요. 전 아직 혼인할 생각이 없지만, 저를 도와준다면 충분한 사례금을 드리죠."

"어느 정도를 생각하시는지……."

"얼마를 원하죠?"

"사만 냥!"

"뭐요?"

그녀는 어이없다는 눈으로 혈리연을 바라보았다. 그러자 그가 슬쩍 말을 바꾸었다.

"물론, 빌려주는 정도로도 괜찮죠. 대신 이자는 없이!"

잠시 생각하던 그녀가 고개를 끄덕였다. 사만 냥이라는 거금을 이자도 없이 빌려준다는 게 말도 안 되는 일이었지만, 금룡방을 위기에서 구할 수만 있다면 상관없었다. 하지만 조건을 붙였다.

“대신, 확실한 결정은 금룡방에 가서 답변을 드리겠어요.”

혹시 금룡방이 안전할 수도 있었기에 신중해진 것이다. 하지만 예상은 크게 빗나가지 않았다. 금룡방 여기저기에서 비명 소리와 병장기 부딪치는 소리가 울리고, 금룡방 주위에도 상당한 실력으로 보이는 괴한들이 지키고 있었다.

그들의 움직임으로 보아 금룡방으로 잠입하지 않은 잔여 세력인 것이 분명했다. 밖으로 도망치려는 자들의 퇴로만 확보하고 있는 형상이었는데, 그렇다면 금룡방주나 다른 사람들은 아직 방 내에서 적들과 싸우고 있음이 분명했다.

멀리 숨어서 그 광경을 지켜본 당혜금이 말했다.

“도와주세요. 아버님께 말씀드려 빌려 드리도록 하겠어요.”

“어떻게 해주면 되겠습니까?”

“우선 일가친척들과 간부들은 내원에 있을 거예요. 고수가 상당수 있으니 아직 무사할 것 같은데…….”

혈리연이 고개를 끄덕였다.

“내원으로 들어가 방주님과 가족들을 안전하게 구해 오면 된다는 말씀?”

“네!”

그때 적발이 의문을 드러냈다.

“그런데 방주님을 구해 와서 어쩌시게요? 우리에게 빌려줄 돈은 금룡방에 있을 텐데. 그건 적들의 손에 들어갈 게 아닙니까.”

뜨끔했던 당혜금이 반박했다.

“지단이 많으니 그곳에서 사만 냥 정도는 충분히 끌어들일 수 있어요.”

“금룡방 전체가 방주님 것은 아니지 않습니까. 금룡방의 돈을 관리하고 움직이는 결정권은 있어도, 지단장을 무시하고 이자도 없이 지단의 자금을 함부로 타인에게 빌려줄 수는 없을 텐데.”

그 말에 혈리연이 적발의 어깨를 두드렸다.

“예리했다. 하마터면 무료 봉사를 할 뻔했어!”

당혜금의 인상이 팍 구겨졌다.

“그럼 도대체 어쩌자는 말이에요?”

“금룡방 총단을 구해줄 테니, 사만 냥 중 만 냥은 그냥 주는 걸로 하는 건 어떻습니까?”

“말도 안 되는…….”

금룡방의 밖에 대기 중인 괴한들을 뚫고 내당으로 들어가 금룡방주를 구해 오는 것도 사실 어려워 보이는데, 총단을 구하겠다니…….

“제정신으로 하는 말이에요?”

“물론. 아무튼 결정하십시오.”

그녀는 갈등했다. 약간의 가능성을 버리고 불속으로 뛰어들려고 하니 고민될 수밖에 없었다.

‘차라리 다른 문파에 도움을 요청하는 것이 낫겠다.’

한시가 급한 때였지만 혈리연 등을 믿을 수는 없었다. 숲에서 복면인을 제압한 환풍이란 사내의 무공이 놀랍기는 했지만 저 많은 인원을 그 혼자 상대한다는 것은 불가능하다고 판단했다.

"마음대로 하세요."

말과 함께 그녀는 조심스럽게 뒤로 빠졌다. 가까운 황룡문에 가서 도움을 요청할 생각이었던 것이다. 그때까지 혈리연 등이 시간만 벌어줄 수 있다면 그것만으로도 좋았다.

그녀의 허락이 떨어지자 혈리연이 자리에서 일어났다.

순간 당혜금이 움찔 멈췄다.

숨어 있는 장소를 적들에게 노출시켜 무엇을 할 것인가!

하지만 혈리연은 전혀 신경 쓰지 않는 듯했다.

"그럼 가볼까?"

그 말에 일행들이 전부 일어났다. 그때, 적발이 물었다.

"전에 산적토벌 때처럼 할 필요는 없겠죠?"

"물론! 사정 봐줄 필요 없겠지. 맘껏 실력을 발휘해라. 그리고 문주께서는 당 소저를 지켜주십시오."

말이 끝나기 무섭게 모두 무기를 빼 들고 금룡방 정문으로 걸어가기 시작했다.

당혜금은 실소를 흘렸다.

'미친 것 아니야? 도대체 무슨 소리를 하는 거야?'

하지만 혈리연은 이미 당정문을 지키는 적들이 보일 정도까지 접근한 상태였다. 그녀는 어이가 없어서 회양월을 바라보았다. 그나마 정상적인 사람은 그밖에 없는 것 같았기 때문이다.

그런데…….

'뭐지? 저건 전혀 걱정하는 얼굴이 아니잖아!'

그녀는 황룡문에 가려던 것을 잠시 멈추고 물었다.

"왜 말리지 않죠? 가능하다고 생각하는 건가요?"

"네!"

"…….”

회양월의 단호한 목소리가 이어졌다.

"저는 저들을 믿습니다."

그녀는 망연히 회양월을 바라보았다. 그러다 금룡방 정문에서 들리는 스산한 소리를 쫓아 시선을 돌렸다.

순간 그녀가 경악한 표정으로 두 눈을 부릅떴다.

"저, 저런!"

우선 환풍이 눈에 들어왔다. 상당한 실력을 가졌으리라 생각했는데, 괴한들을 상대하는 모습은 상상 이상이었다. 괴이한 사기를 내뿜으며 사방으로 검을 날려 혈로를 뚫는 모습은 전율이 솟구쳤다.

군더더기가 전혀 없는 깔끔한 검초임에도 그의 빠른 움직임 때문에 온몸이 검으로 둘러쳐진 것 같았다.

인정도 없었다. 한 치의 거리낌도 없이 괴한들을 죽이는데, 잔인하다기보다는 멋진 한 장의 풍경화를 보는 듯했다.

하지만 그것만이 아니다. 그 뒤를 바짝 뒤따르는 잘생긴 두 사내.

그들은 환풍과 달랐다. 뛰어난 외모 때문에 눈길을 끄는 그들이 펼치는 무공은 '어떻게 저럴 수가 있을까?' 싶을 정도로 잔인하고 거침없었다. 외모와는 전혀 다른 흉물스런 검을 들고 환풍의 뒤를 받치니 괴한들은 제대로 된 저항조차 하지 못하는 듯 보였다.

그리고 거대한 덩치의 사내.

그는 집단적으로 움직이고 있었다. 십여 명의 대원과 진법 같이 보이는 대형을 유지한 채 환풍과 두 미남이 뚫은 혈로를 뒤따르며 양옆을 방어해 뒤에서의 기습을 철저히 막고 있었다.

그들 사이에 메기같이 생긴 이상한 사내가 번번이 장력을 뽑아냈는데, 한눈에 보아도 절정의 고수의 그것처럼 보였다. 거대한 소음과 빛을 뿌려대며 사방을 비산하는 장력은 부딪치는 괴한들에게 상당한 타격을 주었다.

멍하니 그들의 귀신같은 질주를 바라보던 당혜금은 급히 군사를 찾았다.

그는 대열에서 빠져 있었다. 동료들이 괴한들을 물리치며 정문으로 들어가려 할 때까지 산보라도 나간 듯 구경만 하더니, 동료들이 완전히 금룡방 안으로 사라져서야 천천히 걸음을 옮겼다.

아직도 괴한들이 많이 남아 있었기에 그녀는 황룡문으로 갈 생각도 완전히 버리고 그를 지켜보았다.

전율?

혈리연이 첫 걸음을 내딛을 때, 그녀는 가슴에서 요동치는 감정이 무엇인지 정확히 알 수 없었다.

옷깃이 터질 듯 부풀어 오르더니 빛나는 무언가가 사방으로 뻗어나가는 모습과 그 때문에 달려드는 괴한들이 단번에 쓰러지는 장면.

절대강자만이 내뿜는 압도적인 힘이 느껴졌다.

두 번째 걸음에서는 사방을 비산하는 수십 개의 빛이 그에게 돌아가 주변을 감싸고 있었다. 반딧불처럼 보이는 그것은 괴한을 쓰러뜨릴 때와는 달리 아름다워 보였다.

세 번째 걸음을 떼었을 때에 그의 검이 뽑혔다. 그리고 네 번째 걸음!

그제야 그녀는 자신의 감정을 알아차렸다.

"저럴 수가!"

살인귀!

혈리연은 살인귀였다. 검을 내지를 때마다 강기가 뻗어나가고, 강기에 맞은 괴한들은 토막이 나거나 터져 나갔다. 주변을 맴돌던 빛도 다시 어지럽게 공간을 가르며 괴한들의 급소를 노리는데, 당할 자가 없어 보였다.

공포였다.

'저런 고수가 세상에 있을 수 있어?'

그녀는 몸을 떨었다.

"크아악!"

여기저기에서 들리는 즐거운 소리!

자하문주 사립파는 금룡방의 위사들이 죽어가는 모습을 즐기며 천천히 내원으로 걸어가고 있었다. 그 옆에는 사십대의 중년인이 어깨를 나란히 하고 있는데, 간사한 쥐 상의 사내였다.

쥐 상의 사내가 말했다.

"고맙소. 대충 해결될 것 같소. 생각보다 훨씬 깔끔하군요."

"마음에 드신다니 다행이오. 그만한 대가는 확실히!"

쥐 상의 사내, 금룡방의 부총관 옹진(雍陣)이 고개를 끄덕였다.

"당연한 말씀."

"아! 그리고 무림맹이 나서지 않게 내부 분쟁으로 처리하는 것도 잊지 마셨으면 좋겠소."

"알고 있소. 그대에게는 피해가 가지 않게 할 것이니 염려 마시오."

대화를 나누며 그들은 여전히 내원을 향해 걸음을 떼었다. 그때, 반대쪽에서 사이한 기운을 물씬 풍기는 검은 인영이 다가와 고개를 숙였다.

그를 알아본 사립파가 물었다.

"장! 어떻게 됐나?"

장이라 불린 사내가 급히 대답했다.

"저항이 조금 거셌습니다만, 끝났습니다."

"의외로 금룡방도 꽤 했군!"

"그래도 우리에게는 어린아이의 재롱에 불과하지요. 고수라고 말할 수 있는 자들이 거의 없습니다."

"방주는?"

"전대 방주와 함께 가솔들까지 모두 생포해 놨습니다."

보고와 함께 옹진을 힐끔 보고는 말을 이었다.

"부총관께서 말씀한 반대파 간부들은 계획대로 모두 척살했습니다."

옹진이 희미한 미소를 머금었다.

그들은 장의 안내를 받아 내원의 화항당(花缸堂)에 도착했다. 거기엔 분노 감추지 못한 방주 당한강과 당차기 등이 포박당한 채 있었다.

적들의 두목이라 생각되는 사립파와 나란히 모습을 드러낸 옹진을 보고 당한강이 노한 목소리로 꾸짖었다.

"네 이놈! 나와 무슨 원한을 졌기에 외부 세력까지 동원해 금룡방을 쑥대밭으로 만들었느냐? 그러고도 금룡방의 부총관이라고 할 수 있느냐?"

옹진이 비웃었다.

"하하, 당신의 금룡방이겠지. 하지만 금룡방이 원래 누구의 것이지? 전대 원로들이 힘을 합쳐 만든 곳이 바로 금룡방인데, 왜 당씨 가문이 대물림한다는 말이냐."

"고작 그따위 이유였더냐?"

전대 방주 당차기도 노여운 듯 외쳤다.

"어디서 궤변을 늘어놓느냐. 원로에서 모두 허가한 일이다. 네놈은 그릇이 작다 하여 네 아버지께서 반대를 하셨음을 모르더냐?"

"닥쳐!"

웅진은 격한 반응을 보였다.

"당씨가 금룡방을 장악하기 위해 뒤로 원로들에게 뒷돈을 댄 사실을 내가 모를 줄 알고?!"

"모두 네놈 같은 줄 아느냐!"

"시끄럽다! 아무튼!"

웅진은 품속에서 종이 몇 장을 꺼내 당한강의 앞에 던졌다.

"거기에 인장을 찍어라. 나에게 방주직을 물려준다는 증서다."

"차라리 죽여라!"

"못할 것 같으냐? 다만, 옛정을 생각해서 기회를 주는 것이니 찍어라. 아니면, 네 손을 잘라서 내가 대신 찍으랴?"

"마음대로 해라!"

당한강은 결연한 얼굴로 두 눈을 감아버렸다.

웅진이 가소롭다는 듯 말했다.

"좋아. 네 눈앞에서 가솔들을 하나씩 죽여주마! 여봐라, 한 명씩 끌어내어 저놈 앞에다 세워라!"

그러자 괴한 하나가 급히 움직여 명을 이행했다.

당한강이 이를 갈았다.

"죽어서도 용서치 않으리라!"

하지만 웅진은 비소만 흘렸다. 그리곤 잠시 후 그가 괴한을 향해 고개를 끄덕였다. 그러자 괴한이 검을 뽑았는데, 돌연한 사태에 멈칫했다.

콰콰쾅!

내원 뒤쪽에서 굉음과 함께 소란이 일었다. 옹진과 사립파가 인상을 쓰며 뒤를 돌아보았다. 순간 냉기를 풀풀 풍기는 장신의 사내가 싸늘한 검기를 휘날리며 달려오는 것이 보였다. 그 뒤로 다수의 고수들이 뒤따르는데, 자하문의 무사들이 막지 못했다.

사립파가 굳은 얼굴로 외쳤다.

"네놈들은 누구냐!"

내원까지 돌파한 환풍이 한기 가득한 목소리로 짧게 대답했다.

"네 목을 취할 사람!"

말과 함께 그의 신형이 직선으로 사립파를 향해 시위를 떠난 활처럼 움직였다.

놀란 사립파가 분노한 듯 외쳤다.

"막아랏!"

순간 사립파와 옹진의 주위에 있던 자하문의 무사들이 환풍을 향해 달려들었다. 그러나 그중 삼 할은 적발이 쏟아낸 장력에 맞고 쓰러졌다. 나머지는 수영과 수환이 환풍의 양옆에서 벌어져 상대하니, 환풍의 움직임은 자유로울 수밖에 없었다.

쉬리릭!

환풍의 검이 풍차처럼 돌아가 세 명의 적을 베고, 그대로 사립파의 코앞까지 거리를 좁혔다.

사립파도 더는 참지 않았다.

“놈!”

일갈과 함께 그의 손이 환풍의 전신을 뚫어버릴 듯 수십 개의 잔상을 만들며 덮쳐 왔다. 하지만 환풍의 검이 더욱 빨랐다. 채 그의 몸에 장력이 쏟아지기도 전에 강렬한 기운을 뿜어내는 검이 사립파의 낭심부터 머리까지 베어 올렸다.

스팟!

번뜩이는 불빛이 사립파를 반으로 갈라놓았다.

사립파는 몸을 부들부들 떨었다.

“너… 너…….”

그는 믿을 수 없다는 눈으로 환풍의 어깨를 잡았다. 하지만 이내 피분수를 쏟으며 나눠진 몸이 양쪽으로 떨어져 바닥에 걸레처럼 널브러졌다.

문주가 그 꼴이니 머리를 잃은 자하문의 고수들이 당황하기 시작했다. 하지만 그보다 더 혼란스러워하는 사람은 웅진이었다.

그는 발악처럼 외쳤다. 우선 수적인 우세로 밀어붙일 생각이었던 것이다.

“몇 놈밖에 없다. 빨리 처리해!”

장이라는 사내가 사립파를 대신해 나섰다. 그가 웅진의 명에 이어 공격 명령을 내렸다. 그런데 엎친 데 덮친 격이랄까?

콰콰쾅!

내원 밖, 저 멀리서 굉음이 터져 나왔다.

순간 장도 표정을 굳혔다. 내원 밖에도 상당수의 적들이 있다고 생각한 것이다.

　당혜금은 회양월과 함께 금룡장 안으로 들어왔다. 위험 요소라고 할 만한 것이 없다고 판단했던 것이다. 그도 그럴 것이 혈리연이 지나간 자리에는 누구도 살아 있지 못하니…….
　그들은 안전하게 혈리연과 조금 떨어져 뒤따르고 있었다.
　내원에 가까워지자 혈리연이 백여 명이 훌쩍 넘는 괴한들과 다시 싸움을 벌였다. 지켜보고 있던 당혜금이 혀를 내둘렀다.
　“정말 군사가 맞나요?”
　회양월이 고개를 끄덕였다.
　“네, 청천문의 군사입니다.”
　“군사의 무공이 어떻게 저렇게 강할 수가 있죠?”
　회양월은 대답 대신 미소만 보였다.
　당혜금은 다시 혈리연에게로 시선을 돌렸다. 이제 온몸이 피로 범벅되어 인간 같지가 않았다. 지옥의 나찰 같았다.
　검을 휘두를 때마다 강기가 튀어나와 적들을 토막 내고, 주위를 맴도는 빛은 벌처럼 움직여 적들의 급소를 뚫었다.
　“청천문에서 양성했나요?”
　“무슨 말씀인지?”
　“저 혈리연이라는 군사 말이에요. 청천문에서 무공을 익혔냐고요?”
　“초빙한 분입니다.”
　순간 당혜금이 눈을 반짝였다. 회양월의 말이 사실이라면 다른 곳에서도 그를 초빙할 수 있을 가능성이 있다고 생각했기 때문이다.

'돈을 좀 밝히는 것 같던데……. 얼마면 가능할까?

곰곰이 생각하던 그녀가 속으로 중얼거렸다.

'저런 고수라면 십만 냥이라도 아깝지 않겠어.'

과연 그녀의 말대로 괴한들을 혈혈단신으로 물리쳐 환풍 등의 뒤를 못 따라가게 물고늘어지는 혈리연의 실력은 일품이었다.

생각과 함께 그녀는 다시 걸음을 옮겼다. 때마침 내원 정문을 틀어막고 있던 괴한들을 혈리연이 모두 정리하고 안으로 들어가 버렸던 것이다.

금룡방주 당한강은 어수선한 분위기를 파악하느라 정신이 없었다. 이제 끝이라고 생각한 터에 갑자기 청천문의 무사들이 나타나 장내를 혼란으로 몰아넣고, 곧이어 나타난 청천문의 군사가 전세를 완전히 역전시켜 버렸으니 머릿속이 멍해질 수밖에 없었다.

게다가 은근히 무시했던 청천문의 무사들 실력은 또 뭐가 그리 뛰어난지…….

보고 있던 그로서는 기가 막힐 수밖에 없었다.

"아버지!"

주변을 정리하고 있는 혈리연과 그 수하들의 분전 속에서 익숙한 목소리가 그의 귀를 자극했다.

당한강은 급히 소리를 쫓아 시선을 돌렸다.

"금아!"

그는 딸 당혜금의 안전을 확인하고는 다행스런 표정을 지었다.

"무사했구나!"

"네! 회양월 문주께서 도와주셨어요."

포박을 푸는 딸을 일별하고 곁에서 다른 사람을 풀어주고 있던 회양월을 바라보았다.

"고맙소, 회 문주! 이 은혜는 결코 잊지 않을 것이오."

회양월이 멋쩍은 표정으로 고개를 끄덕거렸다. 그때 어디선가 휘파람 소리가 울렸다.

피이익—!

순간 혈리연과 그 수하들에게 내몰리고 있던 자하문의 고수들이 퇴각하기 시작했다. 사실, 휘파람 소리가 아니더라도 물러날 수밖에 없는 상황이었다. 내원뿐만 아니라 외원에서도 전세가 역전되는 낌새를 느낀 금룡방의 무사들이 다시 전투에 가담하고 있었던 것이다.

혈리연은 그들을 무리하게 쫓지 않았다. 우선 도망가는 꼴로 봐서는 전세를 가다듬고 다시 쳐들어 올 것 같지 않았기 때문이다. 지금 중요한 것은 적들의 추격이 아니라 금룡방의 정비였다.

차가운 밤바람이 금룡방 외원에 있는 우정각(優正閣) 지붕

위를 스치고 지나갔다. 거기에 자하문의 금룡방 기습을 처음부터 지켜보았던 복면인이 옆의 사내에게 입을 열었다.

"일이 이상한 쪽으로 꼬이는군요."

검은 붕대로 얼굴을 칭칭 감고 있는 사내. 복면인처럼 얼굴이 드러나지 않는 그가 낮은 웃음을 흘렸다.

"크크크큭!"

복면인이 의아한 눈빛으로 물었다.

"왜 그러십니까!"

"운명은 역시 운명인가 봐. 이런 곳에서 청천문이 있다니. 그리고 그중에 저놈까지? 흐흐."

"무슨 말씀이신지……."

하지만 사내는 혼잣말만 계속했다.

"운명은 내 편인가 보다. 그런 느낌이 드는군!"

"……!"

"우선 금룡방의 일은 실패라고 봐야겠지?"

"아쉽지만 어쩔 수 없죠. 아니면 본 교에서 데려온 고수를 투입시킬까요?"

"외부 세력이 개입되면 무림맹이 가만히 있을 않을 거다. 옹진이 잡힌 이상 우리가 나서는 것은 모양새가 좋지 않아."

"그럼 사립파의 복수는……?"

"굳이 복수해야 할 이유라도 있나?"

"자하문은 본 교의 분타입니다."

"무능한 놈의 말로일 뿐. 굳이 해야 한다면 나중으로 미루면 되겠지.”

“하지만 문주의 시신이라도!”

그러자 사내는 안력을 높여 내원을 바라보았다.

‘역시 천마역혈경을 사 단계까지 완벽하게 소화해 냈구나. 재밌는 구경거리였어.’

중얼거림과 함께 그가 명했다.

“차라리 잘된 일. 굳이 청천문까지 갈 필요가 없겠어. 넌 문주의 시신을 확보해라. 그동안 내가 저놈들을 맡을 테니.”

복면인이 고개를 끄덕이며 몸을 날렸다.

타닥!

두 명의 사내가 바람 같은 신법을 이용해 금룡방 내원으로 난입했다. 순간 혼란스런 장내를 수습하던 금룡방의 고수들이 경계의 빛을 띠며 그들을 주시했다.

가장 먼저 금룡방주가 물었다.

얼굴을 가린 자들이라 잔뜩 의심 담긴 목소리였다.

“그대들은 누구요?”

두 사내는 물음에 대한 답을 하지 않았다. 다만 복면을 쓴 자가 바닥에 쓰러져 있는 사립파의 사체를 안아 들었을 뿐. 눈만 빠끔히 드러낸 붕대의 사내는 한곳에서 멀뚱히 서 있는 혈리연에게 걸어가고 있었다. 워낙 자연스런 동작이라 사람들은 그들을 제지할 생각도 못하고 표정만 굳혔다.

“혈리연!”

순간 혈리연이 인상을 구겼다.

"누구지? 날 아는 것 같은데, 난 왜 널 모르지?"

붕대사내가 피식 웃었다.

"훗! 너도 날 안다."

"기억이 안 나는데?"

"그럴 수도 있지. 이해한다. 꽤 오랜 시간이 지났으니까."

"오랜 시간?"

혈리연의 표정이 묘하게 일그러졌다. 오랜 시간이 지났다면 그가 마각일 때의 인연이 분명하다고 생각했기 때문이다.

차갑게 가라앉은 혈리연의 눈빛이 붕대사내의 전신을 훑었다. 하지만 눈 이외에는 아무것도 상대의 신분을 확인할 만한 것이 없었다.

그는 다시 표정을 풀며 손을 휘휘 저었다.

"실없는 소리 말고 용건이나 말해봐. 금룡방을 공격한 놈들과 관련이 있나?"

"맞다. 하지만 진짜 용건은 너에게 있지."

"……!"

"이것이 운명이란 것일까? 여기에서 널 만나게 될 줄 몰랐다."

"어렵게 빙빙 돌리는 악취미가 있나 보군."

혈리연은 이상한 놈 다 보겠다는 표정이었다. 하지만 그런 얼굴도 사내의 품속에서 나온 비수를 보자 싸늘하게 식을 수밖에 없었다.

"그건…….”

수영과 수환 등도 표정을 굳혔다.

작은 비수 하나. 그것은 손노가 항상 몸에 지니고 다니는 것이었다.

갑자기 혈리연의 주변이 강렬한 기운으로 꿈틀거렸다.

"어디서 났지?"

사내가 비소를 머금었다. 가늘어진 눈빛만 보아도 알 수 있었다.

그는 비수를 혈리연에게 던지며 말했다.

"그것의 주인이 자넬 만나고 싶어하더군.”

"어딨나?"

"정보의 값은 꽤 비싼 편이야.”

스르릉!

혈리연의 검이 예기를 뿜으며 뽑혔다. 그러나 사내는 여전히 웃는 눈빛. 그는 재밌다는 어조로 말을 이었다.

"내가 원하는 것을 주면 너도 원하는 것을 얻을 거다.”

"널 고문할 수도 있다는 생각은 못하는군!"

말과 함께 혈리연의 신형이 사내에게로 움직였다. 눈 깜짝할 사이에 거리를 좁히는 그 신법을 보고 모든 사람들이 경악했다. 하지만 더욱 놀라운 것은 사내의 방어였다.

팡!

사내가 손을 뻗자 혈리연의 검은 무언가에 막힌 듯 허공에 정지되었다.

푸우웅!

순간 혈리연의 몸에서 강렬한 기운이 연기 빠지는 소리와 함께 사방으로 쏟아졌다. 지독한 기운 때문에 장내의 사람들이 몸을 떠는데 붕대사내는 여전히 그 자리에서 손을 뻗은 채 검을 막고 있었다. 그러다 갑자기 폭발이 일어났다.

콰쾅!

굉음과 함께 혈리연이 십여 걸음을 뒤로 물러났다. 붕대사내 또한 마찬가지.

붕대사내가 웃으며 말했다.

"지금은 대화할 기분이 아닌 것 같군. 조만간 찾아가지."

이미 복면인은 장내를 벗어난 후였고, 붕대사내도 비조처럼 날아 건물 위로 사라져 버렸다. 그제야 혈리연이 울컥 피를 쏟아냈다.

"크으윽!"

그 모습에 놀란 동료들이 달려왔다.

"괜찮습니까?"

수영의 말에 혈리연이 손을 저었다.

"빌어먹을! 저놈……."

그는 사내가 사라진 건물 지붕을 바라보았다.

적발이 물었다.

"아는 자입니까요?"

"글쎄……. 짐작이 가는 자가 있기는 하지만, 그자는 이미 죽었고……."

뒤틀린 기혈은 다스린 혈리연이 입가에 묻은 피를 닦아냈다. 그리고는 회양월에게 말했다.

"기분이 좋지 않아."

회양월도 고개를 끄덕이자 이번에는 당혜금을 향해 말했다.

"약속한 돈을 줘야겠어."

"크으윽!"

나무 위를 섬전처럼 달리던 붕대사내가 신형을 멈추고는 피를 토했다. 앞서 달리던 복면인이 그 소리를 듣고 방형을 틀어 다가왔다.

"괜찮으십니까?"

붕대사내의 눈빛이 불같이 이글거렸다.

"내가… 내가 밀리다니……!"

복면인이 흠칫 떨었다. 하지만 분노로 물든 사내의 눈빛은 거짓말처럼 사라져 있었다. 그는 처음의 태평스런 눈이 되더니 하늘을 보며 한숨을 쉬었다.

"휴! 본 교에 연락을 넣어야겠다."

"어떻게 전할까요?"

"계획을 좀 더 앞당겨야 할 것 같다고."

"존명!"

＊　　＊　　＊

청천문에 돌아온 혈리연은 금룡방에서 가져온 사만 냥의 어음을 금화로 바꾸는 작업에 들어갔다. 금화로 따져도 이천 냥에 달하는 막대한 자금이었기에 하루 이틀 사이에 될 일은 아니었다. 그러는 사이, 다음 사업에 대한 설명을 들은 회양월이 경악했다.

"도대체 무슨 말씀을 하시는 겁니까? 인삼 밀거래라니요?"

"이미 조선 상인들과 거래하기로 약조했으니까 서로 힘 빼지 말자."

"아무리 그래도, 인삼을 사들여 와서 어쩌실 생각입니까?"

"조선 인삼 증포술은 잘 알고 있겠지? 인삼은 삼산 다음으로 치는 약재야. 조선에서도 한 근에 은자 다섯 냥씩이나 하는 값비싼 품목이지. 그 비싼 것이 북경을 통해 들어와 여기서는 세 배에서 양이 적을 때는 다섯 배까지 뛴다는 말이야. 이해가 안 가?"

"다, 다섯 배?"

"사만 냥을 투자한 만큼 떨어지는 금액은 설명 안 해줘도 되겠지? 거기다 우리가 거래할 것은 홍삼이다."

"홍삼?"

"인삼을 쪄서 말린 것이지. 보관 기간이 상당히 길고, 효과는 보통 인삼보다 훨씬 좋아진 거야. 조선만이 가지고 있는 기술일 뿐 아니라 가격도 훨씬 비싸기 때문에 이윤을 더 남길 수 있을 거다."

그 말에 의도에서 돌아온 양원이 의문을 드러냈다.

"아무리 그래도 사만 냥이나 되는 물량을 확보하면 그 수가 엄청날 텐데, 그것을 어찌 다 소화한다는 말이오? 오히려 가격이 떨어질 수도 있잖소."

"걱정 마시오. 인삼이 북경을 통해 들여와 남쪽의 약재상까지 떨어지는 양은 극히 미약하니까. 그만큼 인삼의 선호도가 좋다는 것이 아니겠소? 그리고 사만 냥의 물량 중 장강 일대의 약재상에 풀 물량은 삼 할밖에 되지 않을 테니 가격이 떨어질 염려가 없소."

이번에는 장충동이 고개를 갸웃거렸다.

"그럼 남은 칠 할은 어쩌시려고 그러십니까?"

혈리연이 씨익 웃었다.

"그것을 다시 외국으로 가져다 팔 거요. 서국과 남만을 생각하고 있는데, 서역은 너무 시일이 걸리니까 중간에 위치한 서장에 가져가서 거래를 할 생각이오. 남만으로 가져갈 것은 운송장을 가지고 있으니 아주 쉽소."

"설마 운송장을 차지한 것도 인삼과 관련이 있었던 겁니까?"

"결정에 중요한 역할을 한 건 사실이오."

장충동의 혈리연의 준비성에 새삼 놀랐다. 모든 사업이 연관이 있어 보였다.

혈리연의 말이 이어졌다.

"아무튼 다행히 서장에 많은 물량의 인삼을 거래할 곳을 내가 알고 있으니 비싼 값에 팔 수 있겠지. 경비야 들겠지만 그건 최소한으로 줄이면 되고."

"그래도 국법으로 금지한 물품을 서역까지 내다 판다는 것은 이중의 위험 부담이 있습니다."

회양월의 불만은 혈리연이 측정한 액수로 무마되었다.

"사만 냥의 물량으로 떨어지는 예상 총액이 이십만 냥이다. 금룡방에 삼만 냥만 주면 되니 십칠만 냥이 남는 셈이지. 그 돈이면 지금 청천문이 가진 빚을 모두 청산한다고 해도 십만 냥이 족히 넘게 남을 거야. 그만한 현금을 확보한 문파가 호북에 몇이나 될 것 같냐? 이번 일만 성공하면 뛰어난 고수도 초빙할 수 있을 것이고, 잃어버렸던 사업을 모두 되찾고도 남을 거다. 문제는 그 이후의 운영인데……."

혈리연이 피식 웃었다.

"그때부터는 이제 네 몫이다. 네 능력에 따라 명문이 될 수도, 아닐 수도 있겠지."

"……!"

회양월은 침묵을 지켰다.

그것을 허락으로 받아들인 혈리연이 외쳤다.

"자! 그럼 신나게 움직여 볼까!"

第四章

암운(暗雲)

1

“인삼을 사들였다고?”

의도의 청월관에서 차가운 여인의 놀란 목소리가 이어졌다.

“어떻게?”

“예전부터 은밀히 조선 상인들과 밀거래를 종용했던 모양
입니다.”

“물량은?”

“사만 냥의 거래가 있었으니 상당할 겁니다.”

순간 앳된 여인의 목소리가 경악했다.

“사만 냥이라고?”

“금룡방의 일을 아시지 않습니까. 금룡방과 모종의 거래가
있었을 것으로 생각합니다.”

"아무리 그래도 사만 냥을 청천문의 무엇을 보고 준다는 말이지?"

백은소는 믿을 수 없었다. 혈리연이 백마동을 다녀간 후에 그녀도 백마동을 나와 청월관에 있었다. 할머니 몰래 혈리연의 뒤를 캐기 위해서였다. 그래서 금룡방의 일도 잘 알고 있었다. 의문의 고수들을 동원한 부총관 옹진이 내분을 일으켰고, 그 과정에 우연히 끼어들게 된 청천문과 혈리연이 해결을 해 주었던 일을.

하지만 사만 냥은 턱없이 많은 액수였다.

월향도 그 점을 들어 조심스럽게 추측했다.

"아마 빌려주는 형식을 취하지 않았을까요?"

"흐음!"

빌려주는 것이라면야 가능하리라 생각했다. 그 역시 터무니없이 많은 액수이기는 했지만.

문득 백은소가 궁금증을 드러냈다.

"그런데 홍삼을 어떻게 거래를 했지? 큰돈이 되는 물건이라 관에서 가만있지 않을 텐데?"

"밀거래죠."

"하지만 밀거래를 주도하는 북경의 문파들이 가만히 있었을까?"

"책문까지 직접 가서 은밀히 가져온 것으로 압니다. 우리 정보원이 따라가지 않았다면 몰랐을 정도로 조심스럽게 사들였더라고요."

"흐음, 그럼 그 많은 물량은 어떻게 처리지?"

"일부는 장강 일대에 퍼져 있는 약재상들과 거래를 한 것으로 보입니다. 그리고 일부는 이곳 운송장으로도 이동시켰으니 장강을 타고 남쪽으로 가지 않을까요?"

"외국으로 판다는 말?"

"외국이라면 더 비싼 값에 거래할 수 있을 테니까요. 조선의 인삼은 어디에서도 나지 않는 귀한 물건이잖습니까. 중원에서도 그 가치 때문에 인삼을 재배했지만 약효가 조선 인삼에 비할 바가 못 되죠."

"하지만 그 먼 곳까지 유통시키려면 말린 인삼이라도 상품 가치가 떨어지지 않을까?"

"저도 그 점이 이상해서 알아보니 보통 인삼과는 달랐습니다."

말과 함께 그녀는 품속에서 작은 상자 하나를 꺼냈다. 거기엔 다른 인삼과는 달리 붉은색을 띠는 인삼이 들어 있었다.

"홍삼이랍니다. 조선의 증포 기술을 이용해 만든 것인데, 유통기한에서부터 약효까지 올린 것이라더군요. 시중에 푼다면 상당한 이문이 남을 것으로 예상됩니다."

"그럼 나머지 일부는 어떻게 처리를?"

"국경을 넘어 서장으로 가져간다는 정보가 있었습니다."

순간 백은소의 눈이 반짝였다.

"어느 정도 수익이 예상돼?"

"글쎄요… 시중에 풀린 홍삼과 남만으로 가져갈 양을 제외한다면 거의 사 할에 달하는 물량을 거래할 것이라 봐야겠죠. 아마 십만 냥 이상의 자금은 만들어질 겁니다.”

“중원에서 파는 것과 남만으로 가져가는 것까지 합치면 그 두 배는 족히 넘겠네?”

“그렇게 봐야 할 겁니다.”

백은소의 입가에 묘한 미소가 어렸다.

월향이 불안한 듯 물었다.

“왜 그러십니까?”

“우리도 끼어들어야겠어.”

“네? 궁주님께서 이 사실을 아시면 가만있지 않을 텐데요. 게다가 그 큰 이윤을 우리와 나눠 가질 자들이 아닙니다. 재고 하심…….”

“협박하면 되겠지.”

“어떻게요?”

“국경 수비대를 맡은 홍정 장군을 알고 있겠지?”

월향이 고개를 끄덕이다가 인상을 찌푸렸다. 혈화궁은 무림 뿐만 아니라 황실과 나라 관리들과도 밀접한 친분을 유지하고 있었다.

“무림의 일에 관을 끌어들이시면 문제가 커집니다. 소문이 라도 나면 어쩌시려고요.”

“끌어들이지 않아. 단지 우리가 끼어들 여지를 만들어놓을 뿐. 그리고 북경에서 밀무역에 관여하고 있는 문파를 알아봐.”

“왜 그렇게 청천문의 일에 관심을 가지시는 거죠? 운송장에 대한 복수 때문이라면 다른 방법을……."

백은소가 손을 저었다.

"나가봐!"

*　　　*　　　*

하북성 개봉 북쪽에는 무림 정파인들이 우러러보는 거대한 장원이 있다. 하나의 성처럼 웅장함을 뽐내는 그곳이 바로 정도 무림을 통제하고 조율한다는 무림맹.

"차 맛이 좋구려."

무림맹 효정각(效情閣) 꼭대기 층에 차를 홀짝이는 노인이 만면에 미소를 띠었다. 청성검인(淸聲劍人)로 불리며 무림맹의 수석 장로를 맡고 있는 영호영(令狐玲) 장로였다.

그는 찻잔을 내려놓으며 같은 탁자에 앉아 있는 다섯 명의 인물을 바라보았다. 모두 무림의 명숙들로 무림맹을 이끌어가는 노고수들이었다.

그러다 맞은편에 앉아 있는 왜소한 노인에게로 시선을 고정시켰다. 떴는지 감았는지 알 수 없을 정도로 작은 눈에 납작한 코. 게다가 입 주위를 덮은 순백의 수염이 어색한 노인이었다. 전체적으로 어딜 가나 흔히 볼 수 있는 평범한 외모였다.

하지만 그의 직함이 붙는다면 그는 전혀 평범하지 못했다. 그가 바로 현 무림맹의 맹주이자 대도문의 전대 문주였던 파황신검(破荒神劍) 한길승(罕吉昇)이었기 때문이다. 삼황 중 한

명으로 통하는 그의 무공은 그 깊이를 짐작하는 사람이 없었
다.

"영호 장로의 입에 맞다니, 다행이오."

맹주라는 직책에 어울리지 않게 한길승은 후덕한 미소를 지
었다.

"홀로 무림맹에 있으니 적적하기도 하고, 요 몇 년간은 평화
로워서 할 일도 없으니…… . 바쁘신 여러분들을 모신 것은 그
때문이오."

그 말에 나이가 가장 적은 용백(龍帛) 장로가 껄껄거리며 웃
었다. 가장 어리다지만 이미 여든을 훌쩍 넘긴 그였다.

"허허허, 맹주께서 그리 말씀하시면 매일 손자 녀석을 붙잡
고 바둑으로 시간을 때우고 있는 제가 민망하지 않습니까!"

순간 여기저기에서 기분 좋은 웃음이 터져 나왔다. 그러다
정현(靖炫) 장로가 나섰다.

"이렇게 맹이 한눈에 보이는 곳에서 차를 마시니 한결 기분
이 좋군요."

모두 고개를 끄덕였다. 농담처럼 한가하다는 말을 했지만
사실 누구보다 바쁜 그들이었기에 이런 자리가 기꺼울 수밖에
없으리라. 매달 한 번씩 열리는 장로회를 제외하고는 사실, 이
렇게 맹주와 장로들이 따로 자리를 마련해 담소를 나누는 경
우는 거의 없었기 때문이다.

"자주 이런 자리를 만들어주십시오, 맹주님! 오늘 오지 못한
다른 장로들도 좋아할 겁니다."

"허허, 이렇게 반응들이 좋을 줄은 몰랐소. 알겠소, 못해도 보름에 한 번씩은 그대들을 부르리다."

그때 노인들의 시선이 계단으로 향했다. 아래층에서부터 빠른 걸음 소리가 올라오고 있었기 때문이다.

새로 모습을 드러난 자는 유청(留淸) 장로였다. 맹의 정보를 담당하고 있는 그는 뭐가 그리 급한지 맹주와 장로들을 향해 고개만 한 번 까딱거리고는 급히 남은 자리에 앉았다.

그를 보던 용백 장로가 의아한 시선을 드러냈다.

"표정이 왜 그러시오? 안 좋은 소식이라도 있는 것이오?"

"그게……."

그는 잠시 숨을 고른 후 말을 이었다.

"요 한 달 사이에 무림 전역에서 여덟 개의 문파가 변고를 겪었습니다. 그 전부가 내분으로 일어난 일입니다."

정현 장로가 고개를 갸웃거렸다.

"무림의 시비야 언제 어디서나 있는 것이거늘, 그것이 무슨 문제가 된다는 말씀이오?"

"모두 정도 문파인 데다가, 그중 두 개 문파에서 나온 사상자들의 상흔에 놀라운 것이 발견되었습니다."

그제야 무림맹주가 흥미를 드러냈다.

"그것이 무엇이오?"

"천고진검(天鼓眞劍)의 상흔과 역팔령(易捌靈), 염왕야검(閻王夜劍)입니다."

"처, 천고진검?"

“역팔령?”

순간 장로들이 몸을 떨었다.

용백 장로가 경악한 목소리로 물었다.

“그것이 사실이오?”

“그렇습니다.”

“하지만 그것들은 마각의……. 그들은 이미 오래전에 말살되었소. 어찌 그들이 쓰던 무공이 나온단 말이오?”

“확실합니다. 그리고 하나 더, 제가 확신할 수 있었던 것은 청천문입니다.”

“청천문? 청천문이라면 회정 문주께서 일구신 문파가 아닙니까!”

“그렇습니다. 아시다시피 회정 문주님이 돌아가신 후 급격히 쇠퇴의 길을 걷고 있다가, 최근 일 년 만에 급성장을 하게 되었습니다. 예전에 녹림토벌전 때의 일 때문에 조사단을 파견했다가 우연히 알게 된 사실인데……. 거기에 군사로 초빙되어 온 혈리연이라는 자가 옛 마각의 생존자일지도 모른다는 정보가 입수되었습니다.”

영호영 장로가 고개를 저었다.

“그럴 리 없소.”

“아닙니다. 사실, 처음에는 저도 그렇게 생각하여 묵혀둔 정보였으나 오늘 이런 서신을 받았습니다.”

말과 함께 그가 서신을 펼쳐 탁자 위에 올려놓았다.

모두 시선을 고정시켜 그것을 읽기 시작했다.

영호영 장로가 인상을 구기며 낮게 물었다.

"누가 보낸 것이오?"

"익명의 제보입니다."

"익명의 제보?"

"그렇습니다. 혈리연이라는 군사가 옛 마각의 생존자라는 증거까지 제시하고 있으니……. 저는 확신하고 있습니다."

"하지만 그 증거라는 것을 확인하지 못했잖소."

"그래서 사람을 따로 파견했습니다. 수일 중으로 파악이 될 것입니다만, 그전에 대책을 마련해야 되지 않겠습니까? 혹, 그가 마각이라면 이번에 일어난 문파 간의 내분에 밀접한 관계가 있을 겁니다."

그때 무림맹주가 조심스럽게 입을 열었다.

"청천문의 군사라면, 청천문주는 알고 있소?"

"모르겠습니다. 아직 파악하지 못했지만, 설마 알고서 그를 초빙했겠습니까? 회양월 문주는 아직 어리지만 강직하고 의를 아는 자입니다."

용백이 다시 말했다.

"만약 그가 마각이고, 이번 일이 전혀 무관하지 않다면 꽤 큰 문제가 되겠군요."

그들은 예전에 일어났던 마각의 혈풍을 떠올리며 불안한 표정을 드러냈다.

마각!

단 오백 기로 무림맹에 정면으로 도전했던 자들. 그리고 마지막 전투를 제외하고는 한 번도 이겨보지 못했던 그들에 대한 공포는 아직도 머릿속 깊숙이 자리 잡고 있었다. 게다가 절애곡에서 남은 잔당들을 처리할 때는 어땠던가!

천라지망이 깨지고 한 곳을 철통같이 방비하던 무사들이 전멸이라는 놀라운 결과를 맞지 않았던가.

지금까지 침묵으로 일관하던 만조강(萬朝强) 장로가 입을 열었다.

"그가 마각의 생존자가 확실하다면 그의 의도가 무엇이겠습니까? 또 다른 생존자가 있을 가능성은 얼마나 됩니까?"

"글쎄요. 마각이 무림을 몰아치기 전에 후진양성을 하고 있었다고 가정한다면 생각보다 많은 자들이 있을지도 모릅니다. 아니면 절애곡에서 천행으로 빠져나갔으리라고 본다면 극소수일 수도 있겠죠. 하지만 어느 쪽이든 조속히 처리해야 할 문제임이 분명합니다."

모두 고개를 끄덕이는 가운데, 맹주 한길승만 한숨을 쉬었다.

"우선 확실한 정보가 중요하오."

유청 장로가 고개를 끄덕였다.

"알겠습니다. 확인되는 대로 맹주께 보고를 올리겠습니다. 그런데, 그가 마각이라면 어찌시겠습니까?"

맹주의 작은 눈이 가늘어졌다. 안 그래도 작은 눈은 감은 것처럼 보였다.

"처리를… 무림이 동요하지 않게 은밀하게!"

                    *   *   *

　청천문 북쪽 겨울의 삭풍이 앙상하게 말라비틀어진 들풀을 쓰러뜨리고 있었다.

　바람이 찬 날은 달빛이 밝다.

　사방이 훤히 비치는 들풀 중앙에 혈리연은 가만히 붕대사내를 바라보고 있었다.

　차가운 바람을 맞으면서도 그들은 떨지도 않고 뿌리박힌 나무처럼 요지부동이었다.

　한참 만에야 혈리연이 입을 열었다.

　"원하는 것은 그 상자와 그것뿐?"

　"뭔가를 더 주고 싶다면 마다하지 않겠다. 호호호!"

　"……."

　"훗! 표정에 변화가 없군. 신경 쓰지 않겠다는 건가? 네가 위험할 수도 있는데?"

　"별로……."

　"자신감치고는 과하군!"

　"네가 신경 쓸 바가 아니다. 그보다……."

　혈리연의 눈빛은 삭풍보다 더욱 차가웠다.

　"불공평하다는 생각이 안 드나? 너는 나를 아는데, 나는 너를 모르잖나."

　"시간이 되면 알게 될 거다. 약속대로 손노는 그때 넘기지."

“그의 신변에 조금의 이상이라도 있다면 지옥의 염라대왕
도 너를 알아보지 못하게 될 거다.”

붕대사내는 비릿한 웃음을 흘렸다. 그러다 문득 들고 있던
나무 상자를 바라보고는 호기심 어린 눈빛으로 혈리연을 주시
했다.

“이것이 무엇인지 궁금하지 않느냐? 아니면 이미 확인해 보
았나?”

“관심없어.”

말과 함께 그가 몸을 돌렸다.

붕대사내도 마찬가지. 바람처럼 움직이더니 이미 그가 있던
자리에는 들풀만 여전히 나부꼈다.

혈리연이 청천문에 돌아왔을 때, 회양월이 잔뜩 긴장한 얼
굴로 그를 바라보았다.

“무슨 일이죠? 왜 그 상자가 필요한 거였어요? 누구를 만난
겁니까? 상자는요? 상자는 어떻게 했습니까?”

혈리연이 심드렁한 표정으로 고개를 갸웃거렸다.

“내 마누라 행세라도 하고 싶은 거냐?”

“무슨 말씀입니까? 아버지께서 돌아가시기 전에 저에게 남
긴 소중한 유품이란 말입니다.”

“그렇게 소중한 걸 왜 나에게 줬어?”

회양월은 어이가 없었다. 그것이 필요하다며 고집을 부렸
고, 이유는 다녀와서 설명해 주겠다고 했던 혈리연이었다. 그

런데, 이제 와서 딴소리라니…….

회양월은 참지 못했다.

목소리에 잔뜩 힘이 들어가고, 전에 없이 표정이 차가워졌다.

"이유를 설명해 주십시오."

혈리연이 그 눈빛을 보더니 피식 웃었다.

"날 믿어라. 네가 가지고 있어봤자 득이 될 것이 없는 물건일 거다."

"열어보셨습니까? 절대 열어보지 말라고 했잖습니까."

"안 열어봤다. 대충 짐작만 할 뿐이지."

"짐작?"

혈리연은 아무 말도 하지 않았다.

회양월도 가만히 그만 주시했다. 뭐라고 화를 내야 정상인데, 이상하게 혈리연의 얼굴이 좋지 않아 보였던 것이다. 뭔지 모를 불안이 그의 얼굴에 짙게 깔려 있는 듯했다.

한참 동안 말없던 그가 조심스럽게, 하지만 분노를 삼키는 목소리로 입을 열었다.

"아버지의 유품……. 그것이 무엇인지 저는 알 권리가 있다고 봅니다."

"피를 부르는 물건이다. 그리고 너에게 쓸모도 없는 물건이지. 또한……."

혈리연의 눈빛이 번뜩였다.

회양월은 그것이 순간적으로 살기라고 생각했다.

"네 아버지의 유품도 아니다. 내 짐작이 맞다면 분명 그것은 다른 사람의 것이다. 네가 소유권을 주장할 수 없는 물건이야. 훗날, 그것이 무엇인지 알았을 때, 나에게 감사해할 거다. 그러니 지금 당장은 모른 척해줘."

"……."

"피곤하다. 내일이면 서장으로 떠나야 하니, 나가줘."

평소와 다른 혈리연의 분위기 때문에 회양월은 혼란스러웠다. 도대체 뭘까? 무엇이 피를 부르는 물건인가!

하지만 어쩔 수 없었다. 혈리연의 말은 거짓 같지 않았다. 정확히 알 수는 없지만 먹구름이 청천문을 휩쓸 것만 같은 불안이 잔뜩 그를 긴장시켰다.

"꼭! 나중에 꼭 그것이 무엇인지 가르쳐 주십시오. 약속하면 물러나겠습니다."

혈리연이 고개를 끄덕였다.

"그러지."

청천문은 홍삼 거래를 위해 서장으로 떠날 준비 작업으로 새벽부터 부산을 떨었다. 엄청난 양의 홍삼을 이동시켜야 했기에 많은 마차가 필요했고, 또 거친 비적 떼가 자주 출몰하는 곳을 지나쳐야 했으므로 표사의 숫자도 다른 표물 운송 때보다 많을 수밖에 없었다. 그러니 긴 여정에 필요한 생필품이며, 식량 등을 실을 마차도 더해질 수밖에.

큰 마차 네 대와 작은 마차 여섯 대나 되는 거대한 상단을 꾸리는 작업은 한 시진 반이나 소비되었다. 하지만 그것은 이미 예정된 순서, 문제될 것이 없었다. 정작 회양월을 곤란하게 했던 문제는 불청객의 난입이었다.

안 그래도 어제 혈리연과의 대화 때문에 밤잠을 설친 그인데, 혈화궁에서 사람이 찾아와 불쾌한 제안을 하니 기분이 나쁠 수밖에.

그는 조용한 회의실에 아름다운 외모와는 달리, 속이 뻔히 들여다보이는 여우 짓을 하는 백은소라는 여인을 향해 잔뜩 인상을 구기고 있었다.

그것은 혈리연도 마찬가지였다. 자신의 물건에 누군가가 손대는 것을 극도로 싫어하는 그로서는 당연한 반응일 것이다.

"그러니까, 이번 일에 혈화궁도 끼어달라?"

혈리연의 물음에 백은소가 미소로 답했다.

"네. 말했듯이 자금의 일부를 우리가 낼 겁니다. 운송에 들어가는 돈 또한 일정 부분 부담하죠."

"우리가 허락할 거라 생각하나?"

"허락할 수밖에 없을 거예요."

얼음처럼 차갑고 도도한 그녀의 입가에는 여전히 미소가 자리 잡고 있었다.

혈리연이 으르렁거렸다.

"뭔가 섞은 냄새가 풍기는데……. 뭐지?"

"이번 홍삼은 북경에 미리 사람을 보내 조선 상인들을 몰래 빼돌렸더군요. 그리고 책문까지 가서 몰래 홍삼을 빼돌렸죠?"

회양월이 나섰다.

"그게 문제가 됩니까?"

"아뇨. 하지만 북경에서 책문후시(柵門後市)를 담당하고 있는 문파들이 이 사실을 알면 좋아할 것 같지는 않네요."

“협박을 하시겠다는 겁니까?”

“협박이라뇨? 저는 단지 제안을 하는 거고, 제가 알고 있는 정보를 알려 드렸을 뿐이랍니다, 문주님.”

“재밌군!”

혈리연이었다.

그는 가소롭다는 듯 말했다.

“그래서 어쩌자는 건데? 알릴 테면 알려봐.”

“정말 그래도 될까요? 곤란하지 않을까요?”

“곤란은 무슨. 단지 귀찮아질 뿐이야. 그 정도는 충분히 감수할 능력이 된다는 말이지. 그리고 그들이 알 때쯤이면 이미 서장에서 거래가 끝났을 거고.”

“그럴까요? 그럼 좋아요. 나중에 귀찮음을 마다하지 않겠다면 어쩔 수 없죠. 그렇다면 좀 더 중요한 정보를 알려 드리죠.”

“……?”

“서장으로 들어가는 국경수비대를 어떻게 뚫을 거죠?”

“상관있나? 빈틈은 차고 넘칠 정도로 많아. 괜히 밀무역이 공공연하게 이뤄지겠어?”

“하지만 당신들이 밀거래를 위해 국경을 통과하리라는 정보를 알고 있다면요? 그것도 어느 길로 갈지 정확히 간파하고 있다면 곤란하지 않을까요?”

혈리연이 더욱 인상을 구겼다. 막는다면 뚫으면 그뿐이다. 그럴 만한 능력도 있다. 하지만 그런 과정에서 관과 군대에 상처를 입히게 될 것이고, 나중에 문제가 될 여지가 많았다. 뒷조사를 통해 거래 경로를 물고늘어지면 청천문이 밀거래를 했다는 사실을 알아낼 가능성이 높기 때문이다.

혹, 운이 좋아 관에서 알아내지 못한다 하더라도 문제는 앞의 이 여우 같은 녀석이었다. 그녀는 그것을 고대로 고자질하고도 남을 만해 보였다.

수습용으로 뇌물이라는 좋은 방법이 있기는 하지만 관과 군대를 공격한 사실까지 뇌물이 통할 리는 없다. 관군을 공격한 것은 반역죄로 몰릴 일이니까.

"혹시, 이 사실을 다른 사람이 알고 있나?"

백은소는 피식 웃었다. 그녀가 가진 분위기와는 전혀 어울리지 않는 미소가 오히려 상큼한 매혹을 담고 있었다.

"다른 사람에게 말하지는 않았지만, 제 수하 몇 명은 알고 있죠. 제게 무슨 일이 생기면 곧바로 사방에 소문을 낼 거예요."

"젠장!"

욕설과 함께 그는 픽 돌아앉아 회양월에게 손짓했다.

"고명하신 문주께서 결정하시구랴!"

그러자 회양월이 묻는다.

"어느 정도의 규모를 생각하십니까?"

"많은 양이 아니에요. 서장으로 가져갈 홍삼의 오 푼!"

"오 푼?"

회양월이 놀란 눈빛을 드러냈다. 혈리연도 같은 표정이었다. 오 푼이라도 상당한 이익을 볼 수 있기는 했지만, 혈화궁의 자금력과 욕심을 생각했을 때는 터무니없이 적은 양이 분명했던 것이다.

"그 말이 정말입니까?"

고작 오 푼을 가지기 위해 사파의 선두로 달리고 있는 혈화궁이 정파에 은밀한 조건을 제시한다?

그 오 푼의 이익을 얻기 위해 자금과 운송비까지 일정 부분 부담하면서?

회양월은 이해할 수가 없었다.

"도대체 이유가 뭡니까? 목적이 뭐죠?"

그의 물음은 혼자만의 것이 아니었다. 백은소와 같이 온 월향이라고 자신을 소개한 중년 여인도 놀란 표정을 짓는 것이다.

"아가씨!"

하지만 백은소는 그녀의 외침에는 아랑곳하지 않고 회양월에게 말했다.

"목적 같은 것은 없어요. 단지 서장의 거래 구역을 확보하려는 것뿐. 그리고 오 푼이라도 엄청난 가격에 거래가 된다고 알고 있으니 적절한 이익도 생기니까요. 큰 욕심이 있어서 그런 것이 아니니 염려 마세요."

"그래도……."

회양월은 선뜻 그녀를 믿지 않았다.

백은소가 물었다.

"싫으신가요? 제 요구를 들어주면 국경수비대를 마주치지 않게 해드릴 수도 있어요. 굳이 기회를 보고, 기다리는 과정을 생략할 수도 있다는 말이에요."

"군사는 어떻게 생각하세요?"

"어떻게 생각하긴! 무슨 수작인지는 모르겠지만 오 푼이라면 상관없겠지. 단! 가는 도중에 이상한 낌새가 보인다면 가만히 안 있을 거야."

백은소가 고개를 끄덕였다.

"걱정 마세요. 제가 직접 갈 생각이니까. 그럴 리야 없겠지만 의심이 생기신다면 저를 인질로 잡고 혈화궁에 협박하셔도 돼요. 이 정도면 저를 믿으실 건가요?"

그때 월향이 또다시 소리쳤다.

"아가씨, 무슨 말씀이십니까? 직접 가신다니요?"

"이미 결정했어. 그래야 저분들도 나를 믿어줄 것이 아니겠어?"

"하지만……."

"염려하지 마. 걱정되면 너도 같이 가면 되잖아?"

"당연합니다."

"그럼 됐네."

말과 함께 그녀가 회양월을 보았다.

"끼워주셔서 감사 드립니다, 문주님! 우리도 준비를 해야 하니 출발 시간을 반 시진만 더 늦춰주세요."

"그, 그러죠."

백은소는 포권과 함께 회의실을 빠져나갔다. 그녀의 뒤를 따르던 월향이 참아왔던 의문을 쏟아냈다.

"도대체 무슨 생각이시죠? 왜 그렇게 청천문의 일에 관여하시는 겁니까? 이런 문파를 감시하기 위해 일급 요원들을 몇 달씩 투입시킨 것도 이해할 수 없었는데, 지금은 너무 황당한 일까지 하고 계십니다. 돈이 목적인 줄 알았는데, 오 푼이라니요? 도대체 이번 일로 아가씨께서 얻으려는 것이 무엇이죠?"

"그보다 호위로 열 명만 추려. 너까지 포함해서."

"아가씨!"

꽥 소리치는 월향을 향해 백은소는 회의실에서와 같은 미소로만 답했다. 그만큼 월향의 인상은 굳어졌지만.

"설마 그런 류는 아니겠지?"

멀어지는 백은소를 향해 월향은 고개를 저었다.

표물 출발은 아침식사를 하고 난 사시초(巳時初)였다. 열 대의 마차에 혈화궁의 호위까지 합쳐 오십여 명이 조금 넘는 인원이 투입된 대규모의 이동이었다.

그 모습을 멀리서 바라보던 한 사내가 급히 숲으로 달렸다. 그리고는 아무도 없는 곳에서 깨알 같은 글씨로 뭔가를 종이에 쓰더니 전서통에 담았다. 전서통은 날렵해 보이는 매의 목에 걸려 하늘 끝으로 사라져 버렸다.

*　　　*　　　*

무림맹의 장로 회의실. 그리 밝지 않은 실내에 아홉 명의 노인이 나란히 앉아 있었다. 간단한 다과가 있었지만, 분위기는 무겁게 사방을 짓누르는 듯 침묵만이 감돌았다. 유청 장로가 말해준 정보는 충격이었던 것이다.

마각의 잔여 세력, 그 증거가 사실로 입증되었다.

한참 만에 유청 장로가 다시 입을 열었다.

"열흘 전에 혈리연이 직접 대규모 상단을 이끌고 표물 운송을 떠났습니다. 그리고 사흘 전에 국경을 넘어 서장으로 들어갔다는 연락이 입수되었습니다."

용백 장로가 의심을 드러냈다.

"설마 감시를 눈치 채고 도주한 것은 아니오?"

"움직임으로 보아 우리의 낌새를 눈치 챈 것은 아닌 모양입니다. 밀거래인 것 같다는 보고도 있었습니다."

"흐음! 그렇다면 이제 어찌해야 하오?"

"우선 마각의 잔존 세력이 그 한 명인지, 아니면 더 많은 고수들이 남아 있는지부터 파악해야 할 것으로 보입니다. 하지만 사실 지금은 파악이 불가능합니다. 더 이상 정보원들이 움직였다가는 발각될 가능성이 있기 때문입니다. 사실, 증거수집도 익명으로 보낸 자 때문에 알 수 있었던 것뿐. 다른 마각에 대한 존재 여부는 지금처럼 우리 정보원들이 숨어서 활동해야 한다면 많은 제약이 따를 수밖에 없습니다."

그러자 수석 장로 영호웅 장로가 고개를 저었다.

"그건 중요하지 않소. 지금 중요한 것은 혈리연이라는 자의 마음이오. 무엇 때문에 청천문에 들어갔는지, 그것부터 파악하는 것이 중요하지 않겠소? 만약……."

그는 침음을 흘리며 말을 이었다.

"복수의 의도를 품고 있다면…… 그리고 그 대상이 무림맹이라면 그냥 두고 볼 수는 없다고 생각하오."

모두 동조 의사를 보였다. 그중 만조강 장로가 다른 문제를 제기했다.

"청천문에 대한 처리도 조속히 있어야 할 것 같습니다. 그가 마각의 인물임을 알고도 군사로 받아들인 것이라면 문주가 짊어져야 할 죄는 무거울 겁니다."

역시 모두 동조했다. 다만, 무림맹주 한길숭만 혀를 찼다.

"아직 어린아이요. 알고 그랬을 리는 없겠지만, 혹 그렇다 하더라도 그 아이에게 무슨 잘못이 있겠소. 잘못이라면 그를 돌봐주지 못한 우리의 잘못이겠지."

유청이 조심스럽게 물었다.

"회정 문주님 때문에 그러시는 겁니까?"

"맞소. 누구보다 맹을 위해 힘썼던 분이셨소. 마각과 마교의 도발에도 죽음을 마다하지 않고 앞장섰던 분. 그런데 돌아온 결과는 문파의 세력 감소. 이번 일에 청천문에 대한 문제는 빼두는 것이 좋을 것 같소. 문파가 그 지경이 되도록 지켜주지 못한 우리 잘못이 아니겠소?"

그러자 모두 난감한 표정을 드러냈다. 하지만 완전한 동조는 아니었다.

만조강 장로가 말했다.

"맹주님의 말씀이 맞습니다. 하지만 결코 마각에 대한 일은 간과할 수 없는 일이 아닙니까. 기회는 주되, 그 기회를 마다한다면 처벌은 당연하다고 봅니다."

"기회?"

"네. 어차피 정보 작업이 힘든 만큼 빠른 시간 안에 혈리연이라는 자를 잡아야 합니다. 그래야 그 뒤에 또 다른 마각의 세력이 있는지 알 수 있겠죠. 그가 무림에 모습을 드러낸 의도도 알 수 있고요."

그는 장로들을 돌아보며 목소리에 힘을 주었다.

"마각의 고수인 만큼, 또 청천문에 또 다른 마각의 세력이 있을 가능성이 있는 만큼 상당한 피해를 예상해야 합니다. 청천문주에게 그를 잡을 수 있는 기회를 주는 것이 어떻겠습니까? 마각임을 몰랐다면 우리에게 협조하리라 생각됩니다."

맹주가 표정을 굳혔다.

"만약에 알았다면 배신을 우리가 부추기는 꼴이 아니오?"

"그래서 기회가 되는 것입니다. 마각을 따른다면 정파 모두의 배신이 됩니다. 그 처벌은 그가 짊어져야 하지 않겠습니까? 배신이라지만 돌려 말하면 어느 쪽에 설 것인지 선택권을 주는 것이지요."

그때 유청 장로가 불안한 얼굴로 말했다.

"하지만 마각에 붙는다면 어쩌시겠습니까? 그렇게 된다면 혈리연이라는 자에게 우리의 정보를 말하게 될 텐데요."

"시간을 정확히 하면 문제가 없을 겁니다. 운송을 마치고 돌아오는 시간에 맞춰 회양월 문주에게 사실을 알리고 선택의 기회를 주면 되지 않겠습니까? 그리고 미리 청천문 주변에 맹의 고수들을 투입하여 천라지망을 펼쳐 놓는다면 혈리연이 사실을 알아도 도망칠 수는 없을 겁니다. 그때는 이미 청천문에 있을 테니까요."

"만약 혈리연뿐만 아니라 상당수의 마각이 청천문에 몸을 담고 있다면요?"

"상당한 피해를 감수해야겠지요."

말과 함께 그가 맹주를 바라보았다.

"맹주님 생각은 어떠십니까?"

맹주는 곰곰이 생각에 빠졌다. 그러다 오래전 회정과 함께 어린 회양월을 만났던 때가 떠올랐다. 말도 못하는 어린 회양월을 자랑하던 회정의 모습도 생생했다.

"여러분들은 모두 동의하시오?"

모두 고개를 끄덕였다.

"좋소. 맹주의 명으로 작전을 시행하겠소. 하지만 일이 여의치 못해 청천문이 마각과 함께 하게 된다 해도 회양월 문주는 생포하는 것으로 하겠소."

"알겠습니다."

"그리고 이 일의 책임자는……."

그는 장로들을 하나하나 살피다가 영호영 장로에게 시선이 멈췄다.

"그대가 맡아줄 수 있겠소?"

"맹주님의 명이시라면 받들겠습니다."

이번에는 유청이었다.

"유청 장로께서는 정보에 밝으시니 참모로 영호 장로와 함께 가주시오."

"알겠습니다. 그런데 고수는 얼마나 투입해야겠습니까?"

"실패는 또 다른 후환을 남기는 법. 이미 결정된 사한이니 충분한 수를 투입해야 할 것이오. 그 권한을 두 장로께 모두 맡기겠소. 실패는 허락 안 됨을 명심하고 신중하게 인원을 정비하시오."

"알겠습니다. 그럼, 사신대(四神隊) 중 주작귀(朱雀鬼)과 현무귀(玄武鬼)를 내어주실 수 있겠습니까?"

사신대라면 무림맹의 내당 방어 및 감찰, 그리고 맹주의 독립호위 역할을 맡고 있는 제일 세력이었다. 맹주만이 움직일 수 있는 그것은 청룡, 주작, 현무, 백호로 나뉘는데, 각각 백 명씩 소속되어 총 사백 명으로 구성되어 있었다.

그 뛰어난 실력은 옛 마각에 충격을 입은 후, 심혈을 기울여 키워낸 무림에서 찾기 힘든 정정고수들로 이뤄져 있었다.

"알겠소."

맹주가 허락하자 다른 장로들이 놀람을 드러냈다. 사신대가 외부로 파견된 일은 아직 없었기 때문이다.

감사를 표시한 유청이 다시 제안했다.

"그럼, 청룡대와 금룡대, 다섯 개 대와 그리고 황금대도 세 개 대를 투입하겠습니다."

"이미 무력세력에 대한 권한을 그대들에게 넘겼으니 마음대로 하시오."

"알겠습니다."

모두 침묵을 지켰다. 하지만 반발하는 사람은 아무도 없었다. 청룡대와 금룡대도 상당한 실력자들로 만들어진 무력 단체였고, 황금대는 외부로 알려진 무림맹의 가장 강한 고수들로 맹의 자랑이었다. 모두 합치면 무림맹의 이 할에 달하는 고수들을 투입하는 일인 것이다.

하지만 그것은 숫자일 뿐. 전력으로 본다면 맹의 사 할의 힘을 쏟아 붓는 셈이었다. 그만큼 십여 년 전에 겪었던 마각에 대한 두려움이 가슴 깊이 뿌리를 내렸다는 반증일 것이다.

그러나 거기에서 끝나지 않았다.

영호웅 장로가 마지막으로 부탁했다.

"맹주령은 발동해 청천문 인근에 있는 정파의 도움을 받을 수 있게 해주십시오."

맹주는 그것도 허락했다. 하지만 조금 우려하는 목소리로 덧붙였다.

"그들에게 마각에 대한 정보가 새어나가서는 아니 되오, 무림이 혼란스러워질 것이니. 이번 일은 청천문에 한해서 처리하셨으면 하오. 명심하시오."

"알겠습니다."

第五章

선택

1

홍삼을 실은 마차는 백은소 덕분에 문제없이 국경을 지나 남목림(南木林)으로 향했다. 하루에 두 시진의 취침 시간을 제외하고는 쉬지 않고 강행군을 했기에 예상보다 훨씬 시간을 줄일 수 있었다.

하지만 하루 이틀 일도 아니고, 보름씩이나 걷고 달리고 덜컹거리는 마차에 몸을 실어야 하니 무공을 익힌 사람이더라도 지칠 수밖에 없었다.

음식조차 걸으면서 먹어야 했으니 말해 무엇하랴.

하지만 백은소는 꿋꿋이 참아냈다. 물론, 국경을 지날 때까지만……

국경을 지나 서장에 들어선 지 닷새가 지나자 백은소는 표물 운반에 따라온 것을 후회했다. 무공을 익혔다지만 여인의 몸으로 이런 여행이 달가울 리 없었다. 씻는 것은 물론이요, 대소변을 볼 때도 불편했으니, 혈화궁의 금지옥엽인 그녀가 지금까지 참은 것도 용한 일이었다.

뿐만 아니라 서장은 중원과 풍토가 달랐다. 황량하다고 해야 하나? 날씨는 몸이 떨릴 정도로 추운데 습기가 없어 건조했고, 땅은 바짝 말라 있어 바람이 불면 어김없이 모래와 먼지가 전신을 덮쳤다.

한두 번이라면 참겠지만, 지금은 겨울. 어디서 불어오는지 하루 종일 모래바람을 맞을 때도 있어 여간 곤혹스러운 게 아니었다.

마차 위에 앉아 말린 고기로 허기를 때우고 있던 그녀가 입에 물고 있던 건량을 집어 던졌다.

그녀는 원망스러운 눈으로 앞서 걷고 있는 혈리연의 등을 노려보았다.

'일부러 이러는 거야.'

중원에서도 서둘렀지만 서장에 들어온 후부터는 더욱 서두르는 혈리연이었다. 잠자는 시간까지 더 줄였으니 그녀로서는 의심스러울 수밖에 없었다.

"월향, 교대해."

걷고 있던 월향을 마차 위로 올려놓고 그녀는 내렸다. 그리고는 곧바로 혈리연을 따라잡았다.

"얼마나 더 가야 하죠?"

속으로 화가 났지만 표정만은 차갑고 냉정한 그녀였다.

대수롭지 않게 던진 물음에 바람만큼이나 건조한 혈리연의 대답이 있었다.

"사흘은 더 가야지."

"속도를 자꾸 올리는 것 같은데, 무슨 문제라도 있나요?"

"후딱 다녀와서 쉬어야지. 할 말 끝났으면 손수건에 물을 좀 묻혀서 얼굴 좀 닦지? 새까맣구만!"

순간 그녀가 표정을 구겼다.

'자기는 깨끗한 줄 아나?'

생각과 함께 휙 돌아와 월향이 타고 있는 마차 옆을 걸었다. 그러나 생각할수록 화가 났다. 아무리 그래도 여인의 몸으로 여기까지 따라오고 있는데, 혈리연은 신경조차 쓰지 않고 있었기 때문이다. 청천문을 떠나온 이후로 제대로 말을 한 것도 몇 번 되지 않았다.

백은소로서는 눈길조차 주지 않는 그가 얄미울 수밖에 없었다.

'내가 왜 따라왔는데.'

그녀는 월향을 힐끔 바라보았다. 말릴 때 듣지 않은 자신에게도 원망이었다. 더 힘써 말리지 않은 월향에게도……

'모두 저놈 때문이야. 저런 놈에게 환상을 가지다니……'

째려보는 그녀의 시선 안에 귀를 긁는 혈리연의 모습이 투영되었다.

다행히 혈리연의 말은 정확했다. 정확히 사흘 뒤에 힘든 여정을 마치고 남목림에 도착할 수 있었던 것이다.

홍삼 거래는 천수방에서 도와주었다.

백은소는 그것이 조금 의아했다. 천수방에서 혈리연을 대하는 태도가 상당히 공손했기 때문이다. 흡사 은인을 대하는 모습이랄까?

아무튼 그들이 홍삼의 일부를 사고, 남은 일부는 서역과 거래하는 큰 상단 몇 개를 소개시켜 주어 좋은 값으로 팔 수 있었다. 이제 남은 문제는 지긋지긋한 여행을 다시 시작해야 한다는 것이었다.

"조금만 더 쉬었다 가면 안 될까요?"

홍삼 거래가 끝난 후, 백은소가 슬쩍 제안했다. 하지만 혈리연은 단호했다.

"쉬었다 가든 말든, 난 상관 안 해. 단지, 청천문은 내일 아침에 떠난다."

백은소는 인상만 구겼다. 그리고 다음날 어쩔 수 없이 청천문과 동행하여 왔던 길을 되밟을 수밖에 없었다.

그렇게 닷새 정도를 갔을까?

휘몰아치는 바람 때문에 눈도 뜨기 힘든 계곡을 지날 때였다. 풀뿌리 하나 없는 삭막한 계곡에서 갑자기 징소리 같은 것이 울렸다.

짱—!

일행은 소리의 출처를 찾자 주위를 두리번거렸다. 그러자 말을 탄 백여 명의 사내가 거친 바람을 헤치고 달려오는 것을 볼 수 있었다. 험악한 표정과 무시무시한 무기를 휘두르는 모습은 국경지대를 오가는 상인을 터는 비적들임이 분명했다.

거리를 좁혀오는 비적들 중 선두로 달려오던 자가 외쳤다.

"마차를 놓고 떠난다면 목숨만은 살려 주겠다!"

외침과 함께 위협을 하기위해서인지 마차를 중심으로 원을 그리며 돌기 시작했다. 동물의 울음소리 같은 괴성을 지르며 빠르게 말을 타는데, 녹록한 자들은 아닌 듯했다.

'훗!'

백은소는 속으로 비웃었다. 평범한 상단이었다면 꽤 곤란했겠지만 그녀가 누군가!

사실 그녀 자신까지 나설 필요도 없었다. 월향과 자신의 호위만 나서도 쉽게 해결될 일이었다.

그녀는 손을 들었다. 공격 명령을 내리기 위해서였다. 그런데 갑자기 그녀의 머리 위로 검은 인영이 휙 지나가 버렸다.

혈리연이었다.

그녀는 명을 내리려다 말고 그 모습을 의아한 듯 바라보았다.

왜 직접, 그것도 혼자 나서는지 이유를 알 수 없었다.

'무공이라도 뽐내고 싶은 건가?'

하긴, 그녀가 신경 쓸 일은 아니다. 오히려 마각의 무공을 구경할 수 있으니 좋은 구경을 할 수 있지 않은가!

그런데 잠시 후 그런 생각은 완전히 하늘 밖으로 날려 보내야 했다.

'저럴 수가!'

그녀는 몸을 떨었다. 그녀뿐만 아니라 모든 사람들이 질린 듯한 표정으로 혈리연의 광기를 바라만 봐야 했다.

살인귀!

그 단어가 모든 사람들의 머릿속에 떠올랐다. 비적들이 약간의 무공을 익힌 듯 보이지만 혈리연의 상대가 되지 않음에도 혈리연은 자신이 아는 최고의 무공을 펼쳐야 된다는 의무감에 시달린 사람처럼 무지막지한 무공을 그들에게 선물하고 있었다.

그 모습이 너무 잔인해 오히려 공격을 한 비적들이 불쌍해 보일 지경이었다.

콰콰쾅!

마지막 공격이 겁에 질려 도망치는 다섯 명의 비적을 터뜨려 버렸다. 살아남은 자는 아무도 없었다.

조용한 침묵 속에 백은소는 놀랍고 떨려서 속으로 불평했다.

'도대체 무슨 생각을 가진 거야? 피 맛이라도 보고 싶었던 건가?'

스르릉!

혈리연은 피 묻은 검을 닦을 생각도 하지 않고 검집에 집어 넣었다. 그러더니 옷을 툭툭 털고 다시 자신의 자리로 돌아와 외쳤다.

“시간 아깝다. 출발!”

아무런 대꾸 없이 마차 행렬은 다시 속도를 내었다.

수환과 수영이 굳은 표정으로 슬며시 혈리연에게 붙었다. 그리고는 낮게 물었다.

“왜 그런 겁니까?”

“뭐가?”

수환이 말했다.

“적이기는 하지만 어디서나 볼 수 있는 비적일 뿐인데, 왜 그렇게까지 한 건지 궁금해서요. 그것도 주군이 잘 쓰지 않던 무공까지 동원하는 건 이해를 못하겠는데요.”

“어차피 나쁜 놈들인데, 이래 죽으나 저래 죽으나 마찬가지 아냐?”

“그래도 평소와는 좀 다른데요.”

“내가 평소에 어떤데?”

“적이라도 약한 녀석들을 죽이지는 않았잖습니까.”

“생각이 바뀌었어.”

그러자 수환과 수영이 묘한 표정으로 혈리연을 바라보았다. 혈리연이 중얼거렸다.

“조만간 사용할 일이 생길지도 모르는데, 잊어버리지 않으려면 미리 풀어놔야지.”

수환과 수영은 그 의미를 모르겠다는 듯 고개만 갸웃거렸다.

"분명합니다."

혈리연 일행이 비적들을 처리하고 저만치 사라져 갈 때, 절벽 위에서 두 인영이 모습을 드러냈다. 검붉은 피풍을 휘날리는 자들이었다.

"그렇게 찾아도 안 보이더니 다시 서장으로 기어들어 왔다? 간이 배 밖으로 나온 놈이군."

"어떻게 할까요?"

"무공 실력으로 보아 소문대로 우리가 어떻게 할 수 있는 놈은 아니다. 교주님께 사실을 알려라. 난 저 녀석의 뒤를 밟으며 흔적을 남기겠다."

"존명!"

피풍사내가 바닥에 꺼지듯 사라져 버리자 남은 자가 점이 되어버린 마차 행렬을 바라보며 비웃음을 흘렸다.

"서장 최고수를 상대로도 그따위 무공을 뽐낼 수 있는지 지켜봐 주마."

말과 함께 그도 자리에서 바람처럼 사라져 버렸다.

*　　　*　　　*

삼경이 다되어가는 시간, 회양월은 먼저 도착한 수영의 말을 듣고 크게 기뻐했다. 홍삼 거래를 성공적으로 마쳤고, 일부의 금화를 싣고 온다는 소식을 전해 받았기 때문이다. 남은 일부는 두 달 후에 천수방을 통해 전해 받기로 했던 모양이었다.

혈리연이 떠난 동안 장강을 중심으로 장사를 하는 약재상에 홍삼을 팔아 남은 자금으로도 대부분의 빚을 갚은 상태인데, 남만과 서장으로 들어올 돈을 생각하자 희망이라는 단어가 머릿속에 그려졌다.

얼추 계산을 해도 은 십만 냥은 훌쩍 넘어갈 것 같았다. 금룡방에 빌린 돈을 제외하더라도 십만 냥은 되리라 생각이 들었다. 그 돈이라면 표국을 좀 더 확장하고, 잃었던 전장과 기루, 그리고 많은 전답을 사들이고도 삼사만 냥은 남을 듯했다.

'우선 사업 확장 후, 자리가 잡히면 문파부터 옮겨야겠어.'

그는 기분 좋은 생각으로 앞으로의 일을 계획했다. 그러다 수영을 보며 물었다.

"군사께서는 언제 도착하십니까?"

"내일 저녁쯤에 도착할 겁니다."

"큰 잔치를 준비해야겠군요. 고생 많으셨습니다. 우선 숙소로 돌아가 편히 쉬세요."

들뜬 회양월의 목소리를 들으며 수영은 미소와 함께 돌아갔다. 그러자 회양월은 급히 장부를 꺼내보며 좀 더 세밀한 사업 계획을 생각하기 시작했다. 이런 상태로는 잠이 올 것 같지 않아서였다. 행복한 고민에 한 번 빠져보는 것도 나쁘지 않으리라. 하지만 그렇게 시간이 흘러 달이 기울어질 때쯤, 창밖에서 낮은 소음이 들려왔다.

그냥 흘려 넘길 수도 있는 작은 소리. 하지만 두어 번 반복되자 이상한 생각이 들어 정원으로 나가보았다.

밝은 달빛에 비치는 조용한 정원에는 아무것도 없었다.

'쥐였나?'

그는 다시 방으로 돌아왔다. 그런데 거기에서 기겁했다. 무심코 방문을 열고 들어왔는데, 자신의 책상에 검은 복면을 쓴 자가 앉아 있었기 때문이다.

"놀라지 마시오, 문주!"

말과 함께 복면인은 회양월이 소리치기 전에 재빨리 복면을 벗었다.

회양월이 경악했다.

"다, 당신은……."

"나를 아는구려."

회양월은 놀란 나머지 고개만 끄덕였다. 몇 년 전, 창성문의 개명식을 축하하기 위해 참가했을 때, 영호영을 멀찍이서 본 적 있었기 때문이다. 청성검인으로 불리며 무림맹의 수석 장로로 있는 노고수이니 인상 깊을 수밖에 없었다.

"무, 무슨 일로 청천문에 오셨습니까. 아, 아니……. 그보다 왜 복면까지 쓰고 제 방에 계신 겁니까?"

"그대와 청천문을 위기에서 구해주기 위함이오."

"그게 무슨 말씀이십니까?"

"한 가지만 묻겠소."

"……?"

"마각에 대해 얼마나 알고 있소?"

"……."

회양월은 머리를 얻어맞은 충격을 느끼며 아무런 대꾸도 하지 못했다.

'왜 내게 마각에 대해서 묻는 거지?'

혼란스러웠다.

'설마…… 군사에 대한 정보를 알고 있는 건가? 아니야, 그럴 리가 없어. 그럼 어째서?'

그는 사실대로 말해야 할지 말아야 할지 고민할 뿐, 침묵은 한참 동안 이어졌다.

청천문에서 십여 리 떨어진 숲에 은밀하게 지어진 작은 천막 안에 얕은 불빛이 새어 나오고 있었다.

"들어갔습니다."

서장을 다녀온 혈리연과 그 일행이 청천문으로 들어가자 그것을 감시한 무사 하나가 천막으로 들어가 보고를 올렸다.

영호영 장로가 고개를 끄덕이며 보고자를 물렸다.

침묵을 지키던 유청 장로가 걱정스럽게 물었다.

"회양월 문주를 믿을 수 있겠습니까?"

"글쎄요……. 하지만 만약에 대비해 이중삼중으로 그물을 칠 생각이니 걱정할 필요는 없을 거라 보오. 그보다 지금부터 슬슬 천라지망을 펼칠 준비를 해야 할 것 같소."

"이미 준비에 들어갔습니다."
"그럼, 우리도 움직이지요."
두 노인은 눈빛을 주고받으며 천막을 나갔다.

＊　　　＊　　　＊

"저곳입니다."
십여 명에 달하는 무리가 청천문이 보이는 대로를 걸어가고 있었다.
선두에 선 자의 말에 중앙에서 호위를 받으며 걷고 있는 자가 고개를 끄덕였다. 검은 피풍을 두르고 죽립을 쓴 자들, 특히 중앙에 있는 자는 검은 면사까지 두르고 있어 얼굴까지 검게 물들어 있었다.
"어떻게 할까요? 곧장 들어갈까요?"
면사의 사내가 고개를 저었다.
"소란을 일으킬 필요 없다. 난 그놈만 원한다."
"그럼, 감시자를 두고 그가 나오길 기다리겠습니다. 교주님께서는 객잔에 잠시 쉬고 계십시오."
"내 명이 있을 때까지는 그를 건드리지 말고 미행만 하라."
"존명!"

＊　　　＊　　　＊

"수고하셨습니다."

혈리연 일행이 돌아오자 청천문은 잔치라도 벌어진 듯했다. 그들이 정문을 통과하기 무섭게 많은 무사들이 몰려들었고, 대연무장에는 음식들로 발 디딜 틈이 없었다.

회양월은 문외로 나간 자들을 제외한 대부분의 사람을 모아 음식을 먹고 술을 마시게 했다. 간부들도 연무장 가장자리에 따로 마련한 단 위에 음식과 술을 마련하여 자리에 동참했다. 그런데 한 시진도 지나지 않아 혈리연이 슬며시 자리에서 일어났다.

"피곤하군!"

술 좋아하기로 유명한 그가 몇 잔의 술도 마시지 않고 자리를 떠나자 모두 의아해했다. 하지만 힘든 표물 운송을 막 마치고 돌아온 그였으니 그럴 수 있다고 생각해 별다른 제지를 하지 않았다.

회양월은 숙소로 돌아가는 혈리연을 힐끔 보고는 잔에 담긴 술을 단숨에 들이켰다.

곁에 있던 양원이 의아한 시선으로 물었다. 아직 어린 데다 문파 운영 때문에 술을 마시지 않는 회양월이었기 때문이다.

"무슨 근심이라도 있으십니까, 문주님?"

"아닙니다."

"그런데 이렇게 기쁜 날 표정이 좋지 않습니다."

순간 회양월이 활짝 웃었다.

"그럴 리가 있겠습니까! 술 맛이 좋군요."

그는 다시 잔에 술을 따라 한 입에 들이켰다. 그렇게 몇 잔의 술을 더 마신 회양월도 슬며시 취한 척 자리를 떴다.

그는 내원으로 돌아와 정원을 거닐었다.

"그가 마각의 잔여 세력임을 알고 받으셨소?"

순간 무림맹의 수석 장로 영호영의 물음이 떠올랐다.

"휴!"

회양월은 한숨을 쉬었다. 어찌해야 할지 갈피를 잡을 수 없었다. 영호영 장로는 혈리연을 넘기라고 했다.

'내가 왜 그랬지?'

그는 자책감에 시달렸다. 혈리연을 넘기지 않으면 청천문과 자신에게 책임을 묻게 될 것이란 말에 그의 요구를 따를 것을 허락했기 때문이다.

혈리연이 마각이었다는 것도 몰랐다고 해버렸다.

이제와 생각해 보면 자신이 너무 치졸했다는 생각이 들었다. 문파의 이익을 위해 혈리연을 위험 속으로 몰아넣는다는 것은 있을 수 없는 일이었다. 하지만 힘들게 여기까지 왔는데, 모든 것을 한 번에 허물어뜨릴 수도 없지 않은가!

무림맹이 말한 책임에는 문파의 멸망이 걸렸음을 회양월은 알고 있었다.

"그를 넘기면 앞으로 청천문에 무림맹의 전폭적인 지원이 있을 것이오."

"휴!"
쏟아지는 한숨!
과연 그 말이 회양월의 마음을 결정적으로 흔들어놓았을까!

"그대와 청천문은 나설 필요가 없소. 처리는 우리가 모두 알아서 할 것이니 그와 관련된 자의 정보를 모두 우리에게 넘겨주시오."

그때 회야월은 고개를 저었다.
혈리연이 마각인지, 또 그와 관련된 자가 누가 청천문에 몸을 담고 있는지 알 수 없다고 얼버무렸을 뿐이었다.

"그럼 그를 잡은 후에 정보를 캐면 되겠군."

고문을 하겠다는 말이겠지. 그리고 그가 사실을 말할 때까지 청천문 주변을 철저히 감시하려는 것이 분명했다.
"월이니?"
상념에 빠져 있던 회양월이 깜짝 놀라 고개를 돌렸다. 거기에 누나 회소희가 있었다.
"밤공기가 찬데 왜 나와 계세요?"
"답답해서. 그런데 무슨 생각을 그렇게 하니?"

“무슨 말씀이세요?”

“네 한숨 소리를 들었다. 뭔가 걱정거리가 있는 듯해. 무슨 일이라도 있는 거니?”

“아, 아니에요. 이만 들어가세요. 그러다 감기 걸리겠어요.”

“그래? 알았어, 너도 이만 들어가려무나.”

“네!”

회소희는 밝은 미소를 남기고 몸을 돌렸다. 그때 회양월이 그녀를 불렀다.

“잠깐만요.”

“……?”

“한 가지만 물어볼게요.”

회소희가 고개를 끄덕였다.

“뭐지?”

“인의와 책임 중에 하나를 골라야 한다면, 누님은 무엇을 고르시겠어요?”

“인의와 책임? 네 이야기니?”

“아니에요. 그냥 궁금해서…….”

“글쎄… 책임이 무엇을 뜻하는지 모르겠지만, 인의라면 사람과의 관계를 말하는 듯한데, 맞니?”

“네.”

“옳고 그른 것이 무엇인 줄은 알지?”

“……!”

“난 내 판단을 믿어. 나라면 무엇이 더 중요한지 알 수 있을

것 같아. 혹시 네 이야기라면 나는 너도 믿을 거야. 넌 네가 가
장 옳다고 생각하는 선택을 할 거야. 내 동생이잖니?”

회소희는 피식 미소를 짓고는 다시 몸을 돌려 들어가 버렸
다.

회양월은 다시 한숨을 쉬었다.

‘무엇이 최선인가?’

순간 그가 고개를 저었다.

“내가 무슨 생각을 하는 거지?”

중얼거림과 함께 그는 혈리연의 숙소로 달렸다. 최선의 선
택은 이미 정해져 있었다. 하지만 무엇이 옳은 것인지도 정해
진 일이었다. 그는 최선보다는 옳은 것을 따지기로 했다.

자고 있는지 혈리연의 방에서는 불빛이 없었다.

“회양월입니다. 계십니까?”

조심스럽게 말했는데, 대답이 있었다.

“무슨 일이냐, 야밤에.”

“상의 드릴 게 있어서요.”

“여자 문제 아니면 일 없다.”

회양월은 인상을 구겼다.

‘진지하지 못한 사람. 항상 왜 저럴까?’

생각과 함께 그는 벌컥 문을 열고 방 안으로 들어갔다.

혈리연은 침상에 누워 들릴 듯 말 듯 콧노래를 흥얼거리고
있었다.

“무슨 급한 일이기에 여기까지 행차하셨나?”

회양월은 말없이 한참 동안 혈리연만 바라보았다.

혈리연은 여전히 천장만 바라보며 노래만 흥얼거렸다.

회양월이 힘겹게 입을 뗐다.

“무림맹에서 저를 찾아왔습니다.”

순간 혈리연이 노래를 멈추며 자리에서 일어났다.

“하하, 역시 넌 멍청하구나! 너무 나약해. 그래서야 어떻게 한 문파를 이끌어가겠나?”

회양월이 경악하며 물었다. 자신이 그를 찾아온 이유를 이미 알고 있는 듯했기 때문이다.

“어떻게 아셨죠?”

“그건 중요하지 않아.”

그러면서 방 중앙에 위치한 탁자를 가리켰다.

거기엔 서신 두 개가 놓여 있었다.

“저것을 간직하고 있다가 네 이름이 적힌 서신은 내가 떠나면 보고, 남은 하나는 마맹상에게 전해줘. 기한은 한 달 후. 그때쯤이면 모든 것이 끝나 있을 거다. 넌 어떤 소문에도 동요하지 말고 청천문을 지켜라. 그게 이제부터 네가 할 일이야.”

“무슨 말씀입니까?”

말과 함께 내용을 보기 위해 회양월이 서신을 들었다.

순간 혈리연의 차가운 목소리가 뒤따랐다.

“약속을 어기고 그걸 여는 순간 넌 내 적이 된다. 내 검에 목을 날리고 싶으면 열어봐도 좋아.”

그러면서 검을 뽑았다.

회양월은 동작을 멈추고 혈리연을 주시했다.

'차갑다.'

언제나 실없는 농담을 던지며 술과 여자나 밝히던 예전의 혈리연이 아니었다. 누구라도 앞을 막으면 거침없이 베어 넘길 광인의 모습이 회양월을 두렵게 하고 있었다. 하오문 총타에서 마교도들을 상대할 때의 분위기와 흡사했다.

회양월은 서신을 품속에 넣었다.

"무슨 일인지 제가 알면 안 되는 겁니까?"

"알 가치도 없는 일이다."

그러면서 검을 다시 검집에 넣고 짐을 챙기기 시작했다.

놀란 회양월이 물었다.

"어딜 가시려고요?"

"무림맹의 고수들이 밖에 있겠지?"

"……."

"그들이 어디까지 알고 있지?"

"구, 군사께서 마각이었다는 사실만 알고 있습니다."

"조건은?"

"군사를 청천문 밖으로 내보내라고 했습니다. 나머지는 그들이 알아서 하겠다고……."

"단순해서 좋군."

"……."

"난 네 심부름을 가는 거다. 북쪽 숲에 있는 사당에 비밀리에 누군가를 만나러. 알겠나?"

"……."

회양월은 가슴이 답답했다. 이 와중에도 자신이 무림맹에 책잡히지 않을 핑계까지 만들어주는 혈리연의 배려 때문에 가슴속에서 무언가가 뜨겁게 끓어오르는 듯했다.

그는 말없이 짐을 챙기는 혈리연을 지켜보았다.

짐은 단출했다. 여벌의 옷가지 두 벌에 가죽신 하나가 전부였다.

혈리연은 보자기를 들어 등에 메더니 침상에 편히 앉았다.

"두 시진 후에 나갈 거다."

"맹의 고수들이 얼마나 있는지 저도 모릅니다. 위험해요."

"아직도 날 모르나?"

"알아요. 하지만 무림맹도 엄청난 준비를 했을 거예요. 군사 이외에도 마각의 고수가 더 있을 거라 예상하고 있으니, 혼자서는 절대 빠져나갈 구멍이 없을 겁니다. 차라리 좀 더 기다리세요. 제가 빠져나갈 방법을 마련해 볼게요."

"그랬다간 청천문이 화를 입게 될 텐데도?"

"……!"

입술을 잘게 깨문 회양월.

그는 어두운 표정으로 혈리연의 얼굴을 살폈다. 이미 결심이 굳은 것 같았다.

궁금했다.

"도대체 무엇 때문에 그러는 거죠?"

"뭐가?"

"왜 혼자 섶을 지고 불길로 뛰어들려고 하냐고요."

"내가 짊어져야 할 일이니까. 내 선에서 끝낼 수 있는 일이니까."

"······."

"누구도 대신할 수 없다. 너라면 어떻게 하겠나?"

"저는······."

갑자기 회양월은 속에서 울컥 분노가 솟구쳤다.

"혼자서 마각이라는 짐을 모두 짊어지고, 군사를 따르는 백 명의 동료에게 그것을 지켜보게만 하실 건가요? 그들에게 군사를 따라갈 선택의 기회라도 줘야 하잖아요. 이건 배신입니다."

"배신?"

혈리연이 킥킥거렸다.

"큭큭큭, 넌 정말 어쩔 수 없는 놈이구나."

"······?"

"무림에 배신이란 없어. 의와 협이라는 감상적인 마음으로 접근해서는 결코 성공할 수 없다. 명심해 둬, 상대의 뒤를 칠 수 있으면 쳐. 그에 대한 책임은 나중에 지면 되는 거다. 패자 에게는 아무것도 남지 않지만 승자에게는 변명의 기회가 주어 지기 때문이지. 그 변명을 합리화시키는 것도 승자의 몫이겠 고."

혈리연의 시선이 회양월의 두 눈을 찔렀다.

"패배자로 살고 싶으냐?"

"아닙니다."

"그럼, 정신 똑바로 차려."

"……!"

혈리연은 손을 휘휘 저으며 버럭 소리쳤다.

"근데, 누가 누굴 걱정해? 네 앞가림이나 잘하셔."

장난스럽게 말하고는 무언가 생각났다는 듯 손뼉을 쳤다.

"아! 그리고 아직 명문으로 만들어주지는 못했지만 분명히 그 기반은 탄탄히 만들었다. 이제부터는 땅 짚고 헤엄치기란 말이지. 계약서대로 약속은 지켜라."

"아닙니다. 계약대로 확실히 이행해 주세요."

"남이 이룬 건 모래성처럼 쉽게 허물어지는 거야. 난 떠나지만 그럼으로써 너에게 문주로서의 독립성을 키우는 훈련을 시키는 거야."

"궤변!"

혈리연은 다시 진지해졌다.

"문주는 문파의 얼굴이고 대표자다. 문주의 직함이 네 어깨에 올려진 이상 개인적인 감정에 치우쳐 일을 그르치는 일은 없도록 해라. 냉철한 사고판단. 판단이 섰으면 밀어붙이는 과단성. 그것이 요점이다. 지금까지 무력으로 위기를 넘기고 문파를 키울 수 있었음에도, 굳이 사업적인 전략을 위주로 여기까지 경영해 온 것은 그것을 너에게 가르쳐 주기 위함이었다."

말과 함께 그가 일어서며 기지개를 켰다.

"자! 달구경이나 하며 밤공기를 마셔볼까?"

그러면서 그는 밖으로 나가 지붕 위로 올라갔다.

따라온 회양월의 손에 어디서 준비했는지 술병 하나가 들려 있었다.

"안에서 편히 있다가 출발하시죠?"

"한바탕 질펀하게 놀 테니, 최대한 체온을 바깥공기에 맞춰 둬야지."

"그런 것도 생각하나요?"

"이래 봬도 준비성은 철저하다."

"마시세요."

회양월이 술병을 내밀었다.

혈리연은 그것을 쥐고 꿀꺽꿀꺽 들이키더니 시원한 숨을 내뱉었다.

"캬! 좋구만!"

그것을 보며 회양월이 마지막으로 말렸다.

"지금이라도 생각을 바꾸면 제가 도와드릴게요."

"쉰 소리 말고 너도 마셔라."

그들을 주거니 받거니 하며 술을 마시기 시작했다. 그렇게 밤이 더욱 깊어갈 때쯤에 혈리연이 슬며시 자리에서 일어났다. 연무장에서 들리던 시끄러운 소음도 이제는 조용해진 시간이었다. 자리를 파하고 모두 돌아간 모양이었다.

회양월이 그를 따라 조심스럽게 몸을 일으키며 말했다.

"조심하세요."

"어이! 너 자꾸 내가 내 수하 놈들을 위해서 죽을 곳으로 간다고 생각하는 것 같은데…… 염라대왕도 내 목숨은 마다한다는 걸 알아줬으면 좋겠군. 그리고 난 누굴 위해서 희생하는 것 따위는 하지 않아. 그럼 훗날 또 보자."

순간 그가 경공술을 펼쳐 멀찍이 떨어진 건물 위로 이동했다.

회양월은 그가 사라질 때까지 자리를 지켰다. 이대로 떠나는 혈리연을 그냥 지켜봐야만 하는지 고민하면서…….

휘릭!

검은 인영 하나가 청천문 정문을 뛰어넘었다. 그것을 지켜보는 눈은 한둘이 아니었다.

어둠 속에서 작은 목소리가 흘러나왔다.

"나왔습니다."

"문주께서 협조를 했군. 좋아, 장로님께 연락을 드려라. 목표물이 이동을 시작했다고. 방향이 확실해지면 다시 연락하겠다는 말도 전해라."

"존명."

대답과 함께 기척 하나가 사라져 버렸다.

어둠의 목소리는 혈리연으로 보이는 검은 인영을 주시했다.

주변을 은밀히 살피더니 왼쪽으로 조심스럽게 움직이고 있었다.

'북쪽 숲으로 가는 건가? 아니면 동쪽 홍등가?

그건 따라가 보면 알 일이었다.

그도 기척을 최대한 숨긴 채, 또한 상당한 거리를 두어 목표물이 눈치 채지 못하게 이동을 시작했다.

"그럼 사냥을 시작해 볼까?"

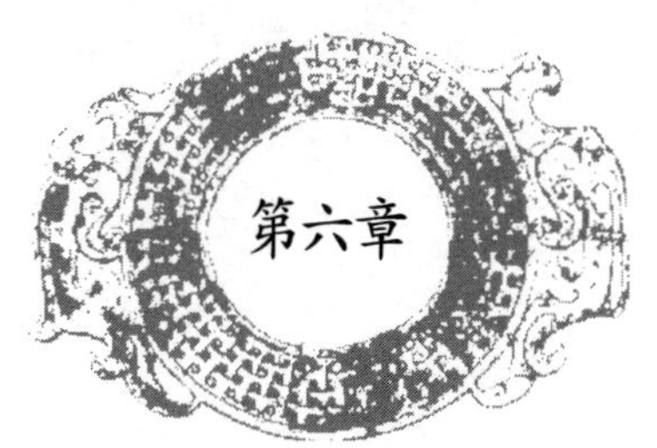

第六章

생각보단 마음으로

1

　“놈이 반 시진 전에 청천문을 빠져나가 북쪽으로 움직였습니다.”

　허름한 객잔 방 안에 싸구려 술로 목을 적시고 있던 사내가 보고를 듣고 살기를 풍겼다.

　죽립에 검은 면사로 얼굴을 가린 자, 바로 서장의 절대강자이자 홍교의 교주인 신도립(辛挑立)이었다.

　그는 면사를 걷어 올리고 보고자를 바라보았다. 괴이하게도 붉은 기운이 얼굴에 서려 기묘한 분위기를 풍기는데, 삼십대 초중반의 미남자였다.

　보고자는 움찔 떨며 고개를 숙였다.

　“죄송합니다. 예상치 못한 변수가 생기는 바람에 보고가 늦었습니다."

힘이 담겨 껄끄러운 교주의 목소리가 방 안을 울렸다.

"변수?"

"네, 정체를 알 수 없는 녀석들이 놈이 움직이는 경로에 매복해 공격하기 시작했습니다. 혹, 우리의 정체가 탄로나는 것을 우려해 제대로 추적하지 않았습니다."

"그래도 놈의 위치 파악은 하고 있겠지."

"그렇습니다."

순간 신도립의 눈빛이 불타올랐다.

"누가 감히 내 먹이에 손을 대는가?"

그는 자리를 털고 일어났다. 그러자 보고자가 난감한 투로 말했다.

"지금은 움직임을 무겁게 하시는 것이 좋을 듯합니다."

"무슨 뜻이냐?"

"놈을 공격하는 녀석들이 평범하지 않았습니다."

"한 놈을 상대로 매복 따위나 하는 녀석들까지 신경 쓴다는 말이냐?"

보고자가 몸을 떨었다.

"그, 그런 뜻이 아니옵고……."

"그럼?"

"평범한 살수 조직이 아니었습니다. 매복 규모를 파악할 수 없을 정도로 엄청난 숫자의 고수가 동원된 것 같았습니다."

"크크크크큭!"

교주의 웃음 때문에 보고자는 눈치만 살펴야 했다.

"과연, 어딜 가나 사고를 치는 녀석이군. 중원에도 우리 홍교처럼 자존심이 짓밟힌 녀석들이 있었던가!"

이어 그의 눈빛에 다시 살기가 피어올랐다.

"하지만 내 먹잇감을 다른 놈에게 줄 수 없다."

그는 피풍을 휘날리며 밖으로 걸음을 옮겼다.

"앞장서라."

보고자는 급히 일어났다.

*　　　*　　　*

호북 종상에서 북쪽으로 사십여 리 떨어진 울창한 숲.

영호영 장로를 경악한 눈으로 앞의 무사를 바라보았다.

"뭐라 했느냐?"

"북쪽으로 이동 중에 삼조 매복에 걸렸으나 돌파당했고, 이후 팔 조와 십육 조의 협공매복까지 깨뜨렸습니다. 그리고 이각 전에 청룡삼대 회환대주가 이끄는 청룡대 삼백 명이 격파당했습니다. 금룡 일대대주가 이끄는 이백 명의 금룡대원이 급히 그 앞을 가로막으러 갔으나…… 결과는 아직 알 수 없습니다."

"이럴 수가! 혼자가 아니었더냐?"

"혼자입니다."

"……."

한동안 말을 잃었던 영호영 장로가 유청 장로를 바라보았다.

"금룡 일 대까지 통과하면 천라지망의 일차 관문이 완벽히 깨지는 격이오. 그것도 단 한 명에게."

"도대체……."

유청은 무사를 바라보았다.

"어느 정도의 실력자더냐?"

"소인은 중간 보고를 받았을 뿐, 실력을 직접 확인하지는 못했습니다."

유청은 다시 영호영 장로를 바라보았다.

"만약 일차 관문이 깨졌다면 얼마 안 가 이쪽으로 오게 될 것입니다."

영호영 장로는 침음만 흘렸다. 완벽한 계산 착오였다. 첫 보고 때에는 한 명만 도주하고 있다는 말 때문에 대수롭지 않게 여겼는데, 지금에서는 벼룩 잡으려다 초가삼간 다 태우는 격이었다.

"마, 마각의 고수임을 너무 간과한 것 같소."

"아무리 그래도 그런 고수라니 말도 안 됩니다."

영호영 장로가 무사에게 물었다.

"그의 경로가 북쪽이 확실한가?"

"네. 혹 청천문으로 돌아갈 것 같아 뒤를 확실하게 막았다는 보고를 받았사온데, 그걸 알고 있는 것인지 계속 북상하고 있답니다."

"너는 즉시 후방을 틀어막고 그물을 친 대원들에게 연락하여 이곳으로 집결하라고 전해라. 그리고……."

유청 장로를 바라보았다.

"장로께서는 주작귀와 현무귀를 데려오시오."

"그들을 투입하실 생각입니까?"

"여기까지 온다면 확실히 해야 하오. 천라지망이 촘촘한 그물인 것은 사실이나 드넓게 펼쳐져 있어 각개격파를 당하는 약점이 있는 것 또한 사실이오."

"하지만 그만큼 상대는 지치게 되어 있습니다."

"확실히 합시다. 이곳에서 그를 완벽하게 제압해야 하오."

"하오나, 모든 병력을 이쪽으로 돌렸는데도 변수가 생겨 빠져나가 버리면 곤란해집니다."

수긍을 한 영호영 장로가 밖을 향해 외쳤다.

"황금대주는 들어오라."

잠시 후, 오십대 중년인이 막사로 들어와 고개를 숙였다.

"하명하십시오."

"너는 몇 명을 시켜 도움을 주기로 한 문파에 연락해 우리 후방에 매복을 시켜놓도록 전해라."

"알겠습니다."

그가 나가자 두 장로는 다시 계획을 짰다.

"이곳에도 여러 길이 있으니 확실히 막아야 하오."

"다섯 부대로 나누어 이곳과 이곳, 그리고 여기와 여기를 막게 하는 것이 어떻겠습니까?"

유청 장로가 지도를 가리키자 영호영 장로가 고개를 끄덕였
다.

"좋소. 유청 장로께서는 주작귀를 데리고 이곳을 맡아주시
오. 난 여기에서 현무귀와 황금대 삼백 명을 이끌겠소. 놈이
오는 즉시 연락을 하여 포위하는 것으로 합시다."

"알겠습니다."

*　　　*　　　*

"크윽!"

"크아악!"

비명과 함께 무림맹의 고수들은 허리가 잘려 나갔다.

남은 자는 이제 십여 명. 그들은 질린 듯 피로 뒤덮인 사내
를 바라보았다.

빠르고 거친 입김은 상대가 지쳤다는 것을 말해주고 있었
다. 가슴과 허벅지, 그리고 왼쪽 어깨에 부상까지 입었다.

이제 제압만 하면 되는데…….

그렇게 생각하고 달려들었다가 동료들이 거의 전멸해 버렸
다.

금룡대 제일대주 무경(武硬)은 대원들의 수가 구 할이 줄어
든 것을 보고는 덤빌 엄두를 내지 못했다. 한평생 무공에 정진
해 무림맹에 몸을 담아왔건만 지금껏 이런 상대는 보지 못한
그였다.

쓰러질 듯, 쓰러질 듯하면서도 끝내 몸을 지탱하고 있어 백전백패할 것 같은 자였다.

'마각, 역시……. 왜 장로님들이 마각을 두려워했는지 알 것 같군. 저 녀석은 인간이 아니야.'

하지만 물러설 수 없었다.

"쳐라!"

명을 내렸지만 솔선수범을 보이기 위해 그가 선두로 달려들었다. 뒤따른 십여 명의 수하가 믿음직스럽게도 기합을 지르며 그의 뒤를 받쳐 주었다.

그러나!

"크아아악!"

폭발하는 듯 상대에게서 퍼부어지는 강기 세례는 감당할 수 없었다. 언제 그런 힘을 비축해 놨는지 마지막 일격이라는 듯 쏟아내는 상대의 광망이 금룡 제일 대주 무경이 생에 마지막 본 장면이었다. 그리고 그 수하들도!

*　　　*　　　*

수십여 구의 시체가 숲에 널브러져 있었다. 그 가운데를 가로지르던 열 명의 검은 피풍사내. 홍교의 교주 신도림과 그의 수하들이었다.

사이한 기운을 숨김없이 드러낸 그들은 언제든지 출수할 준비를 마치고 사방을 주시하며 걷고 있었다. 그러다 누군가가 감탄한 듯 말했다.

"대단한 놈이군요. 이 모양새라면 저쪽과 이쪽에서 기습을 가했고, 목표물이 시선을 빼앗겼을 때 바닥에서 십여 명의 고수가 뚫고 올라온 것 같은데……."

그러자 또 다른 이가 고개를 절레절레 저었다.

"혈리연이라는 놈도 대단하지만, 그 한 놈을 상대로 이런 지독한 매복을, 그것도 이 일대 전부를 틀어막고 있는 놈들도 대단한 것 같다. 도대체 무슨 생각으로 그자를 이렇게까지 잡으려는 거지?"

그들은 슬쩍 앞서가는 교주를 바라보았다.

교주는 말없이 미소만 띠고 있었다.

'기분이 좋은 건가?

그들은 그 심정을 헤아릴 수 있었다. 혈리연을 찾아 중원으로 들어올 때까지만 해도 언짢은 표정으로 일관했던 교주가 혈리연이 만들어놓은 살인 현장을 지나칠 때마다 얼굴이 풀어지고 있었다. 오히려 지금은 기분이 상당히 좋은 듯 보인다.

'상대를 인정하고 계시는군. 충분히 교주님께서 나설 만한 고수라고 인정하신 거야.'

그들도 미소를 지었다.

이건 기대감 때문에 생긴 것이다. 아직 그들은 교주의 실력을 완전히 본 적이 없었다.

'잘만 하면, 말로만 들었던 교주님의 신위를 감상하게 될 행운이 있을지도…….'

생각과 함께 그들은 계속 혈리연의 흔적을 쫓아 전진해 나
갔다.

*　　　*　　　*

혈리연은 주위를 둘러보았다.

"무엇이 네놈들을 살기로 들끓게 만들었는가!"

실력이 모자란 줄 알면서도 미치광이처럼 달려드는 녀석들
의 시체가 역겹다는 생각이 들었다.

그는 검에 묻은 피를 옷깃에 닦아 다시 검집에 넣었다.

"어디로 가야 할까?"

계속 북쪽으로 향했으니 아마 무림맹에서는 거기에 상당한
전력을 숨겨 대기하고 있음이 분명했다. 혹시 자신이 뒤로 빠
질 것도 염려해서 뒤에도 다시 매복을 시켜놓았겠지.

그가 움직일 때마다 천리지망도 움직이는 그런 느낌이었다.

"그렇다면 방법은 하나."

이렇게 가다가는 자신이 먼저 지쳐 쓰러질 염려가 있었다.
그는 다시 북쪽으로 향했다. 가장 큰 적의 전력을 부숴 버리면
천라지망에도 구멍이 생길 것이다.

하지만…….

털썩!

그는 갑자기 자리에 털썩 주저앉았다.

힘들었다.

'조금만 쉬었다 가자.'

　이제 그는 주위에 널브러진 시체처럼 대(大) 자로 뻗어 숨을 골랐다. 피 냄새가 바람에 섞여 코끝을 자극했지만 신경 쓸 필요는 없었다.

꽤 오랜 시간이 지났음에도 달은 여전히 밝게 빛나고 있었다. 겨울밤이 길다지만 회양월은 아직도 창가를 비치는 달빛이 신경에 거슬렸다. 거센 바람이 한 번 불어오면 달을 가리던 나뭇가지가 흔들려 창가에 그려진 앙상한 나뭇가지 그림자가 악마의 손처럼 너울거려 더욱 그랬다.

하지만 밤이 긴 것이 아니다.

회양월은 자리에서 슬며시 일어났다. 술을 마셨건만 정신은 어느 때보다 또렷했다.

시간이 고인 물처럼 느리게 흘러가는 것 같았다. 정지된 느낌이랄까?

'과연 내 결정이 올바른 것인가?'

그는 아직도 고민하고 있었다. 혈리연이 그렇게 하자고 우겼고, 그 말을 따를 수밖에 없었지만, 그것은 핑계일 뿐이었다. 마음 깊은 곳에선 혈리연 혼자 보내서는 안 된다고 외치고 있었다.

'나와 청천문의 이익을 위해, 나를 돕고자 지금까지 고생한 군사를 위기 속으로 몰아넣은 격이다.'

시간이 얼마나 지났는지는 모른다. 꽤 지난 것 같은데, 달빛이 여전히 밝은 것으로 보아 그렇지 않은 것 같기도 했다.

'안전하게 도망쳤을까? 군사의 무공 실력이라면 충분할지도 몰라.'

순간 회양월이 뜨끔한 표정을 지었다.

"이런, 또 이따위 마음의 핑계로 위안을 삼고 있나? 작정하고 달려드는 무림맹의 고수들을 어떻게 뿌리쳐?"

그는 입술을 깨물었다.

누나, 회소희의 말이 불현듯 떠오른다.

"넌 네가 가장 옳다고 생각하는 선택을 할 거야. 내 동생이잖니?"

"옳고 그른 것이 아직 난 무엇인지는 모른다."

순간 그가 자리에서 벌떡 일어섰다.

'내 자신을 믿는 거야. 지금 판단이 옳고 그른 것인지 모르지만, 틀린 것이 아님은 난 안다.'

생각과 함께 밖으로 달려나갔다.

"일단 저지르고, 책임은 나중에."

언젠가 혈리연이 했던 말이었다.

따따따따땅—!

청천문 중앙 홍천각 꼭대기에 있던 작은북이 쉴 새 없이 울렸다. 술에 취해 곯아떨어진 청천문도들은 짜증이 솟구칠 수밖에 없었다. 하지만 북소리의 출처를 알고는 짜증보다는 다급함을 드러냈다.

문파의 위기!

적의 기습이나 위급을 알리는 북소리임을 파악했던 것이다. 몇 년간 거의 사용된 적이 없는 북소리라 청천문도들은 급히 무기를 들고 연무장으로 뛰쳐나갔다.

거기에 문주 회양월이 무복을 입고, 허리에 검을 찬 채 결연한 표정으로 서 있었다.

문도들은 무슨 일인지 몰라 웅성이며 연무장으로 몰려들고 있었다. 적의 기습이라 생각해 잔뜩 긴장했는데, 기습은커녕 연무장으로 오는 동안 개미 새끼 한 마리도 보이지 않았기 때문이다.

그들은 회양월의 얼굴을 빤히 바라보았다, 무슨 일인지 말해주길 바라면서. 하나 회양월은 굳게 입을 다문 채였다.

침묵은 장충동과 양원 외총관이 올 때까지였다.

한 번도 이런 적이 없었기에 장충동과 양원이 서로 의아한 시선을 주고받으며 회양월에게 물었다.

"문주님, 무슨 일이십니까?"

회양월은 물음에 대답하지 않고 무사들을 향해 명부터 내렸다.

"모두 대열을 정비하여 서라!"

엄한 명 때문에 모두 얼떨떨한 얼굴로 각 대마다 모여 열을 갖췄다. 의도에 파견 간 청천 칠대를 제외하고 모두 여섯 개의 대가 모이자 육백여 명이나 되었다. 그 앞에 장충동과 양원이 총관으로 서서 회양월을 바라보았다.

한쪽에서는 무슨 일인지 몰라 숨죽이며 사태를 파악하고 있는 백은소와 그녀의 호위들이 있을 뿐이었다.

회양월이 결연한 목소리로 말했다.

"지금 출전한다."

순간 모든 무사들이 동요했다. 얼마 전까지만 해도 잔치 분위기로 떠들썩하게 놀았는데, 갑자기 삭막한 분위기를 풍기며 출전이라니……!

장충동과 양원도 마찬가지였다.

하지만 회양월의 표정이 심상치 않았기에 조심스럽게 물었다.

"이유를 알 수 있겠습니까?"

"누구를 치기 위한 출전입니까?"

"무림맹."

연무장이 술렁였다.

장충동이 경악한 표정을 지었다.

정파 청천문이 무림맹을 친다?

말이 안 되는 소리였다. 하물며 무림맹이 호북에는 무슨 일이란 말인가!

"무림맹이라니요?"

"무림맹에서 얼마 전부터 청천문을 중심으로 천라지망을 펼치고 있었습니다. 군사를 잡기 위함인데, 군사께서 청천문에 피해가 오는 것을 막기 위해 혼자 나갔습니다."

"도대체 무림맹에서 왜 군사께 적의를 가지고 있는 겁니까?"

"이유를 설명할 수는 없습니다. 다만, 청천문이 잘못한 것이 없고, 더욱이 군사께서 혼자 책임을 질 이유가 없습니다. 전 그렇게 판단합니다."

양원이 떠듬거렸다.

"그래도 무림맹에서 무턱대고 그럴 리는 없을 테고⋯⋯."

회양월이 차갑게 말했다.

"군사를 모르십니까? 결코 잘못한 일이 없습니다. 더욱이 청천문도를 잡기 위해 청천문을 협박하는 행위는 넘길 수 없습니다."

"무림맹에서 협박을 했었습니까?"

회양월은 고개를 끄덕이며 말을 이었다.

"지금까지 청천문을 이 정도로 키워온 것은 모두 군사 때문입니다. 그런데 그가 지금 위기에 처해 있습니다."

그는 무사들을 향해 소리쳤다.

"빠지고 싶은 자는 빠져도 좋다! 하지만 난 청천문의 문주다! 그리고 군사는 명백히 청천문도다. 청천문도가 다른 자의 핍박을 받는다면 당연 보호하고 지켜줘야 할 의무가 나와 우리들에게 있다고 생각한다! 강요하고 싶은 생각은 없다. 선택은 각자에게 맡기겠다!"

순간 누군가가 외쳤다.

"멋진 척하고 싶어 나갔구만!"

마각의 일원 중 한 명이었다.

"그렇다면 군사 혼자 멋지게 놔둘 수는 없지."

말과 함께 검을 뽑았다.

"문주님 말에 동의합니다."

동시에 마맹상을 비롯하여 환풍과 대원들이 모두 무기를 뽑아 들었다.

마각의 대원들은 대부분 청천대의 조장과 대주를 맡고 있다. 그들이 나서자 조원들이 가만있을 리 없었다. 일시에 찬성하며 살기를 피웠다.

회양월은 속으로 감동했다. 예전의 청천문이었다면 이런 일은 생각할 수도 없었다.

'바뀌었어.'

청천문이 혈리연과 동료들이 오고부터 완전히 바뀌어 있었다.

문주의 말 한마디로 어디든 같이 가줄 일당백의 무사들이 되어 있었다.

"쉽지 않을 거다. 무림맹의 고수들이 이 일대를 메웠다. 그래도 괜찮은가?"

여기저기에서 불만의 목소리가 쏟아졌다.

"청천문의 구역에서 무림맹이 설치는 꼴을 왜 봐야 합니까?"

"청천문에 협박하는 놈들을 가만 놔둘 수는 없죠."

"아무도 몰래 문주님께 협박했다니 냄새가 나는 일임이 분명합니다. 구정물은 치워야 합니다."

목소리가 커지고 있었다.

회양월이 고개를 끄덕이며 외쳤다.

"이제 예전의 청천문이 아님을 이번 일을 기점으로 무림에 증명하게 된다. 대규모 전투가 될지도 모르니 모두 전투 장비를 챙겨 일각 후에 정문 앞에 대기하라."

명이 떨어지기 무섭게 무사들이 물 빠지듯 연무장을 빠져나갔다. 소리 높일 때와는 달리 조용하고도 민첩한 움직임이었다. 보고 있던 장충동이 말했다.

"정말 괜찮겠습니까? 맹의 의도가 옳든 그렇지 못하든 정도를 통제하는 기관입니다. 그들과 척을 지게 되면 앞으로 청천문의 사업에 많은 걸림돌이 생기게 될 겁니다."

"상관없습니다."

회양월은 대답을 하며 정문으로 걸어가 버렸다.

장충동이 이번에는 양원을 향해 물었다.

"외총관 생각은 어떻소?"

잠시 생각하던 양원.

장충동은 놀라운 말을 듣게 되었다. 전혀 뜻밖의 대답이었다.

"문주님이 결정하셨으니 따를 수밖에 더 있소?"

그러면서 그도 급히 사라졌다.

예전 같았으면 핑계 하나는 끝내주게 대고, 불리한 일은 무조건 피해 다니던 외총관이 아니었다. 항상 불평불만을 늘어놓았고, 문주와 자신의 의견에 반대만 하고 나섰던 양원이 그렇게 나오자 장충동은 웃음이 새어 나오려는 것을 참았다.

그도 결연한 표정을 지었다.

'나도 질 수는 없지.'

생각과 함께 그도 급히 무복과 애검을 챙기기 위해 자신의 방으로 달려갔다.

방으로 달려가던 외총관 양원은 이상하게 기분이 나빴다.

평소와 다른 생각, 그리고 쏟아낸 말 때문이었다.

'도대체 왜 그렇게 말했지?

자신의 대답을 듣고 짓는 장충동의 표정이 거슬렸다. '너답지 않은 소리를 하는구나!' 혹은 '네가 그런 말을 할 때도 다 있냐?' 라는 듯한 그 표정.

하지만 정작 기분 나쁜 것은 마음 한구석에 군사 혈리연을 도와야 한다는 생각이 잠깐 스쳐 지나갔다는 것이었다.

그보다 더한 것은 무림맹이 청천문을 깔보았다는 것. 그것이 가장 그의 심기를 불편하게 했다.

'내가 왜 이따위 문파에……'

정이라도 들고, 없던 충성심이라도 생긴 것인가!

무림맹에 무시를 당하든, 핍박을 당하든 무슨 상관인가!

"에잉!"

아무튼 시간이 없었고, 생각은 일이 끝난 다음에도 충분히 할 수 있는 일이었다.

그는 급히 방으로 들어가 검을 챙겨 정문으로 달려갔다.

월향이 물었다.

"우린 이제 떠나는 것이 좋을 것 같지 않습니까?"

백은소가 의아한 시선으로 그녀를 바라보았다.

"왜 그래야 하지?"

"보아하니 청천문에 심각한 문제가 있는 것 같습니다."

"그럴 테지."

"네?"

흡사 이유를 안다는 듯한 백은소를 향해 월향이 고개를 갸웃거렸다.

"이유를 알고 계십니까?"

백은소는 대답없이 미소만 지었다. 그것은 알고 있다는 증거라 월향은 생각했다.

그녀는 백은소의 대답을 기다렸다. 하지만 백은소는 여전히 침묵만 지킨 채 생각에 잠겨 있었다.

'무림맹이 청천문을 핍박할 이유는 없어. 단지 한 가지 이유만 뺀다면 말이야.'

바로 마각에 대한 일이었다.

무림맹은 혈리연이 마각의 생존자임을 알고 있음이 분명했다. 그렇지 않고서야 이렇게 은밀히 호북까지 와 있을 리 없었다. 하지만 웃음이 흘러나왔다.

정파라 자처하는, 한때는 명문으로 통했던 청천문이 마각의 일원을 지키기 위해 무림맹을 치러 간다니…….

"일이 재밌게 돌아가네."

"무슨 말씀이십니까, 아가씨?"

"궁금하지 않아?"

"뭐가요? 아가씨가 하시는 말씀이 무엇인지 하나도 짐작하지 못하겠습니다."

"알 필요 없어."

월향은 인상을 찌푸렸다. 기저귀를 차고 기어 다닐 때부터 옆에서 보호하고 지켜온 백은소가 오늘따라 서운하게 군다는 생각이 들었다.

"제게도 비밀을 유지해야 할 일이 있습니까?"

"아니. 하지만 이유를 말하면 내가 좀……."

말끝을 흐리며 백은소가 얼굴을 살짝 붉혔다.

"네가 날 놀릴 것 같아서……."

마각에 대한 백은소의 동경심은 월향도 잘 알고 있었다. 만약 사실을 알게 된다면 월향은 은근히 자신을 놀릴 것이 분명했다.

남자에 관한 일이라면 누구에게도 심경을 들키고 싶지 않은 백은소였다. 항상 차갑고 냉철한 여인이고 싶었던 것이다.

"제가 어찌 아가씨를 놀리겠습니까?"

"아니. 아무튼 아직은 말할 수 없어."

그러면서 텅 빈 연무장을 바라보았다.

"우리도 움직이자."

"따라가실 생각입니까? 무림맹과 우리는 정사의 관계입니다. 자칫 청천문에 오해를 불러일으킬 수도 있고, 혈화궁의 입장도 난처해질 수가 있습니다. 이런 일은 슬쩍 빠져나가는 것이 좋다고 생각합니다."

"혈화궁인 것을 들키지 않으면 되지."

그러면서 명했다.

"모두 야행복으로 갈아입고 내 방으로 모여."

*　　　*　　　*

카카캉!

사방으로 흩날리는 벌 떼를 보며 영호영 장로는 경악했다. 십여 년 전 겪었던 일이 생각났기 때문이다. 마각 삼백 기를 이끌고 하남 북진으로 들어오던 자는 아직도 잊혀지지 않았다.

얼굴을 가렸었지만 드러난 눈매와 이마로 보아 소년임이 분명했다. 야차와 같이 검을 휘두를 때마다 무림맹의 고수들은 속절없이 쓰러졌고, 한 번씩 손을 휘저을 때는 품속에서 쏟아져 나오는 침 때문에 방어 한 번 제대로 하지 못하고 시체가 됐었다.

나중에 안 사실이지만 마각의 주인, 환여립에게 제자가 있었다. 영호영은 그때 그 제자가 소년이라고 확신했다. 그런데 지금 천라지망의 일차 관문을 뚫고 들어온 혈리연이라는 자가 오래전 기억에 남아 있는 눈매와 비슷하다.

거기다 쓰는 무공이 똑같다.

이기어검을 침으로 사용하는 듯, 백여 개의 침을 벌 떼처럼 조종하고 있지 않은가.

빈틈이 없었다. 혈리연을 보호하듯 사방을 빠르게 비산하는 침을 무림맹의 고수들은 뚫고 들어가지 못했다. 한 번씩 쏟아져 나오는 침만 쳐내며 방어만 하고 있을 뿐인데, 침 사이를 지나 뻗어오는 강기에 하나둘씩 쓰러지고 있었다.

혈리연을 겹겹이 에워싸고 있지만 언젠가는 전멸할 것 같다는 생각이 들었다.

순간 영호영 장로가 손을 들었다. 그러자 뒤에 있던 백여 명의 고수가 천천히 앞으로 움직였다.

현무귀였다.

영호영이 현무귀의 대장에게 낮게 명했다.

"지원이 다른 곳에서 올 때까지 시간을 버는 것으로 해라."

"존명!"

*　　　*　　　*

두두두두!

수백 명의 고수들이 북쪽 숲을 가로지르고 있었다. 거침없이 달리는 그들은 선두와 후미로 나뉘어 있었다. 선두는 옛 마각의 대원, 즉 지금의 비각이었고 나머지는 청천문의 남은 오백여 명이었다. 먼 거리를 달리자 서서히 속도에 차이가 들어났던 것이다.

하지만 북쪽 숲에 들어서 일각을 달렸을 때, 누군가가 앞을 가로막았다.

"웬 놈들이냐?"

소리와 함께 십여 명의 무사가 숲 속에서 뛰쳐나오더니 곧이어 양옆에서 수십 명이 다시 모습을 드러냈다.

비각의 대원들이 멈춰 섰다. 뒤따라오던 회양월이 앞서 나오며 그들을 향해 물었다.

"당신들은 누구요?"

종상에서 남쪽으로 삼십 리 떨어진 조그마한 마을에 위치한 홍진문(紅眞門)의 복장임을 회양월은 알아보았다.

"홍진문 소속입니다."

역시 예상이 맞았다. 꽤 나이가 있어 보이는 무사가 그렇게 대답을 했다.

회양월이 다시 물었다.

"홍진문이 무엇 때문에 이곳에 매복을 하고 있소?"

"무림의 흉적 하나가 도주하고 있으니 퇴로를 확보해 달라는 무림맹의 지원 요청을 받았소."

“나는 청천문의 문주요.”

그러자 나이 든 무사가 포권을 했다.

“홍진문의 백두향(白頭鄕) 향주(鄕主) 진걸(瑨杰)이라고 합니다. 그런데 이 밤에 무슨 일이십니까?”

회양월은 설명할 필요를 느끼지 못했다. 또 시간이 없었다. 오는 동안 군데군데 보이는 전투의 흔적 또한 그의 다급함을 더했다.

“볼일이 있으니 길을 여시오.”

홍진문의 향주는 난감한 표정으로 고개를 저었다.

“무림맹주의 령이 있었습니다. 아무도 이곳을 지나갈 수 없습니다.”

“맹주가 홍진문의 주인이오?”

진걸의 표정이 잠시 굳었다. 불쾌한 시선을 드러내며 단호하게 거절해 버렸다.

“아무튼 누구도 이곳을 지나갈 수 없습니다.”

회양월은 뒤를 돌아보았다. 뒤처졌던 문도들도 이미 마각의 뒤에 바짝 붙어 명이 떨어지기를 기다리고 있었다.

회양월이 협박했다.

“그대들과는 상관없는 일. 나와 청천문을 막겠다면 적으로 간주하겠소.”

“그, 그게 무슨…….”

회양월은 대답없이 자신의 의지가 확고함을 보이기 위해 검을 뽑아 들었다.

　수백 명이 뒤를 받치고 있는 청천문의 문주. 반대로 홍진문은 이번 무림맹의 일에 백여 명이 지원을 나와 있었다. 게다가 지금 매복지에는 오십 명이 투입된 상태. 상당히 불리한 상태가 분명했다. 하지만 잠시 후 나타난 백여 명의 무림맹 고수에 의해 힘을 받을 수밖에 없었다.

　"누구도 보내지 마시오!"

　멀리서 들리는 외침과 함께 백여 명의 무림맹 고수들이 달려왔다. 아마 다수의 무인들이 움직이고 있다는 보고를 받고 이유를 파악하기 위해 온 모양이었다.

　선두에 선 이가 놀라운 신법을 자랑하며 회양월 앞에 섰다.

　"청천문주님께서 이곳엔 무슨 일이십니까?"

　"지나가야 할 일이 생겼소."

　"안 됩니다. 돌아가십시오."

　회양월이 인상을 구겼다.

　"내가 왜 그대의 말을 들어야 하는 거요?"

　"맹주님의 령으로 움직이고 있습니다."

　"맹주령?"

　회양월이 격분한 목소리로 외쳤다.

　"도대체 무림맹이 우리 청천문에게 해준 게 무엇이라고? 할아버지께서 문파도 돌보지 않고 무림맹을 위해 마교와 싸두다 돌아가셨거늘, 그때 무림맹은 나와 청천문에게 무엇을 해주었소! 아버지께서 누군가의 암습을 받아 돌아가셨을 때, 그렇게 조사를 부탁했건만 무림맹은 무엇을 해주었소!"

이어 콧방귀를 꼈다.

"흥! 정도를 이끈다는 미명 아래 수많은 문파의 자금이나 갈취했지, 정작 하는 일도 없는 무림맹. 아, 자신들의 체면에 손상이 가는 일이라면 물불 가리지는 않지."

무림맹의 무사가 얼굴을 붉히며 살기를 드러냈다.

"말씀 삼가십시오."

하지만 회양월은 위축되지 않았다. 오히려 두 눈에 불이 붙은 듯 열기로 가득 찼다.

"막으면 뚫으면 되지. 쳐라!"

순간 비각 백여 명이 기다렸다는 듯이 무림맹과 홍진문을 향해 덮쳐들었다.

무공에 자신있던 무림맹의 고수들은 어이없다는 생각으로 무기를 뽑아 들었다. 그런데, 결과는 그들의 예상과는 전혀 딴판으로 흐르기 시작했으니 당황할 수밖에.

여기저기에서 긁어모은 하급 무사로만 생각했던 청천문을 상대로 삽시간에 절반 이상이 꺾여 버렸다. 비각도 비각이지만 그간 집단 전에 상당한 훈련을 거쳤던 청천대원들의 집단 전투 실력 때문이었다.

집단전뿐만 아니라 개개인의 무공 실력에서도 이미 예전의 모습을 완전히 버린 청천대였다.

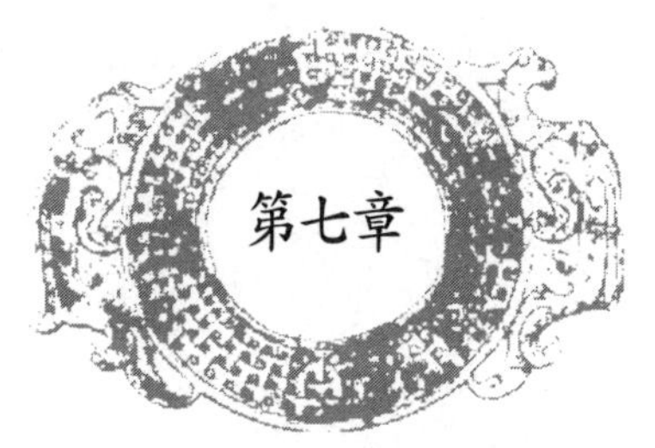

第七章

반가운 불청객

1

팟!

예리한 칼날이 어깨를 스치고 지나갔다.

"크압!"

혈리연은 이를 악물고 검을 내질렀다.

퍽!

둔탁한 소리. 싸구려 검이란 게 그랬다. 수많은 적을 상대하
느라 칼날은 이미 무뎌져 있었다.

어깨를 베어 넘긴 상대의 머리는 잘 들지도 않는 혈리연의
검에 머리가 깨져 바닥을 뒹굴었다.

"흐! 흐! 흐!"

끊임없이 가쁜 숨이 목구멍을 타고 올라왔다.

도대체 얼마나 죽여야 이 지긋지긋한 싸움이 끝날까?

이쯤 되면 질려서 도망칠 만도 한데, 놈들은 끈질겼다.

'일각!'

그 정도만 쉬어도 호흡을 고르고, 몸속에 흩어진 내공을 다시 모을 수 있을 것 같은데…….

차라리 기운을 짜내어 천마역혈경의 다섯 번째 단계를 사용하는 것이 좋을 것 같았다. 단숨에 폭발적인 기운이 쏟아져 나와 자신도 주체할 수 없는 힘을 사용할 수 있으니까.

하지만 그 힘을 유지하는 시간은 지금 혈리연으로서는 극히 적을 것이다. 또한 극심한 고통에 시달리게 된다. 기혈이 역류해서 오장육부가 뒤틀리는 그런 고통이 뒤따르기 때문이다.

가장 문제는 내력 소모가 극심하다는 것이다. 지금 상태로 천마역혈경의 기운을 끝까지 사용했다가는 마지막 도주를 위한 기운까지 바닥날 우려가 있었다.

"빌어먹을!"

욕설이 절로 튀어나왔다. 바람을 가르는 소리가 아련히 들리는 것으로 봐서 상당수의 고수들이 달려오고 있다는 것을 알 수 있었다. 급히 뒤를 공격하는 적을 베어 넘기고 앞으로 돌아 침을 날렸다.

"크아악!"

적들도 지친 모양이다. 초반의 강력했던 공격은 혈리연조차 위협적이라 느꼈는데, 지금은 상당히 둔한 동작을 보일 뿐이었다. 직접적인 공격을 피하고 시간만 버는 행동을 하고 있었기에 그런 것이다. 혈리연의 무서울 정도로 빠른 공격을 피하기 위해서는 가진 내력을 모두 동원하여 신법을 전개해야 했다.

침에 고슴도치가 되어버린 무사가 바닥에 쓰러지자 침은 다시 혈리연에게 돌아왔다.

혈리연은 구름처럼 나무 위를 밟고 오는 무림맹의 고수들을 보며 혀를 찼다.

"영광이군. 나 하나를 잡기 위해 이토록 융숭한 대접을 해주다니."

하지만 이젠 그도 더 이상 싸울 이유가 없었다. 최대한 요란하게 마각의 실력을 드러냈고, 몰려오는 적들의 숫자로 봐서는 천라지망에 이미 구멍이 생긴 것 같았다.

그는 달려드는 적들을 버려두고 곧장 앞으로 달려나갔다. 아직도 싸움에 끼어들지 않은 노인을 치기 위해서였다. 한눈에도 노인이 무림맹의 작전에 관여하여 지시를 내리는 위치라 생각했기 때문이다.

그를 제압해 버린다면 작전 명령에 심각한 차질이 생길 것이 분명했다.

휘리릭!

있는 힘을 다해 섬전처럼 노인에게 달려가며 손을 뻗었다.

순간 소매에서 날카로운 침 수십 개가 괴성을 지르며 노인의 전신을 노렸다. 그런데 노인은 다른 고수들과는 달랐다. '스르릉' 거리는 청명한 검명을 토해내며 검을 뽑더니 날아오는 침을 모두 쳐냈던 것이다.

검이 움직일 때마다 검기가 잔상을 남겨 흡사, 방패를 만들어놓은 듯했다.

침은 그의 검에 막혀 튕겨 나왔다. 하지만 혈리연은 여전히 이기어검의 수법으로 침을 조종했고, 튕겨 나온 침은 부드럽게 방향을 바꾸어 다시 노인을 공격했다.

노인의 검법은 그림 같았다. 벌 떼처럼 달려드는 침을 연이어 막아내는데 허점이라고는 보이지 않았다. 하지만 그 틈을 이용하여 혈리연은 노인과 더욱 거리를 좁힐 수 있었다.

쉬이익!

침을 막느라 사방으로 검을 휘두르는 노인의 허리를 베어갔다. 동시에 노인의 주변을 배회하던 침도 일시에 노인의 전신을 노리고 사방으로 공격하고 있었다.

노인, 무림맹의 수석 장로씩이나 맡고 있는 청성검인 영호영은 기겁했다. 첫 출수로 던진 침을 막는 것은 그리 어려운 일이 아니었다. 하지만 꽤나 강하게 쳐낸 침이 허공에서 방향을 바꿔 다시 공격해 들어오자 왜 무림맹에서 가장 뛰어난 무공 실력을 갖춘 현무귀들이 그렇게 고전했는지 알 수 있을 것 같았다. 그것도 한 번에 하나도 아니고 두어 개씩 벌처럼 공격해 온다면 꽤나 성가신 일이었다. 하물며 잘 보이지 않는 작은 침이, 또한 섬전처럼 움직이니 감으로 쳐내야 하지 않는가.

하나하나 다 눈으로 보고 쳐낼 수는 없는 일이었다.

그런데 삼차 공격이 시잘될 때 혈리연이 거리를 좁혀 가장 취약한 허리를 베어오고 있었다.

무엇부터 막아야 하나?

수십 개의 침을 모두 쳐내는 것도 힘든 일. 혈리연의 검에서는 이글이글 불꽃이 타오르고 있었다.

도대체 무슨 내공을 익히면 저토록 강렬한 기운을 발산하는지 모르겠지만 영호영은 막을 엄두가 나지 않았다. 간단히 쳐낼 수 있는 공격이 아니었기 때문이다.

'피하는 것이……'

생각은 몸으로 실천했다.

혈리연을 버리고 몸을 약간 비틀어 옆으로 들어오는 침 여덟 개를 힘겹게 쳐냈다. 그는 그 사이를 뚫고 몸을 옆으로 돌리며 피했다.

순간 목표를 잃은 혈리연의 검이 정면에서 방향을 틀었다.

영호영은 그 순간을 놓치지 않았다. 여전히 회전하며 혈리연의 뒤로 빠르게 돌아가 상대의 목을 향해 일검을 내지르는 것이다.

하지만!

놀랍게도 혈리연은 검을 쥔 손을 뒤로 돌려보지도 않고 회전을 시켰다.

목을 찌르는 영호영의 검이 등 뒤로 회전하는 혈리연의 검에 치여 옆으로 방향을 바꾸었다.

영호영은 다시 회전했다. 반동을 이용했기에 더욱 빠른 회전이었고, 회전에 몸무게까지 실려 강력한 일검이 되었다.

혈리연도 몸을 돌렸다. 상대가 일검필살을 노리려는 듯 강하게 목을 베어오는데 혈리연도 지지 않고 검을 아래에서 위로 쳐올렸다.

팡!

강력한 기운이 검에 실려 부딪쳤다.

혈리연은 두어 걸음 뒤로 물러서야 했다.

영호영은 열 걸음이나 밀려났다.

영호영이 눈에 경악한 빛을 띠었다. 저렇게 지친 상대와 내공 승부에서 밀릴 줄은 몰랐던 것이다. 자존심이 잔뜩 상할 수밖에 없었다.

수십 년 동안 검에 인생을 걸었는데, 상대가 토하듯 입가로 내뱉는 한 줄기 선혈에 만족하며 열 걸음이나 밀려났다는 것이 창피했다.

그는 상대를 노려보았다.

혈리연도 그의 눈을 마주 보았다. 순간 공격해 오는 상대의 검에 대단한 내공이 담겨 있다고 판단해 천마열혈공의 다섯 번째 단계를 잠깐 사용했을 뿐인데, 속이 뒤틀리는 느낌을 받았다.

'일각만!'

그 정도만 쉴 수 있다면 어느 정도의 내공 회복이 가능할 것 같은데 그럴 기회가 없으니 짜증이 솟구쳤다.

그는 힐끔 양옆을 바라보았다. 다른 곳을 지키던 무림맹의 고수들이 점점 가까워지고 있었다.

'저들까지 합세하면 이기기 힘들다.'

그는 다시 뒤에서 느껴지는 기척을 느꼈다. 지금껏 공격해 오던 적들은 노인과의 대결에 들어가자 방해가 될까 봐 멀찍이 떨어져 있는 상태였다.

뒤, 정확히 북쪽으로 갈 수 있는 방향에는 여섯 명이 있는 것 같았다. 하지만 이쯤 되면 굳이 북쪽으로 도주할 필요는 없었다. 붕대사내의 요구대로 최대한 요란하게 마각의 힘을 보여주었다.

그는 왔던 길을 되돌아가는 것이 좋겠다고 생각했다. 불행히도 위치가 바뀌어 가장 강해 보이던 노인이 그곳을 막아서고 있었지만, 어쩔 수 없었다.

저 노인만 처리해 버린다면 이미 북쪽으로 몰려든 무림맹의 포위망을 뚫는 것은 아무것도 아니었으니 말이다. 천라지망이 이미 깨진 것 같았으니 되돌아가다가 다른 곳으로 방향을 틀어도 되는 일이었다.

그런데 노인이 그것을 눈치 챈 것 같았다.

그가 남아 있던 현무귀와 황금대에게 외쳤다.

"내 뒤를 받쳐라!"

혈리연이 인상을 찌푸렸다.

'그렇다면 북쪽으로 가는 길은 완전히 열겠다는 말인데…….'

북쪽에 또 다른 매복이 있을 것이란 예상을 할 수 있었다.

"정말 지독하게 천라지망을 만들었군!"

그 말에 영호영 장로가 굳은 표정으로 외쳤다.

“자네의 실력을 보니 부족하지는 않다고 생각되네. 이제 그만 포기하는 것이 어떤가?”

혈리연이 검을 들어 영호영을 겨누었다. 그것이 대답 대신이었다.

“가능하면 생포하고 싶은데 더 이상 저항하면 그러지 못할 가능성이 높네.”

“생포? 훗, 여유있는 발상이군!”

영호영이 혀를 찼다.

“쯧쯧, 어찌 그리 목숨을 하찮게 여기는가!”

혈리연의 눈빛이 겨울밤보다 더욱 차갑게 빛났다.

“내 목숨은!”

시간이 없었다. 혈리연은 영호영을 향해 눈 깜짝할 사이에 거리를 좁혔다.

“어떤 것보다 우선시 한다.”

발악 같은 외침과 함께 그의 검에서 강렬한 빛이 타올랐다.

‘빠져나갈 자신이 있다는 것인가?’

영호영은 생각을 접고 곧바로 혈리연의 검을 막았다.

쾅!

검기와 검기가 부딪치고 영호영은 이번에도 몸을 움직였다. 조금 전보다 나은 한 걸음이었다. 하지만 검을 잡은 손이 저리고 있었다.

두 번째 공격을 막았을 때는 밀리지 않았다.

화려한 검초, 그를 청성검인으로 만든 실력으로 혈리연의 공격을 흘려 넘겼던 것이다.

순식간에 십여 번의 공방이 왔다 갔다.

혈리연은 상대가 생각 이상의 고수라는 느낌을 받았다. 자신의 내력과 체력이 급격히 떨어진 이유도 있지만 그래도 이 정도로 여유있게 자신의 공격을 막는 자는 오랜만이었다.

'화려한 검초, 그리고 잔재주!'

하지만 혈리연은 노인의 검법을 그렇게 판단했다. 그리고 그런 검수를 상대하는 방법을 잘 알고 있었다.

더욱 강하게 요혈만 노린다. 가볍게 흘려 넘기다가는 그대로 몸에 구멍이 날 수 있게!

팡! 캉! 쾅!

영호영은 제대로 된 공격 한 번 못하고 막기에 바빴다. 몇 번 흘려 넘겼더니 혈리연의 공격이 급소만 노리고 있었기 때문이다. 그것도 가볍게 쳐냈다가는 막는 자신의 검이 튕겨 나올 정도로 강한 내공과 힘이 실려 있는 공격이었다.

자연 이리저리 내몰리고 다리가 꼬이기 시작했다.

어깨와 손이 저려 검을 놓칠 것만 같았다.

하지만 그는 끝끝내 버티고 버텼다. 그리고 그때쯤 유청 장로와 그가 이끄는 주작귀 백여 명, 그리고 청룡대 이백 명이 장내에 도착해 있었다. 그리고 다른 곳을 지키던 무림맹의 고수들도 계속 거리를 좁혀오는 것이 보였다.

혈리연은 급했다. 이 빌어먹을 노인이 막는 데는 도가 튼 자임이 분명했다.

계산 착오였다. 지원군이 오기 전에 노인을 쓰러뜨리고 혈로를 뚫어 도주했어야 했는데, 그러기도 전에 완벽하게 포위가 된 형상이었다. 속속히 도착하는 맹의 고수들이 원을 그리듯, 그리고 몇 겹씩 혈리연을 에워싸기 시작했던 것이다.

그렇다면 무리할 수밖에 없었다. 더 시간을 끌다가는 정말 벗어나지 못할 수도 있었다.

"크아압!"

기합과 함께 검에서 폭발하듯 빛이 뿌려졌다.

혈리연은 그대로 허초를 두 번 쓰고, 피하는 영호영에게 바짝 붙어 실초를 날렸다. 왼쪽 허벅지에서 올려 긋듯!

순간 영호영이 막을 수 없다고 판단하고 허공으로 뛰어올랐다. 불행히도 수십 개의 참이 그의 움직임을 알았다는 듯 쏘아져 나갔다.

그런데 그때,

퍽!

둔탁한 소음과 함께 영호영을 공격하던 침이 힘을 잃고 바닥에 우수수 떨어져 내렸다.

영호영은 간담이 서늘함을 느끼며 아래를 내려다보았다.

혈리연이 피를 토하고 바닥에 무릎을 꿇고 있었다.

이유는 금방 알 수 있었다. 무리하게 내력을 끌어올렸는데, 뒤에서 유청 장로가 일장을 날려 기습을 한 것이었다.

유청 장로의 뻗은 손에서 모락모락 연기가 피어 나오고 있었다.

공중에서 가볍게 한 바퀴 돈 영호영은 바닥에 사뿐히 내려서서 유청 장로에게 고개를 까딱거렸다. 역시 자존심이 상했지만 구해준 것은 사실, 고맙다는 표시였다.

유청 장로고 고개를 끄덕였다.

"프윽!"

혈리연은 무릎을 꿇은 채 다시 피를 토했다. 일장을 맞았기 때문에 속이 말이 아니었다. 다행히 급히 내력을 다스려서 단전에 이상이 생기지는 않았지만 숨기고, 아껴왔던 내력이 상당수 흩어진 후였다.

그는 털썩 주저앉았다.

"큭큭큭!"

비웃음?

잔뜩 뒤틀린 괴웃음이 영호영의 기분을 상하게 하고 있었다.

"미안하지만 정식 대결이 아님에야 기습에 대한 불만은 필요없지 않겠나?"

"재밌군!"

"……?"

영호영이 잠시 침묵을 지키더니 인상을 찌푸렸다.

"뭐가 말인가?"

"기습을 미안하다고 생각하는 것이! 킥킥킥!"

한참 동안 웃고서야 말을 잇는다.

"너무 예의 바르지 않은가!"

농락당했다고 생각했는지 모두가 기분 나쁜 얼굴이 되었다.

잠시 후, 영호영 장로가 표정을 가다듬고는 뒤에 있는 다섯 무사에게 턱짓을 했다.

다섯 무사는 의미를 알고 있다는 듯 즉각 움직였다. 혈리연을 포박할 생각이었던 것이다.

혈리연은 편하게 주저앉은 채 검은 이미 바닥에 늘어뜨리고 한 손은 넘어지는 몸을 지탱하듯 바닥을 짚고 있었다. 거기다 두 눈도 포기한 듯 가볍게 감고 있었다.

하지만 그는 포기하지 않았다.

포기하는 그 순간 어떤 기회도 오지 않는다. 행운은 잡고자 하는 사람에게만 오는 것이기 때문이다. 행운과 기회는 비슷한 유형이었다.

그는 기회를 엿보고 있는 것이었다.

그렇게 다섯 무사들이 지척까지 다가왔을 때였다.

번쩍!

혈리연의 두 눈이 타올랐다. 동시에,

팟!

땅을 짚고 있던 손이 잠시 떨어지더니 다시 땅을 때렸다. 그러자 몸이 반 너머 일으켜지고, 앞쪽으로 뻗어 있던 다리를 오른쪽으로 찼다.

일어서며 회전하는 모습이었다.

늘어뜨렸던 검이 그때 빳빳하게 세워졌다.

혈리연의 함성이 요동쳤다.

"화룡승회(火龍昇回)!"

천지조화를 부리는 용이 하늘로 승천하며 힘을 과시하기 위해 회전한다는 화룡승회!

회전하며 일어서는 힘이 얼마나 강했던지 삼 장이나 하늘로 솟구쳤다. 그리고 정점에 도착할 때까지 그의 몸은 검과 함께 회전하고 있었다.

그것은 마치 불기둥과 같았다. 직선으로 솟구친 불기둥에 그 주위를 뱀처럼 감고 올라오는 불기둥이 합쳐진 그런…….

멋지다고 해야 할까?

하지만 그의 행동 때문에 일시에 죽어버린 다섯 무사에게는 전혀 멋지지 않았다.

영호영 장로와 유청 장로, 그리고 동료들이 표정을 굳혔다.

유청이 다른 세 무사에게 손짓을 했다.

바다에 떨어져 처음의 그 형태를 유지하고 있는 혈리연을 포박하고자 했던 것이다.

하지만 그들이 혈리연에게 지척까지 갔을 때, 혈리연은 다시 기습을 노렸다. 그리고 셋도 바닥에 드러누웠다.

무림맹의 분위기는 차갑게 가라앉았다. 이렇게 죽을 무사들이 아니었다. 이런 고수 하나 키우기 위해서는 엄청난 시간과 자금이 들어갔다. 충분히 피할 수 있는 공격임에도 제대로 대응 한 번 못하고 속절없이 죽어버렸으니 유청과 영호영의 심경이 편할 리 없었다.

결국 영호영이 앞으로 나섰다.

천천히, 하지만 충분히 방비를 하고…….

그때 혈리연은 정말로 이제는 기습할 기력도 남아 있지 않았다.

'너무 화려한 무공을 썼어.'

화룡승회를 말하는 것이었다. 좀 더 내력이 덜 들어가는 무공을 썼어야 했는데.

갑자기 웃음이 절로 튀어나왔다.

'이렇게 죽을 팔자였나? 차라리 그 녀석 목을 비틀어 손노의 위치를 알아내는 것이 나을 뻔했군!'

생각을 하는 사이 영호영은 점점 더 다가오고 있었다. 검을 든 혈리연의 오른팔을 자르고자. 그리고는 내력을 다시는 사용하지 못하게 단전을 파괴하고자 서서히 거리를 좁히고 있었다.

*   *   *

백은소는 청천문의 용기와 기상에 놀랐다. 단숨에 홍진문과 무림맹의 고수들을 제압해 버리고 달려나가는 모습은 그녀의 가슴속에 담긴 무언가를 자극하는 장면이었다.

옆에서 숨죽이고 같은 장면을 바라보던 월향이 놀랍다는 듯 말했다.

"정말 무림맹을 공격할 줄은 몰랐습니다."

오히려 그녀가 걱정했다.

"저 사실이 알려지면 나중에 꽤 곤란해질 텐데……."

그러자 백은소가 장난스럽게 말했다.

"사파로 분야를 바꿀지도 모르지."

"농담이 아닙니다. 정파가 무림맹을 공격한 전례는 거의 없습니다."

"우리가 상관할 바가 아니지. 아무튼 좋은 구경 아니야? 이런 구경은 평생 가도 못할 거야."

월향도 그 말에는 동조를 했다.

'하지만 왜? 무엇 때문에 저런 무리수를 두는 거지?

그는 이해할 수가 없었다. 그녀가 알기로 혈리연은 완전한 청천문도라기보다는 경영참모로서 초빙된 자일 뿐이었다. 그러고 보면 무림맹이 왜 그 때문에 청천문에게 협박을 했는지조차 이해할 수 없었다.

또…….

'단 한 명을 잡기 위해 무림맹이 전력을 들어 매복, 기습을 펼치다니, 도대체 무엇을 숨긴 걸까?

생각은 잠시 접어야 했다. 백은소가 앞으로 조심스럽게 나가며 명했던 것이다.

"이러다 놓치겠어. 쫓아간다."

적들을 제압해 버린 청천문은 도주하는 자를 굳이 쫓지 않고 앞으로 전력 질주하고 있었다.

그녀는 고개를 끄덕이며 백은소를 따라 움직였다.

쉬익!

영호영 장로의 검이 상대, 혈리연의 오른쪽 어깨를 노렸다.

포기를 한 것일까?

혈리연은 가만히 눈만 감고 있었다.

그 처연한 모습에 영호영 장로는 약간의 자비심을 베풀기로 했다. 검에 실린 내공을 없애고, 베어가는 방향을 틀어 찔러갔던 것이다.

팔만 못쓰게 하면 된다고 생각했다. 굳이 저항하지 않는 자의 팔을 자를 필요는 느끼지 못했다.

그런데,

번쩍!

혈리연이 눈을 뜨더니 직선으로 찔러오는 검을 맨손으로 잡는 것이 아닌가!

'이런!'

일순 영호영 장로는 당황했다. 그리고 혈리연이 놓고 있던 검을 들어 올리는 모습을 보고는 간담이 서늘했다.

그는 급히 발을 움직였다.

팍!

혈리연의 팔목을 걷어찼다. 당황해서인지 제대로 차지는 못했지만 검을 놓치는 모습이 눈에 들어왔다. 다행이었다.

하지만 혈리연은 검을 잡기 위해 손을 뻗고 있었다. 영호영 장로도 다시 발을 뻗었다.

탁탁탁!

순간 세 번의 공방이 혈리연과 영호영 장로 사이에 오갔다.

승리는 혈리연.

검수인 영호영 장로는 각법에 그리 깊은 조예가 없었던 것이다.

영호영 장로는 급히 잡고 있던 검을 흔들었다. 하지만 혈리연의 손은 피가 철철 흘러내리면서도 놓지 않았다.

'검을 버려야 하는 건가?'

무인에게는, 특히 정도를 따르고 검으로 청성검인이라는 대단한 명호까지 듣고 있는 그에게는 검을 버리는 것이 치욕이었다. 죽음에 비할 바가 아니다.

하지만 버릴 때는 버려야 한다.

영호영 장로는 난감한 표정을 지었다. 몸이 따라주지 않았다. 일평생 검과 함께 살아온 몸이 검을 놓치면 안 된다고 말하고 있는 듯했다. 그것이 화근이었다.

쉬이익!

혈리연의 검이 곧장 그의 가슴을 노렸다.

도대체 이 어린 애송이의 내공 원천이 어딘지 모를 일이었다. 가슴을 찔릴 위기에 놓였으면서도 영호영 장로는 그런 생각을 했다. 찔러오는 검에 아직도 상당한 내력이 담겨 있다는 사실이 기가 막힐 뿐이었다.

픽!

무딘 검끝이 살을 파고드는 소리는 그리 크지 않았다.

영호영 장로는 부들부들 떨면서 비소를 흘렸다.

"놈!"

일갈과 함께 그는 일장을 쳐 들어 혈리연의 어깨를 후려쳤다.

검에 찔리는 순간 약간 몸을 숙였고, 그래서 심장을 피했기에 가능한 일이었다.

픽!

둔탁한 소리가 혈리연의 어깨에서 터져 나오고, 그 반동을 이기지 못해 데구르르 굴러 나무에 처박혔다.

어깨에 파고든 검날이 빠져나오자 영호영 장로도 피를 뿌리며 뒤로 엉덩방아를 찧었다.

"큭큭큭!"

혈리연은 조금이라도 상처를 줘서 자랑스럽다는 듯 기분 좋은 웃음소리를 냈다.

영호영 장로는 피를 흘리면서도 벌떡 일어났다. 쓰러지면서 떨어뜨린 검도 주워 들었다. 한 번의 자비가 어떤 결과를 초래하는지 뼈저리게 느끼며 그는 혈리연의 팔을 자르기 위해 다가가기 시작했다.

"이제 진짜 힘들군!"

혈리연의 중얼거림이 웅웅거리며 작게 메아리치고 있었다.

영호영 장로는 그 소리를 들으며 검을 치켜 올렸다.

혈리연에게는 자신의 팔을 잘라 제압할 늙은 여우의 모습이었다.

"멈추지 않으면 죽는다."

영호영 장로가 멈췄다.

왜 그랬는지 스스로에게 묻고 싶을 지경이었다. 한 소리의 명령 같은 말 때문에 자신이 멈췄다고는 이해할 수도, 하고 싶지도 않았다.

모두 소리가 들리는 곳으로 고개를 돌렸다. 그들은 남쪽에서 북쪽으로 오는 길에 서 있었다. 그것도 아주 가까이.

거기까지 오는데 아무도 눈치 채지 못했다는 것이 의아할 정도다. 이곳에 있는 고수들이 대체 몇 명이던가!

또 고수들의 실력이 어느 정도이던가!

유청 장로는 새로 등장한 불청객을 노여운 눈으로 바라보왔다.

모두 검은 피풍을 둘렀다. 대부분 검은 복면을 썼고, 한 놈은 검은 죽립에 검은 천을 드리워 얼굴을 알아볼 수 없었다. 풍기는 기도는 특이했다.

그들은 죽립사내를 중심으로 일렬로 늘어서 있었다.

혹시 몰라 유청이 물었다.

"어디서 지원 나온 고수요?"

죽립사내의 심드렁한 목소리가 대답했다.

"내 먹이는 건드릴 수 없다."

그러면서 걸음을 떼더니 곧장 혈리연에게 걸어가고 있었다. 그 모습이 너무 당당해 울던 아이도 울음을 그친다는 무림맹의 상층부 고수들이 얼떨결에 길을 터주었다.

그 사이를 비집고 다른 피풍의 사내들도 죽립사내를 따라 포위망으로 들어가 버렸다.

죽립사내, 홍교의 교주 신도립이 영호영 장로의 바로 옆에 서서 혈리연을 내려다보았다. 그는 의문스런 얼굴로 뒤따라온 수하 중 하나에게 물었다.

"맞나?"

피풍의 사내 한 명이 고개를 끄덕였다.

"확실합니다."

"클클! 걸레가 되어 있구나! 이래서는 복수를 해도 기분이 풀어지지 않을 것 같은데……. 치료해 줘라."

수하 하나가 급히 혈리연에게 다가갔다.

영호영 장로가 그걸 지켜볼 리 없다. 팔을 들어 올려 그가 다가오는 것을 견제했다.

"신분을 밝히는 것이 좋을 줄로 아오만?"

피풍사내의 표정이 차가워졌다.

"교주님이 명하셨고, 난 따를 뿐."

그러면서 계속 다가오고 있었다.

영호영 장로는 들고 있던 검에 내력을 주입했다. 웅웅거리는 잔 떨림이 검끝까지 흔들어 놓아 사방으로 검명을 토해내게 했다.

죽립의 사내, 신도립이 수하에게 명했다.

"물러나라. 네가 상대할 자는 아닌 듯하다."

명이 떨어지기 무섭게 피풍사내가 급히 물러섰다.

그 모습을 관찰하던 영호영 장로는 이자들이 예사 사람이 아니라고 판단했다. 명령에 목숨까지 내놓을 자들. 그리고 그것을 당연하게 생각하며 명령하는 자.

게다가 '교주'라고 칭한 죽립사내.

그를 바라보던 영호영 장로가 물었다.

"도대체 무슨 연유요? 어찌하여 우리들 일에 간섭하는 것이오?"

신도립의 건조한 대답이 있었다.

"네 알 바 아니다."

말과 함께 혈리연을 가리켰다.

"난 저놈이 필요하다."

이유는 모르겠지만 영호영 장로는 물러설 수 없었다.

"의견이 맞지 않으니 노부로서도 어쩔 수 없구려."

"미친!"

신도립은 욕 같은 말을 내뱉고는 성큼성큼 혈리연에게 다가 갔다. 그때, 혈리연이 슬쩍 고개를 쳐들어 신도립을 바라보았 다.

처음 보는 놈이었다. 하긴, 천으로 얼굴을 가렸으니 당연히 모를 수밖에.

"누구냐, 넌?"

"네 목을 취할 자. 하지만 우선 치료부터 해주지."

"약 주고 병 주겠다?"

"병을 주기 위해 약을 주는 거다. 헷갈리지 말도록."

혹시 혈리연이 도와주려는 것으로 오해할까 봐 무섭다는 듯 신도립은 그렇게 강조했다.

"재밌는 놈이군!"

혈리연은 신경 쓰지 않겠다는 듯 다시 고개를 바닥에 붙였 다.

영호영 장로가 신도립의 진로를 막았다.

"더 오면 참기 어렵소."

"참지 마라!"

한 걸음 가까워지고 두 걸음째 가까워졌을 때, 영호영 장로 가 한 소리 기합과 함께 검을 내질렀다. 상대에게서 풍기는 막 강한 기도를 생각해 단판에 승부를 보려는 듯 그가 알고 있는 가장 강한 초식과 폭발하는 듯한 내력을 사용한 공격이었다.

쉬쉬쉬쉭!

검이 수십 개로 늘어나며 신도립의 전신을 뚫을 듯 뻗어 나왔다. 일평생 내공에 정진한 그 한 번의 공력은 검 하나마다 서슬 퍼런 검기를 뽑아내어 주변 공기를 굴절시켰다.

파파파팡!

검기가 뻗칠 때마다 허공이 터지는 듯한 소리가 하늘을 울렸다. 그런데 그 강맹한 모습을 멀거니 서서 바라보고 있던 신도립은 피할 생각도 하지 않았다. 두 눈에는 놀랍다는 빛을 띠기는 했다. 하지만 막 검기가 몸에 닿을 쯤에 그의 주위에서 뜨거운 열기가 뿜어져 나왔다. 그리고 그것은 순식간에 불길이 되어 그를 덮어버렸다.

그를 서장 최고로 올려놓은 무공, 화력전개강에 담긴 하나의 절기였다.

콰콰콰쾅!

검기가 불길에 부딪치며 굉음을 쏟아냈다.

신도립이 뒷걸음질을 쳤다. 아무리 그라 해도 강력한 검기가 수십 번 몸에 부딪치자 밀리지 않을 수 없었다. 하지만 그뿐. 그는 어떤 타격도 받지 않은 듯 꼿꼿이 서 있었다.

모든 공격이 불길에 막혀 당황한 영호영 장로는 뒤로 훌쩍 물러섰다. 처음 보는 무공에 놀란 그가 경악한 눈으로 신도립을 바라보았다.

예의 심드렁한 신도립의 말투가 그의 신경을 거슬렸다.

“그게 끝인가?”

“이얍!”

영호영 장로는 기합과 함께 다시 달려들었다. 그러나 이번에는 신도립도 가만히 보고만 있지는 않았다.

휘릭!

손을 떨친다. 그리고 그 단순한 동작에 몸을 감싸고 있던 불길이 몰려 용트림하듯 영호영 장로를 향해 뻗어나갔다.

영호영 장로는 급히 검을 휘둘러 불길을 쳐냈다.

쾅!

검기와 불길이 부딪치자 손끝에서 살이 찢어지는 느낌을 받은 영호영 장로였다. 너무 검을 꽉 잡은 나머지 몸까지 충격을 이기지 못하고 옆으로 돌아갔다.

신도립은 그것을 놓치지 않고 쾌속한 신법으로 그에게 다가왔다.

영호영이 급히 상대의 목을 향해 검을 내질렀다.

쾅!

검은 불길에 휩싸인 손에 막혀 튕겨 나왔다. 동시에 반대 손이 목을 노려오고 있었다.

영호영 장로는 급히 몸을 숙였다. 그러자 머리카락을 뜨거운 열기가 스치고 지나갔다.

시큼한 냄새로 보아 머리끝이 타버린 듯하다. 하지만 영호영 장로는 아무래도 좋았다. 상대만 죽일 수 있다면 무엇인 듯 포기하지 못하랴.

그는 머리카락이 타든 말든 신경 쓰지 않고 몸을 숙인 채 그대로 상대의 발끝으로 검을 찔러 넣었다.

푹!

상대는 쉽게 발을 옆으로 옮겨 검을 피했다. 영호영 장로는 쉬지 않고 검을 계속 찔러 넣었다.

푹푹푹!

땅은 검에 의해 십여 번이나 파헤쳐지기 시작했다. 그러나 그뿐. 땅만 파서는 상대를 제압할 수 없다. 그 단순한 진리를 상대, 신도립이 가르쳐 주었다.

퍽!

주먹 하나가 불길에 휩싸인 채 영호영의 볼을 때렸다.

영호영 장로는 휘청거리며 뒤틀뒤틀 뒤로 물러섰다.

승패는 이미 났다. 그런데 모두가 인상을 찌푸릴 일이 벌어졌다. 아니, 경악이라고 해야 옳을 것이다.

쉬익!

비틀거리는 영호영 장로의 가슴을 향해 신도립의 일권이 꽂힌 것이다.

푹!

얼마나 강한 열기가 주먹에서 뻗어 나오는지, 단순히 가슴을 때렸을 뿐인데 주먹이 영호영 장로의 살을 파고들었다.

매캐한 냄새는 살을 태우며 풍기는 것이었다.

"크아악!"

한 소리 단말마가 영호영의 목구멍에서 터져 나왔다.

장내의 대부분이 두 눈을 부릅뜬 채 그 광경을 지켜보았다.

유청 장로가 가장 충격을 받은 듯했다. 무림맹에서도 맹주를 제외하고는 다섯 손가락 안에 드는 영호영 장로는 이렇게 허무하게 죽어서는 안 될 인물이었던 것이다.

분노가 그의 의지를 꺾어버렸다. 계획했던 마각의 신병 확보는 이미 그의 머릿속에서 지워졌다. 복수만이 어떤 단어보다 강렬하게 떠오른 상태였다.

"맹의 이름으로 죄인을 척살하라!"

분노는 그만의 것이 아니었다. 지금껏 혈리연을 잡기 위해 투입되었던 맹의 고수들은 이성적으로 움직였다. 그래서 엄청난 혈리연의 무공에 두려움을 느꼈고, 제 실력을 내지 못했다. 뿐만 아니라 목표물을 죽이는 것이 아니라 산 채로 잡아야 하는 어려움까지 더해진 상태였다.

하지만 지금은 다르다.

죽여야 하고, 그만한 분노가 생겼다.

몰려 있던 현무귀, 주작귀, 황금대, 청룡대, 금룡대의 대원들이 뼛속까지 베어 나오는 살기를 드러내며 홍교의 교주 신도림을 향해 달려들고, 한 떼는 그 수하들을 향해 달려들었다. 그리고 그 선두에는 유청 장로가 있었다.

전투는 격렬했고, 그럴수록 신도림의 신위는 하늘을 찔렀다. 손짓 한 번에 불길이 치솟고, 발짓 한 번에 땅이 불타올랐다. 눈빛 하나로 상대의 움직임을 막아냈고, 입김 한 번에 주위를 뜨겁게 달구었다. 그는 그런 사내였다.

중원 무림의 절정고수들과 비견된다고 평을 받았지만 홍교의 교도들은 그것을 인정하지 않았다. 어찌 평생에 한 번 태어날까 말까 한 천고의 기재를 중원의 운 좋은 개들과 어깨를 나란히 올려놓는가!

다만, 한때 무림을 이름 하나로 벌벌 떨게 했던 천하제일인 환여립만이 그와 이름을 나란히 할 수 있다고 말하곤 했다.

하지만…….

분노로 격양되어 본 실력의 십이 할을 발휘하는 천여 명의 고수를 상대로는 아무래도 밀릴 수밖에 없었다. 그 천여 명이 무림에서도 알아주는 절정고수들의 집합임에야 말해 무엇할까!

유청은 질릴 대로 질려 버렸다.

오늘 밤 몇 시진 동안에, 평생에 보기 힘든 괴물 두 마리를 한꺼번에 구경했으니 그럴밖에. 무림에 이름 높던 맹의 정예들이 하급 무사처럼 느껴질 수밖에 없었다.

그래도 다행은 다행이었다. 끝없는 공방 끝에 많은 고수들이 목숨을 버렸지만 저 화귀(火鬼)도 상당히 지쳐 보였다. 이대로 조금만 더 밀어붙인다면 잡을 수도 있을 것 같았다.

물론, 그 한 놈을 잡기 위해서 무림맹의 전력에 심각한 타격을 받고 있다는 생각은 할 수 없었지만……. 그만큼 수석 장로 영호영의 죽음이 큰 충격으로 모두에게 다가왔던 탓이었다.

미친 개 떼처럼 달려드는 맹의 고수들을 상대로 신도립의 호위들은 벌써 여섯 명이나 바닥에 피를 뿌리고 누워 있었다.

남은 자들 또한 오래 버틸 수 없어 보였다. 그나마 신도림이 간간이 그들을 지켜주어 지금까지 살아 있을 수 있었다.

피에 절어 피곤에 절어, 그들은 여전히 무림맹의 고수들을 상대로 분전했다. 그러나 이젠 끝이었다. 또 한 명이 등 뒤를 찔려 바닥에 쓰러졌다.

이제 남은 자는 모두 셋.

'너무 허세를 부렸나?'

홍교 교주의 독립호위대 천랑대(天狼隊) 대주 한충(韓蹭)은 이들이 무림맹의 고수들이라는 사실을 알고부터 무의미한 전투라고 생각하고 있었다. 하지만 도주하지 않은 것은 그들의 주군이 싸우기를 원한다는 것이었다.

평생 물러서는 것을 해본 적이 없는 교주였으니 당연하다고 생각했지만, 한편으로는 너무 과한 자신감이라고도 생각했다. 그 때문에 홍교의 교주가 중원의 이름도 모르는 산에서 죽게 생겼지 않은가!

그는 그 원흉, 얄미울 정도로 편하게 누워 있는 혈리연을 힐끔 바라보고는 속이 뒤집히는 것을 느꼈다. 눈을 말똥말똥 뜨고 하늘에 뜬 달을 바라보면서 무언가 생각에 잠겨 있는 듯한 모습인데, 저 빌어먹을 놈은 교주님과 자신들이 왜 그를 돕고 있는지조차 모르는 표정이라 더욱 화가 치밀 수밖에 없었다.

자신들이 누구인지조차 모르는 것 같았다.

아니, 관심도 없는 것 같았다.

그때 예리한 검기 하나가 그의 목을 노리고 있었다.

한충은 급히 몸을 들었지만 검기는 방향을 틀어 그를 따라왔다.

퍽!

어깨를 스치고 지나갔지만 옷이 찢겨지고 살이 터져 나갔다.

벌써 다섯 번째다.

그는 비틀거리며 발악하더니 사방으로 검을 날렸다. 하지만 이미 지친 상태였다. 또한 상대는 한 명 한 명이 자신과 비교해 무공이 떨어지지 않았다. 그러니 제대로 방어가 될 리 없다.

이번에도 교주가 도와주었다. 그를 향해 승냥이처럼 달려드는 맹의 고수들에게 강기 몇 가닥을 뿌려주었던 것이다. 그것 때문에 이번에도 목숨을 연장할 수 있었다. 그러나 그 강기가 타오르는 불길이 아니라 힘을 잃어가는 기운이라 걱정이 이만저만이 아니었다.

그는 교주를 바라보았다.

기운이 많이 줄어 있었다. 처음의 강렬한 불길로 만들어진 호신강기는 이미 사라져 있고 붉으스름한 빛만 전신을 두르고 있을 뿐이었다. 그 빛도 많이 옅어져 있었다.

'이제 끝인가!'

갑자기 왜 여기에서 죽어야 하는지 이유를 알 수 없었다. 도대체 무엇 때문에!!

그런데 하늘에서 천행을 그들에게 주었다.

“멈춰랏!”

우렁찬 고함이 산을 뒤흔들었다. 너무 커서 전투가 일시에 중단되었다. 목소리 때문에 멈춘 것도 있지만, 사실 숫자 때문이었다.

돌연히 모습을 드러낸 수백 명의 고수들. 그 선두에 청년이라고 보기에는 너무 어린 자가 기품있는 무복을 입고 검을 뺀 채 서 있었다.

홍교로서는 숨을 돌릴 수 있는 기회였다.

유청은 인상을 잔뜩 찌푸렸다.

오늘이 무슨 날이었던가!

변수가 왜 이렇게 많은지 모르겠다. 고작 혈리연이라는 마각의 생존자 하나를 잡는데 이런 피해를 입었다는 것도 말이 안 되지만, 그 이외에도 겪어보기 힘든 일만 약속이나 했다는 듯 벌어지지 않는가 말이다.

그는 회양월을 알아보고 떨리는 목소리로 물었다.

“귀문은 어찌하여 이곳에 오셨소?”

대충 예상은 했다. 청천문의 고수들을 전부 데려왔을 법한 숫자에다가 그들도 이곳에 오는 동안 두어 번의 전투를 거친 듯한 모습이었으니까.

아마 전투의 대상은 퇴로를 막기 위해 대기시켜 놓은 소규모의 매복조들이거나 지원을 나온 정파의 고수들일 것이 분명하다.

그들을 뚫고 여기까지 왔다는 것은 달리 생각할 여지가 없었다.

역시 그의 예상은 정확했다.

"군사를 데려가기 위해 왔습니다."

"문주의 지금 행동이 앞으로 어떤 결과를 불러올지 짐작이나 하겠소?"

"청천문은 세력의 크고 작음에 연연하지 않을 겁니다. 상대에 대해서도 마찬가지입니다."

"잘못 생각하고 있는 듯하오. 지금 그대의 행동이 부끄러운 일이라는 것을 생각해 보지는 않았소? 무림의 흉적을 잡는데, 오히려 그를 구하려 한다면 어찌 정파라 자처할 수 있다는 말이오?"

"흉적인지 아닌지 누가 판단할 수 있다는 말입니까? 제가 묻고 싶습니다. 과연 군사에 대해 얼마나 알고 있는지, 또 그가 어떤 사람인지 알아보기 위해 최소한의 노력이라도 해본 적이 있는지."

그는 맹의 장로를 상대로 전혀 위축되지 않았다.

오늘 일로 달라진 것이다.

유청 장로가 표정을 굳혔다. 그런 그를 꼿꼿이 바라보던 회양월이 말을 이었다.

"정작 부끄러운 것은, 한때 맹의 위세에 눌려 섣부른 판단을 한 제 자신입니다. 더 이상 부끄럽고 싶지 않습니다. 군사는 흉적이 아니라 청천문의 군사입니다. 그리고 그가 마각임을 알고 받아들였습니다."

순간 장내가 요동쳤다.

"마각?"

홍교의 고수들은 놀란 듯 혈리연을 바라보았다. 청천문의 고수들도 마찬가지였다.

유청은 알고서 받았다는 말에 놀란 표정을 보였다. 이제 청천문은 무림맹에 완전히 도전하는 셈이 되어버린 것이다.

"지금 그 말, 책임을 지기를 바라오."

회양월은 고개를 끄덕이며 말했다.

"군사를 데려가야겠으니 물러나 주십시오."

유청은 가소롭다는 듯한 표정을 노골적으로 드러냈다.

"무림맹이 물러날 이유가 무엇이오? 오늘 청천문에 대한 책임도 같이 물을 것인바, 지금 무사들을 물린다면 책임의 무게가 덜어질 것이오. 맹주께서는 아직도 그대에 대한 배려를 잊지 않고 계시오."

'배려?'

회양월은 쓸쓸한 미소를 지었다.

배려. 무엇을 배려한다는 말일까?

그는 차갑게, 일문의 문주로서 부족함없이 외쳤다.

"군사를 모셔라!"

순간 수환과 수영이 앞으로 나섰다.

성큼성큼 혈리연의 옆으로 걸어가더니 혈리연을 안아 들고 청천문 쪽으로 데려왔다.

유청은 그 모습을 어이없다는 듯 바라보았다. 결국 최악의 상황까지 가게 될 것 같았다. 정말 오늘은 마가 낀 모양이다.

수환과 수영은 혈리연을 청천대가 있는 뒤쪽으로 데리고 가 나무 옆에 기대어놓았다.

"주군, 괜찮습니까?"

그때까지 말없던 혈리연이 한숨을 푹 쉬었다. 그는 그의 상태를 살피러 온 회양월과 몇몇을 훑어보았다.

"도대체……."

그는 한심한 듯 회양월을 바라보았다.

회양월은 미안함이 잔뜩 담긴 얼굴로 말했다.

"죄, 죄송합니다."

옆에 있던 마맹상이 굳은 표정으로 말을 이었다.

"이렇게 혼자 떠나시면 우리는 어쩌란 말입니까?"

적발 등도 한마디씩 거들었다.

우려와 걱정, 그리고 배신에 대한 항변 등이 쏟아지는 것도 당연하다.

가만히 듣고 있던 혈리연은 잔뜩 인상을 찌푸린 채 다시 회양월에게 시선을 주었다.

회양월이 다시 사과했다.

"죄송합니다. 하지만 도저히 그냥 모른 척할 수가 없었습니다."

그러자 혈리연이 버럭 소리쳤다.

"누가 구하러 온 것을 뭐라고 하나?"

"……."

순간 침묵이 감도는 가운데, 혈리연의 억울한 목소리가 밤 하늘을 울렸다.

"어차피 올 거면 빨랑 오던가! 오기 전에 내가 죽었으면 어쩔 뻔했어?"

"……!"

곁에 있던 수환이 멍한 얼굴로 말했다.

"괜히 왔다는 생각이 드네요."

모두 피식 웃음을 흘렸다. 하지만 웃음과 달리 무림맹의 고수들을 마주할 때는 잔뜩 긴장한 표정이 되었다.

회양월이 선두로 나오며 맹을 향해 선전포고를 했다.

"군사를 잡겠다면 우리를 모두 쓰러뜨려야 할 겁니다."

유청은 그를 한참 동안 노려보다가 손을 들어 청천문 쪽으로 뻗었다.

"쳐라!"

순간 무림맹과 청천문이 숲을 끼고 부딪쳤다.

겨울바람 차가운데……. 비명과 병장기 부딪치는 격한 소리는 바람을 타고 서쪽으로 흘러가고 있었다.

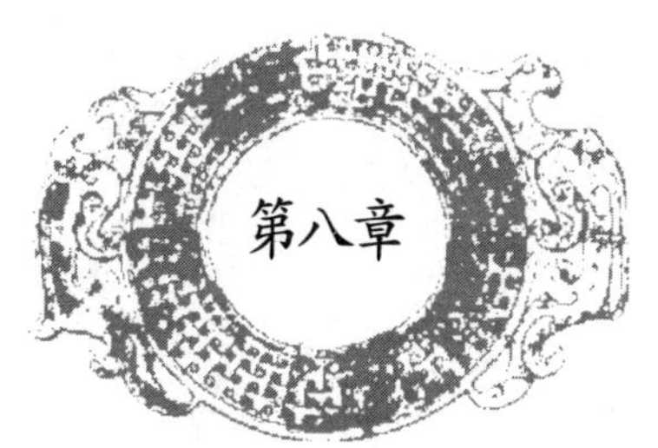

第八章

또 다른 마각

1

무림맹의 피해는 컸다. 거기에는 여러 가지 이유가 뒤섞여 있었다.

첫 번째는 혈리연을 잡는 데 동분서주했다는 점이었다. 천라지망은 매복을 기본으로 하지만, 그 매복의 장소는 시도 때도 없이 바뀐다. 목표물이 움직일 때마다 지형에 맞춰 동서남북, 그 사이사이까지 다시 매복이 바뀌고 그에 맞춰 끊임없이 움직여야 한다.

그들은 두어 시진을 쉬지 않고 움직인 덕분에 지쳐 있었다.

두 번째는 혈리연과의 전투였다.

혈리연을 죽여야 했다면 이렇게 피해가 크지는 않았을 것이다. 공교롭게도 그들은 생포해야 했고, 그 때문에 손속에 잔인함을 버려야 했다. 전력을 다해 잡아도 모자랄 판에 그런 식의 전투를 벌였으니 자연 타격이 클 수밖에 없었다.

세 번째는 이번 천라지망의 중심, 영호영 수석 장로를 잃었다는 정신적인 충격이었다.

그리고 다섯 번째가 피풍을 입은 괴한들과의 전투였다. 사실 그것이 가장 컸다.

겹치고 겹친 타격. 몸과 정신이 하나로 무너진 상태.

모든 것이 불리하게 작용할 수밖에 없으리라.

그리고 결정적인 이유는 바로 여섯 번째였다. 상대에 대한 멸시, 그리고 자신들의 무공에 대한 자부심이 그들을 패배의 구렁텅이로 몰아넣었다.

청천문이라면 망해가는 문파 중 하나였다. 뛰어난 무사들은 떠나고 남은 무사들은 다른 문파에 들어갈 실력이 되질 않으니 생계라도 유지하기 위해 어쩔 수 없이 남은 하급 무사들이라 생각했다.

인원 보충이 있었다고 하지만 그조차 돈을 보고 몰려든 떠돌이 낭인들이란 생각이었다.

고수는 하나도 없다는 것이 그들의 생각인 것이다.

백전백승. 그들이 알고 있고, 당연히 그렇게 되어야 하는 전투였다.

그런데…….

집단전으로 진을 짜고 들어오는 청천문과 부딪치자 단박에 선두가 무너져 버렸다. 거기에 그들은 몰랐지만 비각의 인물들이 선두를 맡아 일자로 대형을 갈라 버리자 상하좌우 움직임이 여의치 않게 되었다.

이리저리 내몰려 청천문이 원하는 전투의 방향으로 움직일 수밖에 없었다.

실력도 월등했다. 청천문의 고수들은 밀리지 않았다.

이 모든 것이 보태고 더해져 단 이각 만에 고수의 태반을 잃은 유청은 퇴각 명력을 내리게 되었다. 평생에 한 번은 마(魔)가 끼는 날이 있는데, 오늘이 그날이라 생각하면서…….

전투가 승리로 끝난 청천문은 굳이 무림맹을 추격하지 않았다. 큰 피해 없이 얻은 승리가 그들의 마음을 한층 강하게 만들어주었다.

하지만 주변을 정리하기 시작했을 때는 적잖이 당황할 수밖에 없었다.

혈리연이 없는 것이다.

혼자서 어디론가 갈 수 있는 상태는 아니었다.

그렇다면 누가 데려갔다는 것인데…… 그 누군가가 누구인지 알 수가 없었다.

무림맹이 도주하면서 데려가지는 않았을 것이다. 그들은 그럴 경황도 없었거니와 도주할 때 누구도 혈리연을 잡아가는 것을 보지 못했다.

회양월은 일변 무사들에게 사상자를 수습하게 하고, 일변 혈리연을 찾게 했다. 그리고는 그때까지 한쪽에 서 있기만 하던 피풍의 사내들에게 다가갔다.

"도와주셔서 감사합니다."

이곳으로 달려오면서 무림맹의 고수들과 싸우던 그들의 모습을 보았기에 하는 소리였다. 그런데 돌아오는 대답은 퉁명스러울 뿐이었다.

"도와준 것이 아니다."

죽립과 그 앞으로 면사를 드리워 얼굴을 알아볼 수 없는 사내는 그렇게 말했다.

당황한 회양월이 할 말을 찾고 있는데 죽립의 사내, 신도립이 물었다.

"혈리연은 어디로 갔지?"

그들도 청천문과 무림맹의 전투에 눈이 팔려 혈리연이 사라지는 것을 보지 못했다.

말끝마다 찍찍 반말을 내뱉는 상대가 고까웠으나 회양월은 정중하게 대답해 주었다.

"찾고 있으니, 조만간 보실 수 있을 겁니다. 한데, 군사와는 어떤 연이 있으십니까?"

"알 필요 없다. 그보다 찾으면 청천문으로 데리고 가겠군."

"그래야죠."

"그럼 당분간 청천문에 신세 좀 져야겠다."

말이 신세라지만 전혀 부탁하는 어조는 아니었다.

회양월은 이 뻔뻔한 사내를 보며 실소를 머금었다. 하지만 굳이 내칠 필요는 없었다.

“알겠습니다.”

*　　　*　　　*

“뒤를 밟아 거처는 파악했습니다만 따로 감시자를 붙여놓
지는 않았습니다.”
복면인의 말에 붕대사내가 고개를 끄덕였다.
그는 어제의 일을 생각하며 미소를 지었다.
예상을 뒤엎는 결과가 도대체 몇 번이나 일어났던가!
혈리연이 자신의 목적대로 최대한 마각의 위험 존재를 알린
것에는 별다를 것이 없었다. 시킨 대로 해주어 고마울 지경이
었다. 하지만 그가 혼자 청천문을 빠져나와 맹의 천라지망을
뚫으려 했다는 것은 놀라웠다.
최소한 수하들을 데리고 나올 줄 알았던 것이다.
‘영웅 흉내라도 내고 싶었던 모양이지.’
그는 그렇게 생각했다.
그런데 청천문이 무림맹에 대항해 버렸다. 그건 정녕 계획
에 없던 일이었다. 맹에 정면으로 도전할 정파가 있을 줄이야!
거기다 이제야 알게 된 사실이지만 혈리연의 구한 피풍의
사내가 홍교의 인물이라는 것은 상상도 못한 일이었다. 그리
고 그 장소에 혈리연을 빼돌리는 자들까지 있을 줄은…….
복면인은 그들, 정확히 그녀들을 혈화궁의 궁녀들인 것 같
다고 말했다.

이번 일에 예상 못한 거대한 먹잇감들이 상당수 관여되었다는 사실이 붕대사내는 재밌었다. 그 연결고리가 고작 혈리연 하나라는 사실은 더욱 재밌었다.

'도대체 무엇 때문에……'

그는 그 이유를 알 수는 없었다. 자신이 모르는 사정은 얼마든지 있을 수 있고, 그런 것까지 신경 쓰고 싶지는 않았다. 그리고 계획에 큰 영향이 없는 만큼 상관할 필요도 없는 문제였다.

순간 그가 잔뜩 비틀린 웃음을 흘렸다.

"크흐흐!"

복면인이 그의 눈빛을 살피며 물었다.

"왜 그러십니까?"

"놀랍지 않은가! 청천문이 어찌 무림맹의 정예를 이기리라고 생각이나 했는가 말이다."

말과 함께 그는 다시 예의 침착한 눈빛을 드러냈다.

"아무튼 감시자를 붙이지 않은 것은 잘한 일이다. 어차피 지옥의 불구덩이로 찾아올 녀석이니……. 그래, 지금은 무엇을 하고 있나?"

"치료 중에 있는 것 같습니다. 집 안까지 들어가 확인할 수는 없었습니다."

"그럴 테지. 만약 정말 혈화궁의 고수들이 그를 빼돌린 것이라면 그 좁은 초가에 들키지 않고 들어가는 것은 무리다. 그럼, 다음 계획을 실행해야겠군."

복면인이 고개를 끄덕였다.

"이미 실행에 옮겼습니다. 조만간 무림이 들끓을 것입니다."

붕대사내는 다시 비틀린 웃음을 쏟아냈다.

"좋아, 좋아! 그럼, 이제 한 달이 남은 셈이군. 참!"

"……?"

"혹, 그가 부상을 치료하고 평정산(平頂山)으로 온다면 굳이 내 명이 없더라도 그 늙은이를 내어주도록 해라."

복면인의 눈빛이 구겨졌다.

"살려 보낼 생각이십니까?"

"난 약속을 지킨다. 단!"

음침한 기운이 붕대사내의 눈에 감돌았다.

"약속을 지킨 이후에는 어떻게 되든 상관없겠지."

그제야 복면인의 눈가에도 웃음기가 감돌았다.

"패주한 맹의 고수들은 어디에 있나?"

"요방이라는 작은 산에 머물고 있습니다."

"요방산?"

"네. 아무래도 비밀리에 호북에 온 것이니 드러내 놓고 돌아갈 수는 없겠죠. 거기다 패배까지 했으니……."

"크크큭! 사실이 무림에 퍼진 줄 알면 얼굴도 들지 못하겠군. 그리고 그럴수록 맹주는 우리에게 집착을 하겠지."

"그럴 겁니다. 한데, 그들은 그냥 놔둡니까? 어차피 쓰러뜨려야 할 녀석들. 나중에 맹에 힘을 보탤 수 없게 처리하는 것이 낫지 않을까요? 지금 정도의 숫자라면 아주 쉽게 처리할 수 있을 겁니다. 그리고 그 시체들을 퍼뜨리면 우리가 흘린 소문의 사실 여부가 더욱 무림인들에게 신빙성을 줄 것입니다."

"과연!"

붕대사내는 고개를 끄덕이며 물었다.

"내가 직접 가겠다. 오늘 밤 모든 대원들을 집합시켜라."

"존명!"

*　　　*　　　*

호북 북서쪽에 위치한 작은 촌락에 북으로 작은 산이 연이어져 있었다. 그 산을 두 개 정도 넘고 나면 얕은 분지 하나가 나오는데 거기에 쓰러져 가는 초가 하나가 있었다.

보기에는 사람이 없어야 했을 초가인데, 수삼 일 전부터 여인 몇 명이 철통같은 경계를 서고 있었다.

끼리릭!

문고리를 지탱하고 있는 경첩이 벽의 무거움을 이겨내지 못하고 비틀거리며 움직였다.

문을 열고 들어온 백은소는 방 안을 한번 둘러본 후, 침상으로 다가갔다.

그녀는 침상 앞에 앉아 있는 월향에게 물었다.

"어때?"

"내상은 별것 아닌지라 이제 안정을 되찾은 듯합니다만, 외상이 조금 시간이 걸릴 것 같습니다.”

“흐음!”

백은소는 흥미로운 눈빛으로 침상에 고이 누워 있는 혈리연을 바라보았다.

“정신은?”

“똑같습니다. 그날 이후 가끔 깨어나 헛소리를 몇 번 하고 다시 잠이 드는 정도죠. 두 시진 전에도 헛소리를 몇 번 하더이다.”

백은소가 인상을 찌푸렸다.

“또 그런 소리겠지?”

월향은 피식 웃었다. 그러다 그때가 생각나는지 참지 못하고 박장대소했다.

백은소는 뭐가 못마땅한지 인상만 잔뜩 구긴 채였다.

그녀들의 반응엔 지극히 간단한 이유가 있었다. 바로, 혈리연의 헛소리가 원인인 것이다.

도대체 어떻게 생겨먹은 녀석이기에 생사를 넘나드는 중에도 기녀 이름을 부르짖는단 말인가!

필시 꿈속에서는 팔자 좋게 기녀를 주무르며 술을 마시고 있음이리라.

백은소가 이렇듯 결정적으로 언짢은 표정을 짓는 이유는 어젯밤에 간호를 하다가 깜빡 잠이 들어 침상에 고개를 묻고 있었는데, 혈리연이 헛소리를 하며 그녀의 가슴을 더듬었기 때문이다.

게다가 더욱 불쾌한 것은 가슴을 주무르며 내뱉은 혈리연의
헛소리였다.

"취향아, 이제부터 너를 평탄노상(平坦路上)이라고 불러야겠구
나!"

평탄노상!
그녀는 어제의 그 말을 생각해 내고는 더욱 인상을 구겼다.
평평한 길이라는 뜻으로 자신의 가슴을 만지며 말했으니 절
벽을 그렇게 표현했음이 아닌가!
'엎드려 있어서 그런 건데.'
자신을 만졌다는 것보다는 누구도 부러워할 몸매를 잠결에
제대로 만지지 못해 오해했다는 것이 더욱 기분 나빠지는 그
녀였다.
그러다 깜짝 놀란 표정을 지었다.
'내가 무슨 생각을 하는 거야!'
그는 혈리연을 죽일 듯 바라보고는 픽 고개를 돌려 버렸다.
"언제쯤 깨어날까?"
"글쎄요……. 그보다 본 궁에 언제쯤 연락하실 생각입니까?
궁주님께서 걱정하고 계실지도 모릅니다."
"조만간 해야지."
백은소가 붉게 충혈된 월향의 눈을 보며 고개를 저었다.
"피곤해 보여."

새벽에 교대한 후로 해가 중천에 뜰 때까지 혈리연을 지키고 있었으니 그럴 만도 했다.

"이만 눈 좀 붙여. 지금부터 내가 있을 테니까."

월향은 거절하지 않았다. 사실 충혈된 눈이 그리 심한 편도 아니었다. 다만 이제야 백은소의 마음이 무엇인 줄 짐작했기에 자리를 양보한 것이었다.

그녀는 자리에서 일어나며 진지하게 백은소를 놀렸다.

"이분의 얼굴에 구멍나지 않게 하세요."

백은소가 팍 인상을 구겼다.

"이런 난봉꾼을 누가 쳐다볼 것 같아?"

평소의 냉정함을 잃어버린 그녀의 목소리가 꽤나 유쾌했던지 월향은 미소만 지은 채 방을 빠져나갔다.

그녀는 이제 걱정을 한시름 놓을 수 있었다. 어릴 때부터 사내를 멀리하고 무공에만 전념해 왔던 냉담한 주인, 평범한 소녀가 가질 수 있는 기쁨과 감정을 전혀 알지 못하고 자라온 불쌍한 주인은 이제야 그 감정에 알아가고 있는 것 같았기 때문이다.

'솔직하지 못하시기는!'

사위가 어두워지고 있었다. 백은소는 그때까지 침상 앞 의자에 앉아 책을 읽고 있었다. 물론 책만 읽은 것은 아니다. 아니라고 부정했지만 월향이 나가자마자 혈리연의 얼굴을 유심히 바라보고, 그러다 지겨우면 책을 읽고, 또 책이 지겨우면 다시 이불을 들춰 상처를 본다는 그럴 듯한 핑계를 스스로에게 대며 혈리연의 몸을 구경하곤 했던 것이다.

사위가 어둡다지만 산이라 그렇지 아직 저녁때는 아니었다. 그녀는 다시 책이 지겨워지기 시작했다.

슬쩍 책을 침상 옆에 놓아두고 혈리연의 얼굴을 바라보았다.

"평생 잠이나 자지!"

왜냐하면 자고 있을 때의 무표정은 상당한 미남자로만 비춰졌기 때문이다. 깨어 있을 때의 그 능글거리는 얼굴을 떠올리면 능구렁이 몇 마리를 담고 있는 듯 난봉꾼이 자꾸 생각났다.

그녀는 한참 동안 그의 얼굴을 바라보다 다시 이불을 들췄다. 그러자 탄탄한 근육이 그녀의 눈에 시기함을 담은 채로 드러났다.

군더더기가 없었다. 조금 마른 편인데, 오목조목한 근육이 뼈를 장식하듯 붙어 있어 조각 작품 같았다. 거기에 좀 더 앞으로 시선을 돌리면 남자의 배 근육이 보이는데, 그 부분은 그녀의 감탄을 일으킨다.

남자는 육체의 달련을 하면 배에 '왕(王)' 자가 새겨진다고 들었는데, 그녀는 이번 혈리연을 간호하며 처음으로 그 말이 사실이라는 것을 알게 되었다.

그녀는 자신도 모르게 자신의 배를 만져 보았다. 그녀도 수련은 남들보다 몇 배를 해왔지만 혈리연 같은 근육은 없었다.

'왜 여자와 남자는 다를까?

그녀는 신비한 탐험을 하듯 혈리연의 여기저기를 들추고 감상했다. 혈리연은 그녀의 연구대상이 된 것이다. 도마 위에 올려진 생선처럼!

한참 동안 감상을 하던 그녀가 호기심 가득한 얼굴로 손가락을 움직였다. 몇 번을 만져 봤던 것이지만 만질 때마다 새롭고 떨린다.

첫 느낌은 딱딱하다는 것이었다. 말만 근육이었지 돌덩이 같았다. 내공을 섞지 않은 상태의 근육이 이처럼 딱딱하다는 사실은 그녀에게 충격이었다.

그녀는 한참 동안 손가락으로 여기저기를 찔러댔다. 그러다 문득,

"어때? 환상적이지?"

순간 그녀는 돌상처럼 굳어버렸다. 방금의 목소리는 그녀의 옆, 정확히 혈리연의 얼굴이 있는 부분에서 조심스럽게 들렸기 때문이다.

그녀는 얼굴을 돌려 혈리연을 바라보려 했다. 하지만 너무 경직된 목이 잘 움직여 주지 않았다.

뚝! 뚝! 뚝!

목뼈가 기계가 맞물리듯 세 번에 걸쳐 소리 내어 멈추고 움직이기를 반복해서야 혈리연의 얼굴을 볼 수 있었다. 그만큼 그녀는 놀란 상태였다.

그녀의 호기심은 얼굴에 담겨 있지 않았다. 놀람도 없다. 다만, 무표정만이 혈리연을 주시할 뿐이었다. 그의 옆구리 근육에 붙은 손가락만 잘게 떨면서……

"어, 어, 언제……?"

능글거리는 얼굴이 그녀의 두 눈에 담겼다.

"웬 동문서답? 감상을 물었으니 대답을 해줘야 예의 아닌가?"

"내, 내가 왜?"

"내 몸을 훔쳐봤으니 그 정도 권리는 나에게 있다고 생각하는데, 아닌가?"

그제야 그녀의 얼굴이 붉게 물들었다.

"후, 훔쳐본 적 없어."

"하긴, 대놓고 봤지. 그것도 몇 번에 걸쳐서."

붉게 물들었던 볼에서 색깔이 번져 얼굴 전체가 붉어졌다.

그녀는 벌떡 자리에서 일어섰다.

"깨, 깨어 있었어?"

혈리연이 한 번 더 그녀를 놀렸다.

"그럼, 오래전부터 깨어 있었지."

"왜 말하지 않았지?"

"아주 넋 나가서 내 몸을 구경하는데, 방해하기 미안하더라고."

혈리연은 과장되게 수줍은 미소를 지어 보였다. 킥킥거리면서.

이제 그녀는 얼굴뿐만 아니라 목까지 붉어지고 있었다. 이어 그녀는 도망치듯 방을 빠져나가 버렸다.

"아직 상처도 낫지 않았잖아요."

백은소의 물음에 혈리연은 툭툭 가슴을 두드렸다.

"이 정도 상처쯤이야!"

"어디로 갈 거죠?"

"북쪽으로."

그녀는 불안한 걱정을 담은 얼굴로 말했다.

"차라리 잠잠해질 때까지 혈화궁에서 지내는 게 어때요?"

혈리연이 예의 능글거리는 미소로 말했다.

"내가 그렇게 좋나? 왜 그렇게 옆에 끼고 돌려고 그래?"

백은소가 인상을 찌푸렸다.

"불쌍했을 뿐, 혈화궁에는 오갈 곳 없는 사람들을 받아줘요."

"하하, 갈 곳이 천지라 굳이 혈화궁에 가고 싶지는 않군. 그보다 내가 했던 말, 잘 전해줘."

"꼭 그렇게 해야 하나요?"

혈리연은 대답없이 숲 속으로 걸어가기 시작했다.

그녀가 걱정스럽게 어둠에 묻히는 그를 바라보고 있는데, 불현듯 뒤를 돌아본 혈리연이 웃으며 말했다.

"아! 그리고 궁주에게도 안부나 전해주시오, 평탄노상 소저!"

순간 백은소가 머리에 무엇으로 맞은 듯한 표정을 짓더니, 어둠을 가르고 벽력같이 소리쳤다.

"빌어먹을 변태 자식!"

이어 중얼거린다.

"그때도 깨어 있었다니……."

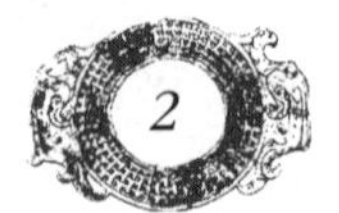

무림이 발칵 뒤집혔다. 한 가지 소문 때문이었다.

마각이 드러났다.

그것은 충격이었다. 하물며, 무림맹이 그것을 숨기고 은밀히 호북에 고수들을 파견했다는 사실이 드러나고, 그들이 오히려 마각에 전멸했다는 소문까지 나돌았다. 증거로 무림맹 고수들의 시체까지 발견되었다고 하니 믿지 않을 도리가 없으리라.

좋은 소식은 늦어도 이처럼 나쁜 소식은 빠른 법이다. 삽시간에 전 무림에 이 일이 퍼져서 많은 무인의 감정을 흔들었다.

뿐만 아니라 최근에 일어났던 여덟 문파의 멸망. 그것도 마각의 짓이라는 소문이 있어 더욱 혼란스러울 수밖에 없었다. 하나 그것은 결과일 뿐이다.

결과는 결과로 남겨질 것이고, 무림인들에게 중요한 일은 앞으로의 방향이었다.

무림맹과 마각에 대한 소문이 퍼진 후, 얼마 지나지 않아 또 다른 소문이 뒤를 이었다. 하남성 평정산(平頂山) 마각이 주둔하고 있다는 설이었다. 그리고 그것은 사실화 되었다.

무림에 공포하듯 '마각주' 라는 이름으로 중원 여러 군데에 방이 붙었던 것이다.

혈향귀성검(血香鬼聲劍)과 천마역골경, 그리고 천마역혈경을 얻을 자, 언제든지 평정산으로 오라. 마각을 쓰러뜨리는 자, 그 주인이 되리라!

불안에 떨던 무림이 그 소식을 접한 후, 요동치기 시작했다.

혈향귀성검.

혈향이 맡으면 귀성을 터뜨려 사람의 혼백을 빼앗는다는 천하제일인, 환여립의 신물이라면 누구라도 욕심이 날 만한 것이었다. 어떤 고수의 호신강기도 두부 자르듯 베어버린다는 예리한 칼날이라면 말이다.

환여립의 무공을 더욱 돋보이게 한 것도 사실은 혈향귀성검에 무게가 실렸지 않았던가!

십여 년 전, 그가 무림 정파의 지주들을 손쉽게 죽일 수 있었던 이유도 그 귀검 때문이라고 무림인들은 생각하고 있었다.

또한 천마역골경.

그것은 마각의 원천이었다.

단숨에 환골탈태를 겪게 만들어주는 달콤한 무공이라면 무인들을 탐욕에 이글거리는 이리 떼로 만드는 것도 쉬운 일이었다.

그리고 마지막, 천마역혈경.

그것은 환여립을 천하제일인으로 만들어준 무상지경이었다.

천마역골로 절정의 고수 집단을 만들고, 천마역혈로 천하제일이 되니, 거기에 극강의 고수도 단숨에 제압하는 혈향귀성검까지 한 손에 들고 있다면 무림의 무엇이 두려우랴!

소문을 들은 각 문파의 상층부는 사실을 확인하기 시작했고, 그것이 진실이라는 확신을 한 후에는 눈을 붉게 빛냈다. 다만, 무림맹이 있어 나서기가 곤란한데…….

운 좋게도 무림맹이 마각에 당해서 상당한 피해를 입었단다.

그렇다면 무대는 만들어진 셈이었다. 달콤한 꿈을 좇을 평정산이라는 무대가…….

무인들은 은밀하게 평정산으로 이동하기 시작했다.

                    *   *   *

　혈리연이 하남성을 넘어 평정산을 백여 리 정도 남겼을 때는 혈향귀성검과 천마역골경, 그리고 천마역혈경에 대한 소문이 아직 퍼지지 않았을 시기였다.

　그는 쉬지 않고 평정산으로 향했다. 그러다 작은 마을을 지나 거친 숲 초입에 도착했을 때, 일단의 무리들이 헐레벌떡 달려오는 것이 보였다.

　그 행색이 말이 아니라 혈리연이 물었다.

　"무슨 일이유?"

　몇 명은 대답도 없이 도망치고, 가장 마지막에 오던 자가 숨을 헐떡이며 대꾸했다.

　"마, 마각이오."

　혈리연이 인상을 찌푸렸다. 평정산에 가려면 아직도 백 리나 남았는데 마각이 왜 이곳에 있단 말인가!

　붕대사내에게 들은 바로는 아직 이렇게 마각이 움직여서는 안 되는 때였다.

　"마각이라니, 설마?"

　사내는 도망치며 외쳤다.

　"진짜라니까! 죽기 싫으면 다른 곳으로 돌아가시오."

　바람처럼 사라지는 사내를 보며 혈릴연은 머리를 긁적였다.

　'가보면 알 일!'

　생각과 함께 그는 걸음을 옮겨 숲 속으로 사라졌다. 과연 반 시진을 걸어가자 그들을 만날 수 있었다.

"멈춰랏!"

웅웅거리는 목소리가 겨울철의 차가운 바람에 실려 앙상한 나뭇가지를 때렸다.

혈리연은 걸음을 세우고 내력을 끌어올렸다.

순간 옆길 나무숲에서 십여 명의 무리가 빠르게 움직이는 것이 보였다.

'저들이 마각인가?'

그의 생각을 읽은 모양이다. 숲을 뚫고 뛰쳐나온 무리 중 선두에 선이가 차갑게 외쳤다.

"마각의 고수들이 왔거늘, 어찌하여 그리 꼿꼿이 서 있는가!"

오만한 말투와 기세등등한 몸짓. 그들은 눈 깜짝할 사이에 혈리연을 둘러쌌다. 그리고 한참 동안 침묵을 지켰다.

"정말 대단하다."

마각의 고수들에게 둘러싸인 지 반 각 만에야 혈리연이 입을 열었다.

마각의 고수들은 여전히 침묵만 지켰다.

혈리연은 박수를 쳤다.

짝짝짝!

"경이롭다, 경이로워!"

과장된 감탄과 함께 앞선 사내를 뚫어지게 바라보았다.

"내가 졌다. 어디 가서 이런 말 안 하는 나지만, 너를 보니 절로 튀어나오는구나! 잔뜩 긴장했던 내가 민망할 정도다. 넌 어디 가서 절대 굶어 죽지 않을 거다. 나보다 생존에 대한 절실함이 몇 수 위인 녀석은 태어나서 처음 본다."

"……."

"나중에 꼭 너를 찾아와서 도와주마."

사내들은 여전히 말이 없었다. 멍한 눈으로 혈리연을 바라볼 뿐이었다. 대장인 듯한 녀석은 얼굴을 붉히며 수줍은 표정까지 지었다.

혈리연이 걸음을 떼었다.

"그래도 사람 가려가며 덮쳐라. 진심으로 네가 걱정되어 하는 소리다."

그러면서 한심한 듯 녀석들을 훑어보며 지나쳐 버렸다.

희대의 영웅, 진소충은 이미 숲에 가려 보이지 않는 혈리연을 바라보며 아직도 말이 없었다.

그러다 벌컥!

"본좌가 불쌍해서 보내줬음을 잊지 마라. 오늘 운 좋은 줄 알아야 할 것이야!"

＊　　　＊　　　＊

마각의 소문, 그리고 평정산의 소문으로 전무림이 눈치 보기 작전에 들어간 가운데, 청천문은 침묵을 지키고 있었다. 아직도 혈리연을 찾지 못했던 것이다. 그런데 갑자기 사라졌던 백은소와 혈화궁의 고수들이 찾아와 그의 소식을 전하니 기가 막힐 수밖에.

"지금 어딨습니까?"

그녀와 둘만 있는 회의실에서 회양월이 급히 물었다.

백은소는 고개를 저었다.

"알지 못하지만 짐작은 갑니다. 하지만 짐작일 뿐이라 말하기 곤란하군요. 다만, 이 말을 전해달라고 했어요."

"무슨 말입니까?"

"군사가 청천문을 떠나는 날 밤, 문주님께 했던 말을 기억하라고. 단지 그 말뿐이었어요."

회양월은 인상을 찌푸렸다.

화가 치밀어 올랐다.

"도대체 왜 그를 빼돌리신 겁니까?"

"그럴 수밖에 없었어요. 청천문이 무림맹을 제압하리라고 생각하지 못했으니까요. 혼란은 틈타 군사를 빨리 그곳에서 빼는 것이 좋다고 판단했을 뿐입니다."

그러자 회양월도 더는 화내지 못했다.

그는 난감한 표정으로 말했다.

"짐작 가는 곳은 어딥니까?"

"북쪽으로 간다고 그랬고, 무림의 소문을 들으니 평정산에 마각이 주둔하고 있다더군요."

순간 회양월이 눈을 번뜩였다.

"그곳을 찾아갔다는 말입니까?"

"짐작일 뿐이라고 말씀 드렸습니다."

하지만 회양월은 혈리연이 평정산으로 갔다고 확신하기 시작했다.

"기한은 한 달 후. 그때쯤이면 모든 것이 끝나 있을 거다. 넌 어떤 소문에도 동요하지 말고 청천문을 지켜라. 그게 이제부터 네가 할 일이야."

혈리연이 했던 말이 떠올랐다. 어떤 소문에도 동요하지 말라는 말은 아마 마각에 대한 일을 두고 한 것이리라. 그 외에는 달리 들리는 소문이 없었으니까.

그제야 까마득하게 잊고 있던 서신이 생각났다. 하나는 읽고, 남은 하나는 한 달 후에 마맹상에게 주라고 했던 두 개의 서신이 있었지 않은가!

그는 손님을 앞에 두고도 말없이 일어나 도망치듯 회의실을 빠져나갔다.

마맹상은 잔뜩 인상을 찌푸린 채 들고 있던 서신을 내려놓았다. 방 안에는 적발과 수환, 수영, 그리고 환풍이 있었다.

적발이 물었다.

"뭐라 적혀 있습니까?"

마맹상은 대답하지 않았다.

그들은 궁금증을 참지 못하고 서신을 돌려보았다.

방 안에 무거운 침묵이 깔렸다.

한동안 회양월 문주를 도와 문파를 경영하고, 무림이 잠잠해지면 각자 살길을 찾아 떠나라는 내용이었다.

모두 배신을 당한 분노의 눈빛을 드러냈다. 그것은 마지막에 적힌 내용 때문이었다.

마각은 이미 사라졌고, 비각이 존재하지만 이젠 비각도 없다. 너희들은 너희들일 뿐이다. 어떻게 살아가든 너희 삶이고 그 책임도 너희에게 있다. 혹, 우연이라도 만나게 된다면 웃으면서 '난 이렇게 재밌게 살아왔다고' 말할 수 있게 되기를 바란다.

수영이 벌떡 일어났다.

"이건 말이 안 됩니다. 어떻게 자기 마음대로 비각을 해체합니까?"

수환이 맞장구쳤다.

"완전 자기 멋대로야."

적발은 침묵만 지키고, 환풍은 무표정한 얼굴로 창밖만 바라보고 있었다. 그런데 마맹상이 놀라운 소리를 했다.

"주군의 뜻이다."

수환이 버럭 소리쳤다.

"무슨 말입니까, 총관님!"

마맹상은 대답없이 자리에서 일어났다.

그는 밖으로 나가며 명했다.

"우리만 알아서 될 일이 아니다. 비각의 대원만 조용히 연무장으로 불러라."

수환과 수영은 잔뜩 인상을 찌푸리며 몸을 떨었다, 그들을 남기고 마맹상이 사라질 때까지!

청천문의 연무장에 백여 명의 인원이 하나둘씩 모여들었다. 그리고 그들은 혈리연이 남긴 서신을 마맹상의 입으로 듣게 되었다.

이 시간에 왜 불렀냐며 불만을 표시하던 대원들이 침묵을 지켰다. 연무장은 원래 사람이 없었던 것처럼 조용해졌다.

이미 사정을 파악하고 있는 회양월과 그에게서 대충 이야기를 전해들은 장충동, 양원 총관만이 멀리서 그들을 조용히 관찰하고 있을 뿐이었다, 어떤 식의 행동을 보일지 흥미로워하면서.

순간 연무장의 누군가가 짜증나는 목소리로 외쳤다. 정적은 힘없는 나뭇가지가 부러지듯 했다.

"주군이 원한다면 그래야지. 잘됐네. 여우 같은 마누라도 얻고, 토끼 같은 자식도 낳고. 그렇게 잘 먹고 잘살아야지."

모두가 그를 바라보았다. 피부가 검고 새처럼 둥그런 눈을 가지고 있는 오졸(烏拙)이라는 녀석이었다.

오졸, 성급한 까마귀라는 뜻인데…… 일단 시선을 받은 그는 왜 그런 눈으로 보냐는 듯 말을 이었다.

"어차피 우리가 선택해서 주군과 함께한 것 아니오? 떠나고 싶으면 언제든 떠나라고 예전부터 주군이 말했었지. 주군은 주군 갈 길로 가고, 나는 나 갈 길로 가겠다는 거요."

그러자 다른 사람들도 동조했다.

"마각이라는 의미도 십여 년 전에 사라진 마당에 그간 돈도 많이 모았겠다, 이젠 떠날 때도 되었지."

한 명씩 그 말을 따르겠다고 말하기 시작했다. 떠나겠다고, 이제 자신의 인생을 살겠다고.

단상에 선 수영과 수환은 방에서와는 달리 무표정했다. 마맹상도 그랬고, 적발도 마찬가지였다. 환풍은 말할 것도 없었다. 무덤덤하게 대원들이 하는 소리를 흘려 넘길 뿐이었다. 오히려 멀리서 보고 있던 회양월 등이 기막혀하고 있었다.

어떻게 주군이라는 극칭까지 사용하던 수하들이 이런 식으로 쉽게 뒤돌아서는지 이해할 수 없었다. '의리'라는 단어가 저들에게는 없음이 분명했다.

마맹상의 말이 더 가관이었다.

"굳이 잠잠해질 때까지 기다릴 필요가 있겠나? 어차피 무림은 평정산에만 관심이 있을 뿐이다. 떠나려면 지금 같은 혼란한 시기가 최고지. 내일 당장 떠나도 좋고, 더 있고 싶으면 더 있어도 좋다. 청천문의 무사로 살고 싶다면 그래도 좋고. 오늘부터 비각도 해체다. 그리 알고 모두 숙소로 돌아가라."

누구도 아쉬움을 남기지 않았다. 그들은 왔을 때와 마찬가지로 주저없이 연무장을 빠져나가 버렸다.

회양월과 장충동, 그리고 양원 총관이 급히 단상위로 뛰어 갔다.

"무슨 짓을 한 겁니까?"

무심한 대답이 있었다.

"주군이 원하는 대로 했을 뿐입니다."

그리고 더욱 놀라운 말을 한다.

"저도 내일 떠날까, 합니다."

회양월은 말없이 그를 보고, 그 좌우에 있는 적발 등을 보았 다. 모두 같은 표정들이었다.

순간 가슴에서 울컥 분노가 치밀었다.

"이것이 당신들의 의리입니까? 서신의 내용을 보셨잖습니 까. 군사는 분명히 평정산으로 향했습니다. 무사할 리 없습니 다."

"그건 그분의 선택. 우린 우리만의 선택이 있습니다."

"이번 일에는 군사가 빠져나갈 수 없는 함정이 도사리고 있 음을 정말 못 느끼고 계십니까? 무림맹이 마각의 존재를 알고 그를 잡기 위해 호북에 왔던 것. 그리고 그들이 모두 죽었다는 것. 맹에서도 이 사실을 알고 있는데, 가만히 있을 것 같습니 까?"

"……!"

마맹상은 여전히 무심한 표정이었다.

"칫!"

회양월은 휙 몸을 돌렸다. 그는 마맹상 등이 대원들을 이끌고 혈리연에게 갈 것이라 생각했다. 그때가 되면 자신도 같이 가려 했다. 그런데 이게 무슨 꼴인가! 각자 살길을 찾아 도망치려는 비각의 모습이 한심하게 보일 수밖에 없었다. 믿었기에 그 믿음에 대한 배신감이 더욱 크게 그의 가슴을 짓누르고 있었다.

그는 격정적으로, 지극히 감정적으로 외쳤다.

"당신들은 빠지겠다면 빠지시오! 나와 청천문은 평정산으로 갈 것이오!"

도발하듯 외치고 그는 내총관 장충동과 외총관 양원에게 명했다.

"모든 업무를 중단하고 청천대 전원을 집합시키십시오. 청천문은 평정산으로 갑니다."

第九章

탐욕에 눈먼 자들

1

고고한 겨울 무게에 짓눌려 삭막한 나뭇가지만 솟아 있는, 그래서 멀리서 바라보면 높은 언덕이 솟아 있고 그 위에 잔털이 쌓여 있는 것처럼 보이는 평정산이었다.

혈리연은 평정산에 도착해 나흘을 헤맸다.

쥐 죽은 듯 조용했다. 마각을 자처하는 녀석들은 볼 수도 없었다. 평정산으로만 오라고 했을 뿐이지 정확한 장소를 붕대 사내가 말해주지 않았다는 것이 짜증스러웠다.

평정산에 오면서 무림의 소문을 들은 혈리연이었다.

과연 짐작은 사실이 되어 소문으로 퍼져 있었다. 그때, 그 상자는 그의 사부 환여립의 물건이었던 것이다. 여기에서 그는 한 가지 짐작을 해냈다.

회양월의 아버지는 객사했다. 그런데 죽기 전 회양월에게
보낸 물건이 환여립의 것이라면, 그의 죽음이 그것과 무관하
지 않으리라. 그리고 그 물건을 정확히 알고 있는 붕대사내와
그가 속한 집단이 깊이 관여했겠지.

몇 년 전이라고 했던가!

아무튼 회양월의 아버지가 죽는 그 순간부터 붕대사내, 혹
은 그가 속한 집단이 시행하는 지금의 계획은 이미 오래전부
터 예정된 것이 분명했다.

"이렇게 넓어서야!"

그는 생각을 멈추고 다시 건조한 숲을 뒤지기 시작했다. 계
속 찾다 보면 언젠가는 손노를 볼 수 있을 테니까.

평정산은 넓고 넓다. 때문에 기정, 천오, 웅산 외에도 들어
오는 곳이 여러 군데가 있다.

그중 북쪽!

평정산으로 진입하는 큰길에 깎아지른 듯한 절벽이 진로를
막고 있었다. 산으로 들어가려면 절벽을 끼고 가야 하는데, 그
절벽 앞에 큰 종이 하나가 경고장, 혹은 알림문처럼 붙어 있었
다.

평정산에 영웅의 기상이 서려 있는 곳, 천하를 탐하고 싶은 자
는 그곳을 찾아오라.

이어 이런 글귀가 마지막을 장식했다.

탐욕에는 그만한 대가가 따를지니, 누구를 원망하랴!

스르륵!

귀신같은 사내 이십여 명이 바닥에 솟구쳤다. 전신을 어두운 황색 천으로 휘감은 그들은 절벽에 붙은 종이를 유심히 바라보았다.

한 사내가 얼굴까지 덮고 있는 황색 천을 슬쩍 치우고 입을 열었다.

"최대한 은밀하게! 이 인 일 조를 이룬다."

황색의 사내들은 고개를 끄덕이더니 다시 땅으로 꺼져 버렸다. 남은 두 명 중 하나가 절벽에 붙은 종이를 잡아 뜯었다. 이어!

화르륵!

삼매진화의 절기를 이용하여 종이를 태워 버린 후, 그들 역시 땅속으로 꺼지듯 사라졌다.

잠시 후에 벽이 흐물거리더니 사람의 형상이 튀어나왔다.

형상이 아니라 실제로 사람이었다. 그는 바위가 깨지는 괴한 웃음소리를 흘렸다.

"키키킥! 살막에서도 사람을 보냈군!"

살막!

어둠의 조직이자 무림 최고의 살인청부단체. 그들까지 환여립의 물건에 탐을 냈다는 것은 사내에게 즐거운 일이었다. 하지만 재가 되어 흩날리는 종이를 보고는 허를 찼다. 이곳에 오는 녀석들마다 뒤에 오는 경쟁자들이 보지 못하게 종이를 없애 버렸기 때문이다. 누구도 어김없었다.

사내는 품속에서 종이 하나를 다시 꺼내어 절벽에 붙였다.

그게 그의 임무였던 것이다.

천오꼴에서 수많은 인원들이 은밀하게 산을 타고 있었다. 평정산으로 향하는 곳이었다. 숫자는 모두 일천 명. 그 대단한 숫자가 움직이는데도 소리 하나 없었다. 복장은 겨울산에 동화될 수 있는 회색. 가슴에는 '盟(맹)' 이라는 글자가 새겨져 있었다.

무림맹의 고수들인 것이다.

선두에 선 이가 손을 들었다.

순간 오백 명의 사람은 일제히 몸을 숙이고 대기했다.

누군가가 선두로 조심스럽게 걸어나왔다.

"무슨 일인가!"

무림맹의 장로 용백이었다. 그를 향해 황룡대(黃龍隊)의 총대주 철기천(鐵欺天)이 대답했다.

"여기서부터 평정산입니다. 더 이상 진입했다가는 우리의 존재가 드러날 수 있습니다."

용백 장로가 고개를 끄덕인 후, 낮게 명했다.

"모두 흩어져 몸을 숨긴다. 명이 있을 때까지는 계획대로 나서지 않는다."

순간 일천 명의 고수가 거짓말처럼 그곳에서 사라져 버렸다.

용백 장로는 저 멀리 보이는 평정산을 망연히 바라보았다.

이곳 말고도 모든 통로에 맹의 고수들이 매복해 있을 것이다. 그리고 맹주, 파황신검 한길승은 독립호위대를 데리고 직접 평정산 내로 진입하게 될 것이었다.

'굳이 그럴 필요까지는 없을 텐데…….'

그는 굳이 심사숙고하는 맹주의 의도를 알 수가 없었다. 또한, 그의 안위가 걱정이 되었다. 호북에서 엄청난 타격을 받아 체면을 잃어버린 무림맹이 맹주까지 잘못된다면 통제력을 잃을 염려가 있었던 것이다.

'하긴, 맹주께 위협을 줄 만한 자가 있을 리는 없지.'

생각과 함께 그도 몸을 숨겼다. 신호가 올 때까지 그가 할 수 있는 일은 그것뿐이었다.

이백여 명의 여인이 평정산 초입에서 멈췄다. 모두 흔하지 않는 미모를 뽐내고, 복장 또한 고풍스러움을 한껏 풍기고 있었다. 혈화궁의 궁녀들이었다.

그녀들의 선두에 초라한 할머니 한 명. 어울리지 않는 화려한 복장이 어색해 보이는 그녀는 절벽에 붙은 종이를 읽고 뒤를 돌아보았다.

그녀는 다섯 명의 여인을 지목했다.

그녀들이 앞으로 나오자 백은소를 마지막으로 지목한 후 명했다.

"모두 보이지 않는 곳에서 대기해라."

순간 중년 여인이 앞으로 나오며 항변했다.

"위험한 곳입니다."

"글쎄… 그럴지도 모르겠지만, 나에게도 해당되는 건지도 모를 일이다. 굳이 평정산에 있는 녀석들에게 혈화궁이 왔다고 광고를 하고 싶다면 어쩔 수 없고."

그러자 중년 여인이 굳은 표정으로 고개를 끄덕였다.

"조심하십시오."

노파, 무림육존의 한 명인 홍라영존은 미소로 그들을 떠나보냈다. 이어 백은소를 노여운 빛으로 바라보았다.

백은소는 그녀의 시선을 피했다. 이미 혼날 만큼 혼난 후였다. 얄밉게도 월향이 홍라영존에게 모든 사실을 털어놓았기 때문이다.

"나도 그가 필요해서 여기까지 왔다만은……. 이 일이 끝난 후에 너는 이 년간 궁을 나가지 못할 것이야."

"하, 할머니!"

홍라영존은 대답없이 휘적휘적 평정산으로 들어가 버렸다. 그 뒤를 백은소가 불만 가득한 표정으로 따랐고, 그녀를 호위하듯 다섯 명의 여인도 움직였다.

평정산의 고요는 여러 번 깨졌다. 소문이 퍼지기 무섭게 대놓고 몰려든 문파만 수십여 개에 달했고, 은밀히 환여립의 물건을 탈취하기 위해 소규모로 투입된 세력 또한 백여 개가 넘었다.

각자 탐욕에 물들어 붉어진 두 눈으로 사방을 헤매고 있으니, 다른 녀석들을 만나는 일은 종종 벌어질 수밖에 없다. 그리고 그때마다 칼부림이 일어났다.

정파와 사파가 한곳에 있으니 애초의 목적과 달리 부류가 다르다는 이유만으로 싸우는 경우, 원래부터 원한을 가진 자들이 그 원한을 풀기 위해 싸우기도 했다. 혹은, 경쟁자를 처단하기 위한 싸움도 있었다.

겨울산이 무색한 평정산의 동북쪽. 푸른 나무가 자라고, 겨울의 찬바람과 달리 따스함이 감도는 분지에 붕대를 감싼 사내가 웃고 있었다. 원하던 보고가 있었기 때문이다.

"흐흐! 어차피 예정된 일이었다고는 하나, 한심하구나!"

"마각은 준비하고 있습니다. 한번 휘몰아칠까요?"

"눈에 띄는 먹잇감은 누가 있더냐?"

"꽤 많은 자들이 몰려들었습니다. 그중에 무림맹주가 직접 왔더군요."

"맹주가?"

"그렇습니다. 독립호위대를 이끌고 평정산 내부에 들어왔습니다."

"하하하하, 다행이구나! 몇이나 달고 왔더냐?"

"독립호위대를 제외한 맹의 오 할을 이끌고 온 것 같습니다.

숨긴다고 숨겼겠지만 평정산 주위를 둘러치듯 하고 있습니
다.”
　“예상을 벗어나지 못하는군. 그들 외에는?”
　“혈화궁의 홍라영존이 역시 들어왔습니다.”
　“의외로군. 또?”
　보고자가 희미한 미소를 지었다.
　“마교의 교주가 왔습니다.”
　이제 붕대사내는 재밌어 미치겠다는 듯 웃었다.
　“크하하하. 다른 자는 누가 있더냐?”
　“벽력도제(霹靂刀帝)도 왔고, 마창(魔槍) 하우길(夏侯吉)도
있습니다.”
　“그놈은?”
　혈리연을 말하고 있었다.
　“가장 먼저 왔습니다. 지쳤는지 지금은 동쪽 천인꼴에서 움
직이지 않고 있습니다.”
　“흐흐, 정사의 이름 높은 녀석들이 예상 외로 많이 몰렸군.
잘됐다, 잘됐어. 그분의 이름이 더욱 드높아지겠구나!”
　“움직일까요?”
　붕대사내가 고개를 끄덕였다.
　“슬슬 마각이 움직여야 이곳에 원하는 물건이 있음을 의심치
않겠지. 하지만 금역에서 너무 멀리까지 활동 범위를 넓히지 않
도록 해라. 충분이 이곳을 찾아올 수 있도록, 하지만 시간을 어
느 정도 벌 수 있게 치고 빠지듯 서서히 안내를 해야 한다.”

"알겠습니다."

"그리고 귀빈들은 건드리지 말고. 특히, 무림맹주는 최후까지 건드리면 안 되겠지. 그 녀석과 벽력도제 등도 그분께서 직접 처리를 해야 의미가 있음을 명심해라."

"그리 전하겠습니다. 그런데, 그 노인은 어쩌시렵니까?"

"나에게 데려와라. 내가 직접 그에게 인도할 테니."

"존명!"

보고자는 바람처럼 사라졌다.

남겨진 붕대사내의 눈빛이 가늘어졌다.

계획은 몇 가지의 변수를 제외하고는 정확히 이뤄진 것이다. 이제 남은 것은 평정산에 몰린 무림인들을 더욱 부추겨 서로 싸우게 하고, 마지막으로 맹주를 이곳으로 끌어들여야 했다. 그리고 그를 처리하면 계획은 거의 성공한 것이나 다름없었다.

맹주의 신변에 무슨 일이 생기면 평정산 밖에 대기하고 있던 맹의 고수들이 가만있을 리 없을 테니까. 그들은 득달같이 평정산 내부로 달려들 것이 뻔했다.

그리고 그 이후는…….

"소문을 낼 몇 놈만 제외하고는… 모두 죽는 것이지!"

"죽엇!"

노성과 함께 힘이 실린 검날이 혈리연의 목을 베어왔다. 그러나 혈리연의 검이 더욱 빨랐다.

스팟!

불빛이 한 번 반짝이더니 역시 사내도 주변에 쓰러진 시체와 다름없게 되었다.

"미친놈들!"

혈리연은 갑자기 기습해 온 무사들의 시체를 보며 혀를 찼다. 혈향귀성검을 노린 자들이 그를 경쟁자로 알고 공격했음이 분명했다.

그때, 뒤에서 비아냥거리는 목소리가 들려왔다.

"인정사정없군."

혈리연이 눈을 반짝이며 목소리를 쫓았다. 역시 붕대사내였다.

"인정을 둘 녀석들이 아님을 알 텐데?"

"하긴……. 탐욕에 물들어 죽을 곳을 찾아온 녀석들에게 사정을 둘 필요는 없겠지."

"그건 너 역시 마찬가지 아니었나?"

붕대사내는 여전히 웃었다.

혈리연이 차갑게 말했다.

"내가 알기론 내게 지켜야 할 약속이 있는 걸로 아는데?"

"맞는 말이다. 따라와라!"

그는 혈리연을 인도해 일각을 걸었다. 빽빽한 나무숲 뒤로 숨겨진 작은 공터로였다.

거기에 눈을 가린 손노가 나무에 묶인 채 서 있었다.

"난 약속을 지킨다."

"고마워 눈물이라도 흘려야 하나?"

"호호, 아무튼 데려가라. 나도 저따위 노인에게는 관심이 없었다."

혈리연은 대답없이 손노에게 다가가 눈가리개를 벗겨냈다. 손노는 기절해 있었다.

뒤에서 붕대사내의 목소리가 있었다.

"조금 거칠게 다뤘다만 네가 걱정할 만한 이상은 없다. 약에 취한 상태라 하루 이틀 후면 깨어날 것이다. 나름대로 신경 쓴 덕이지. 어때, 고맙지?"

"닥쳐!"

욕설과 함께 손노를 풀어 등에 업었다.

순간 붕대사내가 공터를 빠져나가려는 그의 앞을 막아섰다.

"서로 약속을 지켰으니 이제 너와 나 사이의 계산은 끝났지 않은가?"

"아직은 아니다."

"……?"

"물건을 받으러 와야지."

붕대사내의 눈가가 잘게 흔들렸다. 하지만 이내 예의 웃음기를 담고서 물었다.

"나에게 준 것이 아니었나? 난 그렇게 받아들였는데?"

"약속이 끝났으니 다시 뺏어도 할 말 없겠지."

"하하, 재밌군."

붕대사내가 싸늘한 웃음을 섞어 말했다.

"다시 오겠다면 지금은 그냥 보내주겠다. 사실 너를 쉽게 대하고 싶지는 않거든."

그러면서 옆으로 한 걸음 물러서는데, 그를 지나치던 혈리연이 속을 뒤집어놓았다.

"미친 녀석은 몽둥이가 약이라고들 한다. 너 같은 미친놈은 내가 직접 몽둥이를 들어주마."

"하하하, 미쳐도 멋지게 미치지 않았는가! 전 무림을 상대하는 미치광이는 해볼 만하지 않나?"

"그런 미치광이를 예전에 알고 있었는데, 뒤끝이 참 개 같더라."

그러면서 휭 하니 사라져 버렸다.

남겨진 붕대사내의 눈빛에 살기만 가득 남겨졌다. 그는 전음을 사방으로 흘려보냈다.

"손을 쓰지 말고 그냥 보내주어라."

나무숲 사이에서 대답이 있었다.

"존명!"

회양월이 청천대를 이끌고 평정산에 도착한 때는 이미 많은 무인들이 각자의 꿈을 좇아 평정산 내부를 활보하고 있을 시간이었다.

청천문을 완전히 비울 수 없었다는 장충동의 제안 때문에 사백 명의 청천대만 이끌고 온 그는 초입 고목나무에 붙어 있는 종이를 보고 의지를 다졌다. 그때 숲 밑쪽에서 갑자기 검은 인영 수십 개가 솟구쳤다.

회양월은 물론이고, 청천대의 무사들이 일제히 무기를 뽑아 들었다. 그런데…….

그 면면을 확인한 그들은 실소를 흘릴 수밖에 없었다.

회양월은 황당한 얼굴로 그들이 다가오기만을 기다렸다. 비각이었던 것이다.

얼마 전까지 조장, 대주였던 자들이 다가오자 순간 묘한 미소가 그들 사이에 감돌았다. 회양월에게 다가온 마맹상이 미소를 지으며 물었다.

"늦었습니다?"

회양월은 가슴속이 뜨겁게 타올랐다. 그것은 억울함이었다.

결국 이렇게 평정산으로 모일 거면서 야속하게 청천문을 떠나 버렸던 이들에 대해 서운함까지 밀려들고 있었다.

그는 화난 듯 소리쳤다.

"놀랐잖습니까!"

하지만 얼굴엔 미소가 가득했다.

"하하하, 모두 선택을 한 거죠. 주군과 함께하기로."

"그런데 왜 여기에 숨어 있었습니까? 저와 청천문을 기다리신 건 아니죠?"

"그런 것도 있지만, 아직 오지 않는 녀석들도 있습니다."

그들이 반드시 평정산으로 올 것이라 확신하는 투였다. 그리고 청천문에서 평정산으로 들어가려면 이 길로 오는 것이 가장 빨랐다.

과연 그의 생각대로 마각 전원은 기대를 저버리지 않았다.

한두 명씩 계속 도착하더니 처음의 그 인원이 채워졌다.

"들어가죠."

그러자 회양월이 조심스럽게 입을 열었다.

"부탁이 있습니다."

"뭡니까?"

그는 뒤에 있는 깃발 하나를 가리켰다. 하얀 깃발에 붉은색으로 '靑天(청천)'이라는 글자가 적혀 있었다.

"청천문의 깃발 아래서 싸워주십시오."

마맹상은 대답 대신 뒤를 돌아 대원들을 바라보았다.

"들었겠지? 우리는 이 순간에도 청천문의 고수다!"

모두 고개를 끄덕였다.

퍼퍼퍽!

허연 뇌수를 흘리며 다섯 명의 무인이 나뒹굴었다.

혈리연은 손노를 다시 업었다.

"빌어먹을!"

순간 욕설이 튀어나왔다. 아무리 빠른 경공술을 펼쳐도 평정산을 벗어날 수 없었던 것이다. 길을 잃어버린 것이 그 이유였다. 하긴, 평정산에 들어온 이후부터 지금까지 여기저기를 돌아다녔으니 방향감각이 사라질밖에.

더욱 짜증이 나는 것은 산세가 험해 한 방향으로만 직행하기 힘들다는 점이었다. 곳곳에 절벽이 있고, 높은 산이 우뚝 솟아 있어 그의 걸음을 막곤 했다. 뿐만 아니라 간간이 나타나는 무인들은 다짜고짜 출수부터 해오지 않는가.

밤이 되고 새벽이 찾아와 아침이 밝았을 때, 혈리연은 주위를 두리번거렸다.

'어디로 가야 하나?'

순간 높은 곳에 올라가겠다고 생각한 그는 곧장 능선을 타고 앞을 가로막은 산을 올랐다. 그리고 그 꼭대기에서 사방을 살폈을 때는 한숨을 쉴 수밖에 없었다. 안개가 넓게 끼어 있어 먼 곳까지 시야 확보를 할 수가 없었기 때문이다.

결국 그는 붕대사내를 만난 곳까지 돌아가야겠다고 생각했다. 하지만 손노가 아직도 정신이 없으니…….

하루가 지났는데도 정신을 못 차리는 것을 보면 단단히 약에 취했음이 분명했다. 다행인 것은 숨이 길고 규칙적이라는 것이었다.

순간 그가 눈을 반짝였다. 뒤쪽 암벽으로 이뤄진 비탈에 작은 틈을 발견했던 것이다. 작다지만 사람 두어 명은 들어갈 수 있는 틈이었다.

그는 손노를 그곳에 내려놓고 붕대사내가 있던 곳으로 달렸다. 물론, 그곳으로 가는 길도 잃은 상태였기에 상당 시간을 헤맬 수밖에 없었다. 다만, 손노가 있는 곳은 잊지 않기 위해 지나치는 나무마다 검으로 표시를 내고 움직여야 했다.

"쳐라!"

태호문(太湖門)의 장로 팽거소(彭巨燒)의 외침에 삼백의 무사가 청천문을 덮쳤다. 갑작스런 기습에 청천문은 크게 당황했다. 하지만 그것뿐. 양옆에서 밀려드는 적들을 상대로 급히 대형을 갖춰 방어형을 짜고, 곧이어 비각이 공격적으로 움직이자 결과는 삽시간에 역전이 되었다. 기습을 한 태호문의 참패가 되어버린 것이다.

손쉽게 수하들이 죽어나가자 팽거소는 놀라 퇴각 명령을 내렸다.

회양월이 그들의 추격을 포기하며 외쳤다.

"모두 자리를 지킨다!"

혈리연을 찾기 위해 들어왔을 뿐, 전투가 목적이 아니었기 때문이다. 아직 누가 적이고, 무엇을 해야 하는지 확실하지 않은 상태라 전력을 최대한 아껴야 했다.

도주하는 태호문의 고수들을 버려두고 다시 인원을 정비하는데, 평정산에 들어온 이후부터 어두운 표정의 마맹상이 회양월의 눈에 들어왔다.

"어디 불편하십니까?"

마맹상이 고개를 저었다.

"그것이 아니라 느낌이 이상합니다."

"느낌이라니요?"

"평정산의 지리가 자연적인 것이 아닌 것 같아서요."

회양월은 고개를 갸웃거렸다.

"자연적이 아니라는, 무슨 소립니까?"

"인위적으로 몇 군데를 바꾼 것 같은 느낌이 듭니다."

“설마요. 평정산의 크기가 얼만데 그것을 인위적으로 바꾼단 말입니까?”

마맹상도 수긍했다. 하루 이틀에 걸쳐 될 일이 아니었다. 작정하고 몇 년을 해도 사실 힘든 일이다.

“하지만 바꾼 것이라면 입구에서 여기까지 연결된 길과 위치는…….”

갑자기 그가 품속에서 지도를 꺼내 펼쳤다. 그리고 한참 동안 살피더니 고개를 절레절레 저었다.

“능성이 이쪽으로 나 있으면 원래 길은 저곳이어야 하는데, 여기에 길이 있다는 것이 조금 수상합니다. 흡사, 진법의 위치에 따라 있는 길을 없애고 새로운 길을 만들었다는 느낌입니다.”

“그럴 리가요.”

“하긴, 길을 그렇게 만들어서 무엇을 하겠습니까.”

그는 표정을 풀며 지도를 집어넣었다. 때마침 정비가 끝났기에 그들은 다시 이동하기 시작했다.

우르르릉!

맑은 하늘이 갑자기 어두워지더니 잿빛구름이 몰려들기 시작했다. 새벽녘부터 떨어진 기온이 그나마 온기를 발했는데, 다시 태양이 사라지니 추위는 더욱 심해지고 있었다.

“소나기라도 퍼부을 참인가?”

파황신검, 이제는 무림맹주란 단어가 더 익숙해진 노인 한길승은 수염을 쓰다듬으며 하늘을 바라보았다. 벌써 며칠째 평정산을 헤맸는지는 모르겠지만 찾으려는 놈들은 보이지 않고 불청객만 찾아올 것을 예고하고 있었다.

과연 하늘에서 무언가가 떨어지고 있었다.

"그나마 다행이구나! 비였다면 정말 삭신이 쑤셨을 텐데."

송이송이 바람에 휘날리는 눈발을 보며 한길승은 그렇게 중얼거렸다.

"이제 어디로 가야 하나?"

그를 호위하던 사신대, 백호귀와 청룡귀가 대답했다.

"저곳으로 가면 동북쪽이고, 이곳으로 가면 서남쪽 절벽이 계속 나옵니다. 둘 다 가보지 않은 곳입니다."

"흐음!"

잠시 눈을 감은 맹주가 동북쪽을 가리켰다.

"저곳에서 따스한 바람이 부는 듯하구나. 추운데 잘됐다. 저곳으로 가자꾸나!"

지극히 단순한 이유를 대고 걸음을 떼는 맹주 한길승이었다.

작은 눈송이가 바람에 흩날리더니 이내 앞을 가리는 굵은 눈덩이가 사방을 덮기 시작했다. 회양월이 이끄는 청천대는 그 상태로 한 시진이나 계속 이동 중에 있었다.

문득 마맹상이 달리던 걸음을 멈춰 세웠다. 회양월이 손을 들어 청천대를 세우며 물었다.

"왜 그러십니까?"

마맹상은 다시 지도를 펼쳤다.

"적발! 이리 와봐라."

적발이 다가와 지도를 보았다.

마맹상이 지도 몇 군데를 가리켰다.

"지형이 변해 있다. 지도에는 이 길이 없어."

적발은 주위를 둘러보며 대답했다.

"저도 이상하게 생각하고 있었습니다요. 보통 나뭇가지가 뻗친 방향이 저쪽이면 산에 가려 빛이 저곳으로만 들어온다는 건데, 이럴 경우에는 이곳에 길이 있으면 안 되죠. 특히 이렇게 으쓱한 숲이면 사람들이 자주 지나다니지도 않을 텐데, 길이 만들어졌을 리가 없습니다요."

아직도 그런 생각을 하고 있는 것이 마음에 걸린 회양월이 물었다.

"무엇이 걱정이십니까?"

"길이 진에 맞춰 만들어진 것 같습니다. 인위적인 것 같다는 말이죠."

그러면서 지도에 손을 대고 길을 따라 그림을 그리듯 움직였다.

"이렇게, 그리고 이렇게 연결해 보면 팔괘진의 한 부분이 됩니다. 그리고 다른 입구도 이런 식으로 길이 만들어져 있다면 팔괘진에서 소성진하망(燒星陳河網)이라는 진식이 겹쳐집니다."

진법에 그리 조예가 없는 회양월이라 고개를 갸우뚱했다.

"무엇을 뜻하는 겁니까?"

"팔괘는 적을 가두고 집중적인 공격을 가할 수 있는 요(要)를 가지고 있습니다. 그리고 소성진하망은 별이 떨어진 곳을 중심으로 강물이 범람한다는 뜻인 만큼 한곳을 중심으로 십육방향을 향해 거센 힘을 가하는 요를 가지고 있지요. 이 두 개가 같이 만들어졌다면, 그리고 이것이 의도적인 것이라면……."

말끝을 흐린 그는 지도를 다시 한 번 살피더니 굳은 표정으로 입을 열었다.

"만약 진법이 틀림없다면 이곳입니다."

그는 평정산의 동북쪽을 가리켰다.

"이곳을 중심으로 무언가가 퍼져 나올 겁니다. 그리고 그 힘은 팔쾌진에 갇혀 더욱 강한 압력을 가하게 될 겁니다."

그때 적발이 놀라운 말을 했다.

"이런 경우 벽력탄을 심어놓았다면 웬만한 고수들도 제대로 피하지 못하고 폭발에 휩쓸릴 텐데……."

회양월과 마맹상의 두 눈이 빛이 났다.

적발은 그들의 반응이 진지해서 멋쩍게 웃는다.

"에이 설마, 평정산 크기가 얼만데 벽력탄을 심겠습니까? 아무리 진법을 잘 짜놔서 힘을 배가시킨다고 해도, 평전산 전체를 날리려면 수만 개의 벽력탄은 필요할 겁니다."

갑자기 펼친 지도를 품에 넣으며 회양월을 바라보았다.

"문주님, 조금 빨리 움직이는 것이 좋겠습니다."

"어, 어디로?"

"동북쪽. 혹시 진이 인위적으로 만들어진 것이라면 그곳만이 안전합니다."

회양월은 마맹상의 의도를 알아들었지만 수긍하지는 못했다.

"그럼, 군사는 어떻게 찾습니까?"

"주군은 이미 그들과 관계가 있다고 보여집니다. 만약 제 추측이 사실이라면 안전한 곳, 바로 동북쪽에 있는 것이 틀림없습니다. 놈들은 마각을 자처했습니다. 그리고 의도적으로 이곳에 무림인들을 불러들였습니다. 빨리 움직이는 것이……."

그제야 회양월이 고개를 끄덕였다.

그들은 다시 움직였다. 가던 방향을 버리고 동북쪽으로 달리기 시작했다.

홍라영존은 기분이 좋지 않았다. 병장기 부딪치는 소리가 들려 급히 달려와 봤는데, 오십여 구의 시체만 있을 뿐, 이미 전투는 끝나 있었다.

그것이 기분 나쁜 것이 아니었다. 벌써 이런 경우를 세 번이나 겪어서 그랬다. 누군가 자신이 올 것을 알고 피해 다니는 것 같아 마음이 무거웠다. 그 느낌이 사실이라면 감시를 당하고 있다는 뜻이 아닌가!

그리고 꼭 어딘가로 끌어들이는 느낌이 들었다.

순간 따스한 바람이 숲을 뚫고 불어오고 있었다. 눈이 상당히 덮여 발목까지 차오르는데, 바람이 부는 쪽으로 시선을 돌리자 푸른 숲이 안개와 뒤섞여 검은색을 띠고 있었다.

"저곳에 무언가 있는 것 같구나! 모두 백은소를 보호해라."

여인들이 대답과 함께 백은소에게 더욱 가까이 붙었다. 그들은 바람이 불어오는 곳으로 걸어가기 시작했다. 그리고 그때, 반가운 얼굴을 볼 수 있었다.

쉬이익!

바람에 흔들리듯 가벼운 신법으로 눈을 헤치던 혈리연이 경공술을 멈추며 피식 웃었다.

"여기는 어쩐 일이오, 할멈?"

홍라영존은 그를 보고 미소를 짓고, 백은소는 여전히 할머니를 대하는 건방진 말투 때문에 인상을 찌푸렸다.

"이곳에 진귀한 보물이 있다기에 구경이나 해볼까 하고 왔네. 자네는?"

"마각이 나타났다는데, 어떤 녀석들인지 얼굴이라도 구경하려고 왔지."

"그래, 구경은 했나?"

"녀석들은 수줍음을 많이 타나 보오. 당최 얼굴을 보일 생각을 안 하네. 그보다…… 좀 도와줘야겠소."

홍라영존이 고개를 갸웃거렸다.

"나에게 도움이 필요하다?"

"힘 빠진 노친네가 하나 있는데, 평정산 밖으로 옮겨야 한단 말이지. 그런데 내가 워낙 바빠서."

혈리연은 평정산 동북쪽에서 오는 길이었다. 그곳의 기운이 심상치 않았기에 장소만 익혀두고 손노에게 가는 길이었다. 눈이 내리고 있었기에 걱정이 되었기 때문이다.

"그 노친네가 손소강. 손 대협이 아닌가?"

"어찌 알았수?"

"이번 일에 대해 조사를 좀 해봤네. 사실 정보랄 것이 없어서 대충 감만 잡은 정도지만."

말과 함께 그녀가 고개를 끄덕였다.

"손 대협이라면 모르는 사이도 아니니 도와야지. 어디에 있나?"

혈리연이 대충 지리를 설명하고 숲을 지나며 새겼던 표시까지 말해주었다. 그러자 홍라영존이 백은소에게 명했다.

"너는 호위와 함께 손 대협을 데리고 평정산을 빠져나가거라."

백은소가 반발했다.

"저는 할머니와 함께 남겠어요."

"평정산에 오기 전에는 몰랐다만, 지금 보니 네가 있을 곳이 아닌 것 같다. 이미 혈리 소협이 무사한 것을 확인했으니 돌아가거라."

"제가 저 작자가 걱정돼서 이곳에 온 줄 아세요?"

소스라치게 놀라던 그녀를 향해 혈리연이 농을 던졌다.

"아니었나, 평탄노상?"

홍라영존이 두 눈을 깜빡였다.

"평탄노상? 그게 뭔가?"

"평탄노상이란……."

백은소가 버럭 소리쳤다.

"시끄러워요!"

그러면서 몸을 휙 돌렸다.

"가자!"

그녀는 호위들과 함께 손노가 있는 곳으로 향했다. 그러자 이제 홍라영존과 혈리연만 남게 되었는데, 그들도 곧바로 동북쪽을 향해 움직였다.

"오고 있습니다."

보고자의 말에 붕대사내가 웃으며 옆을 돌아보았다. 거기에는 가장 먼저 도착한 하우길, 마창으로 무림에 명성을 날렸던 오제 중 한 명이 표정 없이 서 있었다.

"기다리기 지루하시겠지만 조금만 더 참으시오. 운이 따른다면 오늘 안에는 저 동혈로 들어가실 수 있을 테니까."

마창은 뒤를 돌아보았다. 이백여 장이나 펼쳐진 초원 뒤로 바위산이 하나 있었고, 그 앞에 동굴이 하나 있었다.

"누가 올 때까지 더 기다려야 하지?"

"예정된 손님은 네 명이 더 있소. 물론, 그 외에 운 좋게 여기까지 올 녀석들도 있겠지."

그러면서 복면을 쓴 보고자에게 명했다.

“금역의 경계를 풀고 접근하는 자들을 막지 말라고 해라.”

“존명!”

보고자는 바람처럼 경공술을 펼쳐 숲으로 사라졌다. 동시에 왼쪽 숲에서 이백여 명의 무인이 모습을 드러냈다. 무림맹주와 그의 독립호위대였다.

붕대사내는 그가 가까이 다가올 때까지 아무런 움직임도 보이지 않다가 서른 걸음까지 거리가 좁혀져서야 고개를 까딱거리며 입을 열었다.

“오시느라 수고하셨소, 무림맹주! 아니, 파황신검이라 불러 드리는 것이 좋으려나?”

그의 도발에도 맹주는 별다른 표정 변화를 보이지 않았다.

“잔뜩 기대하고 왔건만, 별것도 없어 실망이네. 그런데, 자네는 나이가 어찌되는고?”

“강호에 나이가 무슨 상관이오?”

맹주는 혀를 차더니 고개를 끄덕였다.

“그렇긴 하지. 그래, 일부러 나를 이곳으로 인도한 듯한데, 무슨 볼일이 있나?”

“볼일은 나보다 맹주께 더 있는 것 아니오? 맹의 고수들을 잔뜩 끌고 왔다고 들었소만?”

“소문 참 빠르네그려!”

그때 마창의 인상이 구겨졌다. 그는 정파도 사파도 아니었다. 마창이라는 별호를 얻은 후부터는 홀로 강호를 돌아다니며 이런저런 일에 간섭해 온 자였다.

"대대로 맹씨 노인들은 겁이 많았지. 홀로 뭔가를 하지는 못한다는 말이야!"

무림맹의 역대 맹주부터 지금의 맹주 한길승까지 싸잡아 비아냥거리는 투였다.

"마창 하우길?"

그제야 그가 눈에 들어온 맹주가 의아한 표정으로 말을 이었다.

"이곳에 그대가 무슨 일이오?"

"내 맘이지. 내가 맹에 보고까지 하고 돌아다녀야 할 이유라도 있소?"

맹주는 고개를 절레절레 저으며 눈 쌓인 들풀 위로 털썩 주저앉았다.

"뭔가 이유가 있어서 기다리는 모양인데, 나이가 들어서. 이해하시오."

그러자 하우길도 털썩 주저앉았다. 이어 침묵이 초원을 쓸고 지나갔다.

혈리연과 홍라영존은 멀리 바위산이 보이고 그 주위로 흰색과 초록색 물결이 넘실거리는 초원으로 향하고 있었다. 그렇게 눈이 내리는데도 초원에 쌓인 눈은 그리 많지 않은 듯했다.

느릿느릿 걸음을 옮길 때, 문득 홍라영존이 옆을 돌아보았다. 앙상한 나뭇가지 사이를 뚫고 건장한 체격에 험악하게 생긴 노인이 거대한 도를 등에 메고 모습을 드러냈다.

그 뒤로 아주 어려 보이는 소년이 뒤따르는데 역시 도를 차고 있었다. 노인과 달리 도신이 얇고 가는 기이한 도였다. 하지만 그들이 전부는 아니었다. 노인과 소년을 수행하듯 날카로운 예기를 풍기는 무인 삼십여 명이 뒤따르는 것이다. 특이하게도 그들 모두 도를 가지고 있었다.

앞선 노인이 바위산으로 걸어가며 시선을 던지고 있는 홍라영존을 마주 바라보았다.

노인의 눈썹이 살짝 올라갔다.

"저 할망구도 환여립의 물건을 탐냈던가!"

옆에 있던 소년이 의아한 빛을 띠며 노인의 시선을 따라 홍라영존을 바라보았다. 초롱초롱한 눈망울에 차분한 얼굴은 '고요함' 이라는 단어가 떠오르는 소년의 분위기였다.

분위기와 같이, 맑지만 낮게 깔린 물음이 노인을 향했다.

"아시는 분이십니까?"

"분? 늙은 여우라고 불러야 함이 옳으리라. 혈화궁주 홍라영존이다."

그러면서 크게 외친다.

"욕심 많은 노파가 여긴 어쩐 일인가!"

홍라영존도 인상을 찌푸렸다. 그녀는 대꾸 대신 못 볼 것을 봤다는 노골적인 표정만 보여주고는 휘적휘적 바위산으로 걸음을 옮겼다.

어깨를 나란히 하며 걷고 있던 혈리연이 물었다.

"저 영감은 누구요?"

"벽력도제라고 옹졸한 늙은이일세."

"옛 애인인가 보군!"

홍라영존이 버럭 소리쳤다.

"누가 저따위 못생긴 늙은이와?"

정사의 반목 아래 한때 호남에서 격돌했던 혈화궁과 벽력문이었다. 당시 정사를 대표하는 이름 높은 후기지수였던 홍라영존과 벽력도제는 치열한 혈투를 벌였던 적이 있었다. 벽력도제는 그때 홍라영존에게 어깨 부상을 당했고, 홍라영존은 그에게 당해 목 뒤에 흉한 상처를 남겼었다. 뒷머리에 가려 보이지 않지만 조금만 안쪽으로 칼날이 스쳤다면 그녀의 얼굴에 흉터가 생겼을 것이었다.

홍라영존은 새삼 그때의 일이 떠오르는지 목 뒤를 손으로 더듬으며 걸었다.

바위산에 가까이 다가가자 많은 인원이 말없이 있었다. 그중 붕대사내를 본 혈리연이 입을 열었다.

"좋지 않은가! 미친 개 한 마리 잡는 날치고는."

붕대사내가 이죽거렸다.

"미친개가 누구인지는 두고 보면 알게 되겠지."

그러면서 주위를 둘러보며 소개를 했다. 맹주부터 시작해 마창, 그리고 막 도착한 벽력도제와 홍라영존. 그리고 혈리연이 마지막이었다.

"마각의 주인이오."

순간 모두의 시선이 혈리연을 향했다. 맹주의 시선이 차가워졌다.

"환여립과는 어찌 되는 사이인가?"

"무공을 배웠지."

맹주의 시선이 더욱 싸늘해졌다. 십여 년 전, 마각이 무림을 휩쓸 때 환여립의 제자가 그 선두에 섰던 것은 그도 잘 알고 있던 일이었다.

"절애곡에서 살아남았던가?"

"대충 짐작하고 있지 않았수?"

맹주는 고개를 끄덕였다. 몇 명이 빠져나갔으리라 생각하고 있었던 것이다. 단지 무림맹의 위신 때문에 그 사실을 숨겼을 뿐이었다.

"호북에서의 일에도 관여했는가?"

혈리연이 비릿한 미소를 머금었다.

"개 떼처럼 몰려들더군. 그리고 개 떼 죽이듯 죽였지."

순간 백호귀와 청룡귀들이 지독한 살기를 뿜어냈다. 맹주가 손을 저어 그들의 감정을 가라앉혔다. 그는 혈리연을 보고 의문을 드러냈다.

"그런데 마각이라면 저 붕대를 칭칭 감고 있는 자와는 어찌 되는 관계인가? 저자는 마각이 아닌가?"

대답은 붕대사내가 했다.

"새로 태어난 마각이라고 해야 옳겠지."

'마각의 세력다툼이라는 뜻?'

맹주는 자조적인 미소를 지었다.

“거기에 전 무림이 놀아났던가!”

그의 생각을 읽었던 것일까? 붕대사내가 말했다.

“애초에 저 녀석은 관심도, 계획에도 없었소. 단지 도중에 끼어들어 나에게 한 가지의 기쁨을 추가해 준 역할이었을 뿐.”

그러면서 저 멀리서 걸어오는 삼백 명의 무리를 가리켰다.

“이제 대충 배우들이 모인 것 같군.”

모든 시선이 새로 등장한 무리를 향했다.

대부분 갑옷을 입고 있었다. 군부의 갑옷이 아닌 특이한 갑옷이었다. 만년한철로 만들었는지 전체가 검은색이고, 갑옷마다마다 예리한 가시가 돋아나 있었다.

사이한 기운을 풍기는 그들의 선두에는 금관을 쓰고 금룡이 수놓인 장포를 펄럭이는 청년이 있었다. 특이한 복색에 무리라 모두 의아한 시선을 던지고 있는데, 홍라영존이 표정을 굳히며 말했다.

“귀갑혈마대?”

벽력도제가 짜증스럽게 물었다.

“그게 뭐냐?”

“그것도 모르는 멍청한 늙은이!”

그러자 맹주가 말을 이었다.

“마교의 오대세력 중 하나요. 무림에 알려지지 않았으니 모르는 것도 무리는 아니겠지요.”

“한데, 무림맹에서 알고 있다는 말은 마교를 아직도 감시하고 있었다는 말로 해석해야 될까요, 맹주?”

홍라영존의 말에 맹주는 표정 변화 없이 고개만 끄덕였다.

그러자 마창이 말했다.

"그럼 저 선두에 선 놈은 마교의 교주쯤 되나?"

붕대사내가 그렇다고 대답하자 모두 놀란 표정으로 침묵을 지켰다, 마교의 교주 홍영이 지척까지 다가왔을 때까지.

마교의 교주는 모여 있는 인물의 면면을 훑어보더니 혈리연에게 시선을 고정시켰다.

"오랜만이오, 혈리 소협."

"인사는 무슨……. 그렇게 친한 사이는 아닌 걸로 아는데?"

혈리연은 손을 휘휘 저었다. 그대, 붕대사내가 나섰다.

"모두 모였으니 이제 시작하는 것이 좋을 것 같소."

벽력도제가 물었다.

"뭘 하겠다는 거냐? 설마 내가 환여립 그 미친놈의 무공이 탐나서 찾아왔다고 생각하는 것은 아니겠지?"

"왜 찾아왔는지 나는 궁금하지도 않소. 다만, 당신들을 죽이고 싶어하는 분이 계시오."

"하하하하!"

마창이었다. 그는 미친 소리라도 들었다는 듯 한참을 웃더니 으르렁거렸다.

"여기 있는 대부분을 죽일 수 있는 자가 누구냐?"

"오늘을 기점으로 무림의 절대종사로 군림하실 분이오. 당신들은 그분의 무림 정벌에 발판이 되어주어야겠소. 피를 받아 우리의 대전에 뿌려질 테니까. 그리고 그 소문이 그분의 위대함에 보태질 것이오.”

“하하하, 정말 미친놈이로고. 내가, 그리고 여기 있는 저들이 가만히 목을 늘어뜨리리라 생각하느냐?”

“그게 가장 편하겠지만…….”

붕대사내가 피식 웃었다.

“대항하셔도 좋소. 그분은 위대한 실력을 온 천하에 보여주고 싶어하시니까. 때문에, 운 좋게도 당신 들 중 몇 명은 살아 돌아갈 수 있을 것이오.”

말과 함께 맹주의 호위와 마교 교주의 철갑혈마대, 그리고 벽력도제를 수행해 온 무사들을 바라보았다.

그러자 마창이 등 뒤에 메고 있던 짧은 창을 뽑아 들었다. 이어 창의 어디를 만지면 그리되는 것인지, 갑자기 기괴음을 내며 창이 늘어났다.

“어디 놈의 얼굴이나 보자꾸나!”

하지만 말을 끝으로 거기에 있던 모든 사람들이 표정을 굳혔다.

쿵!

땅이 잘게 흔들렸다. 이어 다시!

쿵!

소리는 규칙적으로 들려왔다. 그것이 사람의 발짝 소리라는 것을 사람들은 알고 있었다. 그리고 소리의 출처가 바위산에 보이는 동혈에서 퍼져 나온다는 것도!

그것은 잠시 후에, 모습을 보인 혈의사내 때문에 확인할 수 있었다.

한 걸음 뗄 때마다 대지가 진동하고, 그 힘이 주변 공기를 굴절시켜 사방으로 퍼져 나오는 듯했다.

붉게 타오르는 눈. 몸 전체를 뒤덮고 있는 잿빛 기운. 피칠을 한 듯한 혈의와 어울려 괴기스러움을 물씬 풍기는 자였다.

붕대사내가 바람처럼 날아가 그의 옆에 서서 고개를 꾸뻑 숙였다.

"저들입니다, 교주님!"

혈의사내는 붉은 눈을 돌려 혈리연 등을 바라보았다. 그 눈빛에 광기가 폭사되었다.

그는 말없이 걸어오기 시작했다.

마창이 잔뜩 인상을 찌푸리다가 섬전처럼 쏘아져 갔다.

第十章

끝은 시작의 예고

1

퍼퍼펑!

"크윽!"

하염없이 떨어지는 눈송이를 맞고 있는 초원의 인물들은 모두 경악한 표정으로 마창의 최후를 보고 있었다. 단 한 번의 손짓으로 마창의 피부가 터지는 듯했고, 이어 피범벅이 되어 바닥을 뒹굴었다. 그의 장기인 백팔회전창의 반 초식도 써보지 못하고 죽음을 맞이한 것이다.

쿵!

혈의사내의 걸음은 계속 이어지고 있었다. 그 뒤에 있던 붕대사내만이 비소를 흘릴 뿐, 누구도 웃지 않았다.

혈의사내가 십 장여까지 거리를 좁혔을 때, 맹주가 검을 뽑왔다. 파황검이 검신을 드러내고 마창의 실수를 범하지 않으려는 듯 강렬한 빛을 뿌리며 괴소성을 쥐어짰다.

혈리연은 잔뜩 못마땅한 표정을 짓고 있었다.

'자신의 출중한 무공 실력을 뽐내고 싶은 건가?

그는 주변에 있는 고수들을 둘러보았다. 생각처럼 그런 얼굴들은 아니지만 혈의인을 제압하기로 결정한 표정임은 분명했다.

'무엇 때문에?

그는 이기고, 승리를 거머쥐고, 영웅 대접을 받기 위해 여길 찾은 것이 아니었다. 그러니 이런 것에 시간을 허비하고 싶지 않았다.

휘릭!

맹주가 움직이기도 전에 혈리연이 먼저 혈의사내를 향해 튕기듯 달려나갔다.

순간 혈의사내의 손이 들렸다.

좌에서 우로.

단 한 번의 휘적거림에 뜨거운 화기가 뒤따르고, 그것은 강기가 되어 사방을 덮쳤다.

혈리연은 높이 솟구쳤다. 그리고 혈의사내의 뒤를 훌쩍 넘어 동혈로 달려가기 시작했다.

혈의사내는 그 모습을 멍히 바라보다가 도망치는 자에게는 관심없는 듯 앞서 나오는 맹주를 바라보았다.

혈리연이 동혈에 가까워졌을 때, 그 앞을 붕대사내가 막았다.

“어딜 가려고?”

벙글 웃는 그 눈빛이 기분 나빴던 혈리연이 말했다.

“물건을 되찾으러.”

붕대사내가 의외의 말을 했다.

“따라와라.”

그러면서 그가 앞장서서 동혈로 걸어갔다.

동혈은 끝없는 통로였다. 그리 긴 시간을 지난 것은 아니었
지만 어둠만 계속되자 혈리연은 조바심을 드러냈다.

“언제까지 가야 하지?”

“조금만 더. 그보다 궁금하지 않나?”

“……!”

“내가 널 어떻게 아는지 궁금할 것 같은데?”

“가만히 생각해 보니 관심 둘 필요가 없을 것 같다.”

순간 붕대사내가 걸음을 멈췄다. 웃는 눈빛은 어둠속에 빛
을 발해 살기를 드러냈다.

“관심없다고? 내가 누구인지 알면 경악할 텐데도?”

“관심없다. 피해망상에 시달려 자신이 세상에서 가장 불쌍
한 놈인 줄 착각하는 녀석은 꼴사나워 보일 뿐이다.”

붕대사내의 몸에서 강렬한 기운이 퍼져 나왔다.

“네놈이 뭘 안다고! 지옥 같은 삶을 살아오고 버림받은 자의
심정을 네가 짐작이나 할 수 있을 것 같나?”

혈리연은 콧방귀를 뀌었다.

“흥, 난 버림받지 않아서 알 수도 없고, 앞으로의 살 날이 희망차기에 지옥 따위는 모른다.”

순간 붕대사내가 붕대를 풀기 시작했다.

그리고 얼굴이 어둠 속에 드러났을 때, 혈리연의 눈빛이 잠시 흔들렸다. 새까맣게 타버린 얼굴. 일그러지고, 가죽처럼 뻣뻣해 인간의 얼굴이라고 보기에는 무리가 있었다.

혈리연은 그가 누군지 알 수 있었다. 아니, 이미 짐작하고 있었다. 하지만 그는 여전히 모른 척 말했다.

“추하군! 다시 붕대를 감아라. 아무것도 먹지 않았는데, 벌써 헛구역질이 날 정도야.”

급기야 붕대사내가 일장을 날렸다.

“놈!”

쾅!

혈리연은 이미 동혈 옆으로 피해 버렸다.

장력은 동굴 뒤편으로 들어오는 통로 모퉁이에 맞아 사방을 울렸다.

“물건은 동로를 계속 따라가면 있다. 혈향귀성검은 교주께서 들고 계시지.”

“교주라면 밖에 있는 그 미치광이? 지가 뭐라도 되는 줄 아는, 겉멋만 잔뜩 부리던 놈을 말하는 거냐?”

“나를 구해주신 분이시다.”

“끼리끼리 노는군!”

“닥쳐!”

붕대사내는 혈리연을 향해 거대한 해일처럼 덮쳐들었다.

혈리연도 검을 뽑아 들고는 강렬한 기운을 품으며 마주쳐 갔다. 이어 동굴 속에서 거대한 폭발이 이어졌다.

펑!

혈의사내의 주변은 온통 잿빛 물결의 연속이었다. 살아 있는 듯한 빛은 사방으로 피어 나와 뱀처럼 움직였다.

몇 가닥의 강기를 쳐낸 맹주는 비틀거리며 몇 걸음 물러섰다. 상대의 특별한 움직임이 없었는데, 그저 몸에서 피어나오는 기운은 강렬한 힘을 동반하고 있었다.

하지만 정작 맹주가 위협을 느끼는 것은 상대의 부동이었다. 흔들림없는 몸짓은 태산처럼 느껴졌고, 광기에 사로잡혀 붉게 타오르는 눈빛에는 조바심보단 여유로움마저 흐르는 듯했다.

'이래서는 내력만 소모할 뿐.'

단 한 번에 타격을 주는 것이 가장 최선의 방법 같았다.

순간 그가 내공을 끌어올려 주위를 진동시켰다.

쿠우우웅!

서슬 퍼런 예광이 순식간에 맹주의 몸을 감쌌다. 동시에 그의 입에서 벼락같은 장소성이 터져 나왔다.

"용사파황(龍蛇破荒)!"

민활한 그의 검이 사해를 휘감듯 쏟아지고, 검기가 터져 주변을 진동시켰다. 이어 검강이 쏟아지며 수십 개의 크고 작은 용이 혈의사내를 향해 달려들었다.

혈의사내의 붉은 눈이 더욱 빛을 바랬다.

그는 손을 들어 맹주를 가리켰다. 그러자 그의 몸을 감싸고 있던 잿빛 기운이 맹주가 쏟아낸 용처럼 뻗어나가 부딪쳤다.

콰콰콰쾅!

그때 동혈 안이 흔들리더니 먼지구름이 쏟아져 나왔다.

푹!

혈리연의 검이 붕대사내의 복부에 박혔다.

"크으윽!"

붕대사내는 믿을 수 없다는 눈으로 혈리연을 바라보았다.

부들부들 떨고 있는 그의 손이 혈리연의 목을 잡은 것도 동시였다.

조여오는 목의 압박을 혈리연은 무시하고 입을 열었다.

"한때, 사형이 불행하다고 생각한 적이 있소."

"넌, 넌 모른다. 내 심정을 네가 어찌 아느냐?"

혈리연은 검을 잡은 손을 비틀었다.

붕대사내, 혈리연의 사형이자 환여립의 실패작이었던 혈루진(血淚振)이 신음했다.

"크윽! 네가 천마역골경과 천마역혈경으로 폐인이 되어버린 마각인의 기분을 어찌 알겠느냐?"

혈리연의 눈이 차가워졌다.

"그 기분을 고작 미치광이 노인이 했던 짓을 반복하는 것으로 풀려는 것이오?"

"네, 네가 뭘 아느냐?"

"알고 싶지도 않소. 불행하다고 생각했던 사형은 이제 내 눈엔 불쌍하게만 보일 뿐이오."

혈리연의 검이 한 바퀴 돌았다.

혈루진은 기어이 피를 토하고 그대로 바닥에 무릎을 꿇었다.

그는 쓰러지며 자신을 쓰러뜨린 혈리연을 저주했다.

혈리연은 그를 버려두고 동혈 안쪽을 향해 달렸다.

잠시 후, 혈루진 앞으로 검은 인영 하나가 떨어져 내렸다.

"주군!"

"크크크! 내 꼴이 우습나?"

"……!"

"밖은 어찌 됐느냐?"

"아직 혈투 중입니다."

"흐흐흐, 맹주는? 그의 신호는?"

"그가 부상을 당하자 그의 호위들이 신호탄을 쏘아 올렸습니다."

"그럼 됐다. 계획대로 하라."

그러면서 스르륵 눈을 감더니 몸을 떨고, 이내 숨을 거두었다.

검은 인영은 다시 어둠 위로 사라져 버렸다.

두두두두두두!

평정산의 입구를 전부 봉쇄하고 있던 무림맹의 고수들은 급히 신호탄이 올라온 곳을 향해 달리고 있었다. 마각의 위치가 파악되고 맹주가 위험에 처했다는 신호가 동시에 올라와서 시간을 지체할 수 없었던 것이다.

하지만 이각을 달렸을 때, 그들을 기다리고 있는 것은 무너지는 산과 솟구치는 대지뿐이었다. 그리고 아비규환. 평정산 전체에 지옥도가 펼쳐졌다.

우르르르!

천지 사방이 괴성을 질렀다. 흡사 평정산이 살아서 꿈틀대는 듯, 요동을 치고 하늘이 뒤틀리기 시작했다.

회양월은 경공을 멈추고 주위를 둘러보았다.

"이게 무슨 소리죠?"

바닥이 서 있기도 힘들 정도로 떨려오자 마맹상의 표정이 굳었다. 예상이 현실로 다가온다고 생각했기 때문이다. 그때, 누군가가 손으로 한곳을 가리켰다.

"저기!"

모두 시선이 그곳으로 향했다.

콰콰쾅!

남서 끝에 있던 산봉우리 밑에서 굉음이 솟구치더니, 곧이어 산이 쥐어짜는 소리를 내며 아내로 무너져 내리고 있었다.

적발이 외쳤다.

"다가오고 있습니다!"

콰콰콰쾅!

폭발음이 아련히 들려왔기에 그것이 무엇 때문인지 의문을 품은 회양월은 얼굴이 사색이 되었다. 소리가 점점 가까워지고 사방에서 폭발을 이루며 먼지구름이 거대한 해일처럼 덮쳐오고 있었기 때문이다.

마맹상이 외쳤다.

"빨리 저곳으로!"

그는 동북쪽에 위치한 바위산을 가리켰다. 아직 아득히 먼 거리였지만, 예상대로라면 그곳에 가야 폭발의 영향권에서 벗어날 수 있을 것이다.

모두 약속이나 한 듯 대형도 흩뜨리고 바위산을 향해 달리기 시작했다. 그 뒤로 벽력탄이 폭발하여 생긴 여파가 절벽과 나무를 무너뜨리며 그들을 바짝 뒤쫓기 시작했다.

혈리연은 동혈 마지막 넓은 공터에 도착해 멈춰 섰다. 거기에는 횃불이 사방에 걸려 내부를 밝게 빛내고 있었다. 순간 중앙 석단에 놓여 있는 두 권의 책이 눈에 들어왔다. 천마역골경과 천마역혈경이었다.

그는 내용을 확인하고는 품속에 넣고 다시 어둠을 되짚어 동혈을 빠져나왔다. 그리고 그때, 평정산 전체가 무너지는 광경을 넋 놓고 지켜봐야만 했다.

쿠아앙!

사방으로 뻗치는 날카로운 수십 가닥의 강기는 흡사 문어발처럼 늘어났다 줄어드는 것을 반복하여 청룡귀와 백호귀를 전멸에 가까운 타격으로 몰아넣었다. 부상당한 맹주를 구하기 위한 일이었지만 혈의인은 자신의 먹이를 가로채는 그들을 곱게 두지 않았다.

삼황 중 하나로 정파를 이끄는 무림맹주가 부상까지, 그것도 혈의사내에게 아무런 손해도 입히지 못하고 당했다는 것은 충격이었다. 마창이야 방심해서 제대로 된 공격도 못해봤다지만 맹주는 달랐지 않은가.

모두의 눈에 맹주는 전력을 다한 것처럼 보였다.

　벽력도제의 표정이, 그리고 홍라영존의 얼굴이 어둡게 굳어 있었다. 마교의 교주 홍영도 그들만큼은 아니지만 상당한 긴장 상태를 보이고 있었다.

　뿐만 아니라 평정산 전체가 요동치며 그들이 있는 초원을 제외하고는 전부 무너졌다는 것이 그들을 더욱 당황스럽게 만들었다.

　맹주의 독립호위대가 거의 다 쓸어갈 때쯤, 홍라영존이 벽력도제를 힐끔 바라보며 말했다.

　"같은 정파에다가 무림맹의 고수인데 돕지도 않을 거요?"

　벽력도제가 인상을 찌푸렸다. 하지만 그녀의 말이 맞았다. 그는 그냥 혈의사내의 오만함을 두고 볼 수만은 없었다.

　"크아압!"

　그는 한소리 기합과 함께 혈의사내를 향해 달려들었다.

　그때, 마교의 철갑혈마대도 혈의사내를 향해 움직이고 있었다.

　홍라영존은 고개를 절레절레 저었다. 아무리 철갑혈마대라도 저 괴물 같은 혈의인을 상대로는 무리가 있다고 판단했던 것이다. 그나마 다행이라면 그들이 나선 덕분에 이제 세 명이 남은 맹주의 독립호위대가 무사히 맹주를 멀찍이 혈의인에게서 떨어뜨려 놓았다는 것이었다.

　그리고 마교의 교주.

　홍라영존은 어두운 표정을 지우고 교주 홍영을 흥미롭게 바라보았다.

뭔가 중얼거리고 있는데, 꼭 주술 같았다. 그리고 그의 몸에서 퍼지는 강렬한 자색 기운은 주위를 온통 차갑게 만들어놓고 있었다.

'철갑혈마대가 시간을 벌고 그 사이에 최고의 절기로 끝을 낼 생각인가?'

마교의 교주라는 직함을 생각했을 때는 상당히 비겁한 수였지만 그만큼 혈의인을 인정한다는 뜻이기도 했다. 정면으로 맞서서는 이길 수 없는 것은 홍라영존도 마찬가지였으니 말이다.

망연히 평정산이 전체가 무너지는 모습을 바라보고 있던 혈리연은 초원 저 멀리서 퍼져 오는 폭음과 열기에 시선을 돌렸다.

엄청난 광경이 그 앞에 펼쳐지고 있었다. 혈의사내의 주위로 연기가 솟구치고 그 연기 안으로 마교의 교주 홍영이 장력을 몇 번이나 쏟고 있었던 것이다.

놀라운 것은 홍영의 주위로 뇌전 같은 것이 흐르고 뻗은 손에서는 거대한 원형의 강기가 맺혀 연속적으로 혈의사내를 때리고 있었다.

얼마나 강렬한 기운이 담겼는지 원형의 강기는 연기 속을 뚫고 들어가 혈의사내를 맞추고 또 다른 연기를 만들어냈고, 그 여파가 주변 십여 장까지 파동을 이끌어냈다.

연기 속에서 혈의사내의 괴음이 터져 나왔다.

"크아아아악!"

힘이 다했는지 홍영의 주위로 몰려든 기운과 빛이 옅어지고 뇌전이 사라졌다.

숨을 헐떡이는 그가 두 눈에 힘이 들어갔다. 놀라운 장면을 목격한 듯 파르르 떨리는 얼굴은 경악으로 물들어 있었다. 연기다 걷히고 그 안에서 혈의사내가 모습을 비췄는데, 타격을 받은 모습이기는 했지만 생각했던 것처럼 큰 영향은 없어 보였던 것이다.

홍영이 강기를 쏘기 적전까지 혈의사내의 움직임을 봉쇄했던 철갑혈마대는 멀찍이 떨어져 있다가 다시 달려들었다.

혈의사내의 입에서 다시 괴성은 터져 나왔다.

"크아아아!"

거대한 소리가 사자후처럼 사방으로 뻗어나갔다.

홍라영존은 잔뜩 인상을 찌푸리며 귀를 틀어막았다. 벽력도제는 한쪽 어깨에 부상을 입고 있었는데, 그 역시 소리가 주는 영향이 괴로운지 내력을 돋우어 소리에 대항했다. 다른 자들 또한 마찬가지였다.

한 번의 폭풍이 지나간 후, 혈의사내가 다시 움직이기 시작했다.

홍라영존은 다쳐서 쓰러져 있는 맹주를 바라보았다. 온몸에 피를 흘리고 있는데, 그의 호위가 상처를 치료하고 있었다. 하지만 맹주는 부상에는 관심이 없는 모양이었다. 무너져 연기만 치솟고 있는 평정산 한곳만을 절망한 표정으로 바라볼 뿐이었다.

신호를 날렸으니 대기 중이던 맹의 고수들이 평정산 내부로

진입했을 텐데, 그들이 저 거대한 폭발에 무사할 리 없다고 생
각했기 때문이다. 최소한의 수비만 남겨두고 맹의 전력 전부
를 데려왔던 맹주로서는 충격일 수밖에 없었다.

맹은 이미 그 힘을 상실했다고 봐야 했다.

홍라영존은 그에게서 벽력도제에게로 시선을 돌렸다. 그는
그를 따라온 소년에 의해 어깨에 붕대가 감기고 있었다.

벽력도제가 홍라영존의 시선을 느끼고는 으르렁거렸다.

"이놈의 할망구야, 도망칠 것이 아니면 빨리 저 괴물을 막아."

철갑혈마대는 그들의 강력한 연수합격에도 불구하고, 혈의
사내에 의해 하나둘씩 죽어가고 있었다. 그 속을 뚫고 마교의
교주가 전투에 개입했는데, 혈의사내의 대적하기에는 무리가
있어 보였다.

홍라영존은 기운을 돋으며 기합으로 전의를 불살랐다. 그러
자 마라신공의 뜨거운 기운이 그녀의 주변을 휘감으며 빛을
쏟아냈다.

그녀는 곧이어 철갑혈마대를 지나 교주에게 정신이 팔려 있
는 혈의사내에게 십여 장을 날렸다.

콰콰쾅!

혈의사내가 교주를 버려두고 홍라영존을 향해 고개를 돌렸
다. 홍라영존은 그 눈빛을 가까이서 접하자 강한 압력을 받았
다. 무림의 내로라하는 고수들이 제대로 힘도 써보지 못하고
당한 이유를 그제야 절실히 느낄 수 있었던 것이다.

그녀는 마의 부름처럼 끌리는 상대의 눈에 현혹되어 그의

몸에서 뻗어 나오는 강기 한 가닥을 피할 생각도 못하고 넋 놓고 있었다. 그때, 뒤에서 벽력도제의 짜증스런 목소리가 그녀를 일깨웠다.

"미친 할망구야, 노망이라도 들었느냐."

퍼뜩 정신을 차린 홍라영존이 위로 뛰어올랐다. 하지만 강기는 살아 있는 것처럼 방향을 틀어 그녀를 쫓아왔다.

쾅!

낭패한 듯 홍라영존이 급히 궁신탄영(弓身彈影)의 수법을 이용해 공중에서 방향을 바꾸려 할 때, 쫓아오는 강기가 반월형의 강기에 부딪쳐 잘려 나갔다.

벽력도제가 날린 강기였다.

그는 붕대를 단단하게 묶은 모습 그대로 다시 해보겠다는 듯 혈의사내를 향해 달려가며 외쳤다.

"고맙다는 소리 하지 마!"

그녀가 바닥에 내려서며 기다렸다는 듯 외쳤다.

"고마우이!"

듣기 싫은 듯 벽력도제가 거대한 함성을 지르며 거도를 휘날렸다. 도로에 따라 강기가 일고 그것은 혈의사내를 향해 어김없이 쏘아졌다. 이제 싸움은 혈의사내와 그를 공격하는 홍라영존, 마교의 교주, 그리고 벽력도제의 것이 되어 있었다. 그리고 시간이 지날수록 그들의 상처가 하나둘씩 늘어나더니 기세는 급격히 혈의사내 쪽으로 기울어지기 시작했다.

혈리연이 전투에 끼어든 것은 홍영의 호신강기가 깨지고 뒤로 날아갈 때였다.

홍영은 몇 가닥의 기습적인 강기를 피하지 못하고 호신강기가 파괴되어 내상을 입어 피를 토했다.

쿵!

무겁게 바닥에 처박힌 그는 몇 바퀴 뒹굴고서야 멈출 수 있었다. 그때 홍영도 내상을 입은 상태로 혈의사내의 공격을 피하기에 바빴고, 부상을 당했던 벽력도제만이 미친 듯이 도를 휘둘러 혈의사내를 공격하고 있었다.

쿠아앙!

막 벽력도제의 도가 잿빛 기운을 가르고 혈의사내의 목을 베어갔을 때였다. 홍영의 일격 이후 처음으로 공격다운 공격이 먹힌 셈이었다. 하지만 혈의사내가 손을 들어 강렬하게 빛을 뿌리는 도를 맨손으로 잡아버렸다.

벽력도제는 도를 회수하기 위해 힘을 다해 뒤로 당겼다. 하지만 요지부동. 벽력도제의 얼굴이 사색이 되었다. 혈의사내의 반대 손이 그의 복부를 노리고 있었기 때문이다.

그런데, 수검의 기법으로 벽력도제를 향해 공간을 가르던 손이 흔들렸다.

쿵!

등 뒤로 느껴지는 충격 때문이었다.

혈의사내는 비틀거렸고, 그 때문에 벽력도제의 도가 제 힘을 발휘했다.

쑤아악!

온 힘을 다해 도가 빠져나가자 그 기운이 혈의사내의 손을 쓸었다.

팟!

혈의사내의 손에서 피가 튀었다.

순간 그의 붉은 눈이 찌푸려졌다. 그는 벽력도제를 버려두고 뒤를 돌아보았다.

거기에 혈리연이 서 있었다. 팽팽한 기운이 주변에 들끓고 그 주위로 백여 개의 침이 혀를 날름거리며 강렬한 빛을 뿜어냈다.

혈의사내가 눈빛을 빛냈다. 동시에 혈리연이 침을 뿌리고 그의 품속으로 파고들었다.

순간 혈의사내의 몸에서 아지랑이 같은 강기가 스멀스멀 피어나와 침과 부딪쳤다.

콰콰쾅!

폭발과 함께 침과 강기가 부딪친 자국에서 물이 증발하는 소리가 사방을 메웠다. 그때, 혈리연은 이미 혈의사내의 잿빛과 부딪치고 있었다.

크으으웅!

야수의 울음소리가 이럴까?

혈리연의 호신강기와 혈의사내의 잿빛이 부딪치자 괴성이 울리며 서로 상반된 기운을 밀어내기 시작했다.

혈리연은 힘을 주어 더욱 혈의사내에게 밀고 들어갔다.

혈의사내의 두 손이 혈리연의 양 어깨를 잡아갔다.

스릉!

혈리연은 검을 뽑아 상대의 다리 사이를 베어갔다.

펑!

또 다른 호신강기가 혈의사내에게 있는 모양. 낭심에 부딪친 검이 무엇엔가 막힌 듯 멈췄다. 때마침 혈리연의 어깨에 혈의사내의 두 손이 닿았다.

"크으윽!"

혈리연의 어깨가 불길에 휩싸였다. 그는 고통을 참으며 온 힘을 다해 검을 두 손으로 잡고 위로 올렸다. 하지만 상대의 막강한 호신강기는 조금의 흠집도 나지 않는 듯했다. 검이 움직이질 않는 것이다.

벽력도제는 그 기회를 놓칠 수 없었다.

"이야압!"

마지막까지 쥐어짠 내공을 도에 담아 일도양단의 기세로 혈의사내의 허리를 베어갔다.

쾅!

도는 혈의사내에게 타격만 주었을 뿐, 역시 혈리연처럼 벨 수 없었다.

그것을 지켜본 홍라영존이 쌍장을 떨쳐 혈의사내의 얼굴을 향해 장력을 쏟아냈다.

콰쾅!

혈의사내의 얼굴이 흔들거렸다. 그 충격이 몸에 들어간 듯, 비칠 옆으로 한 걸음 옮겨졌다. 하지만 그뿐, 혈의사내는 꼼짝도 하지 않았다. 다만 노여운 기운만 풍기며 혈리연을 향해 괴성을 질러댔다.

"크아아앙!"

소리의 힘과 함께 혈리연의 양 어깨가 검게 타 들어가고 있었다.

혈리연도 소리쳤다.

"크아압!"

순간 그의 손으로 검이 조금 움직였다. 상대의 호신강기에 균열이 생겼음이 분명했다.

홍라영존은 여전히 혈리연과 내공 대결에 들어간 혈의사내를 공격하고 있었다. 벽력도제도 마찬가지. 그리고 그때 힘겹게 일어선 교주 홍영이 몸을 날려 한 손으로 혈의사내의 등을 짚었다. 흡정마공의 절기였다.

상대의 내공을 빼앗아 몸 속에 돌린 후, 그것을 다시 상대에게 공격적으로 불어넣어 내상을 주는 것이다. 그 때문에 벽력도제의 도가 혈의사내의 어깨에 파고들었다. 그리고 홍라영존의 장력에 눈에 보일 정도로 상대가 반응을 나타내기 시작했다.

"크으윽!"

신음과 함께 몸을 연신 꿈틀거리는 것이다.

그러다 순간, 그의 몸에서 폭발적인 기운이 주변을 감싸 버렸다.

"크윽!"

혈리연은 피를 토하며 튕겨 나갔다. 검까지 놓치고 바닥을 뒹굴어 오 장이나 굴러야 했다. 홍영은 들을 짚은 손이 터져 나갔다. 그리고 그는 정신을 잃어버렸다. 남은 귀갑혈마대가 급히 그를 부축했지만 심각한 상태였다.

홍라영존도 퍼져 나오는 강렬한 기운을 이기지 못하고 뒤로 몇 걸음이나 물러서 피를 토했고, 벽력도제는 끝내 버티고 선 덕분에 온몸에 화상을 입었다. 하지만 그는 여전히 도를 휘둘러 혈의사내를 계속 치고 있었다. 무공 초식 같은 것을 생각할 수 없는, 단순이 때리는 느낌으로 미친 듯이 치고 있었다.

하지만 그도 혈의사내가 손을 떨치자 턱을 맞고 바닥을 뒹굴어야 했다.

"으윽!"

혈리연이 비틀거리며 일어섰다. 양 어깨에 심한 타격을 받아 두 손이 바닥으로 축 늘어져 있었다.

혈의사내는 그가 다시 일어나자 죽일 듯 바라보더니, 지금까지와는 달리 지축이 떨리는 걸음을 빠르게 옮겨 혈리연에게 부딪쳐 갔다.

혈리연도 지기 싫은 듯 그에게 부딪쳤다.

쾅!

혈의사내가 두어 걸음 뒤로 물러서고, 혈리연은 다시 십여 장을 날아가 바닥에 떨어졌다.

"젠장. 도대체 천마역혈경을 마지막까지 익힐 수가 있나?"

그것은 환여립도 익히지 못했고, 혈리연 그도 익히지 못했다.

말을 하면서 입에서 피가 새어 나오기 시작했다.

'이젠 끝인가? 저런 괴물 같은 놈에게?'

갑자기 짜증이 솟구쳤다.

그는 이렇게 무너질 수 없다는 생각으로 힘겹게 일어섰다. 다리에 힘이 없어 구르듯 일어섰는데, 한쪽 무릎은 펼 수가 없었다. 부러진 모양이었다.

그가 일어나는 것을 본 혈의사내는 다시 괴성을 질렀다.

"크아악!"

한소리 야수의 울음과 함께 혈리연에게 달려들었다.

혈리연은 마지막 진기를 쥐어짰다. 그러자 바닥에 떨어졌던 침 몇 개가 공중으로 날아올라 혈의사내를 공격했지만 그의 무서운 기세에는 제대로 된 힘을 발휘하지 못했다.

"빌어먹을!"

혈리연은 두 눈을 감고 몸을 앞으로 기울여 충격에 대비했다. 이번에 부딪치면 어떻게 될지 짐작도 할 수 없었지만 그게 그의 최선이었다.

순간 그의 귀로 북이 터지는 듯한 소리가 울렸다.

혈리연이 두 눈을 번쩍 떴다. 느껴져야 할 충격이 없었기 때문이다. 무엇 때문에 소리가 났는지 확인해 봐야 했다. 그리고…….

"크크크큭!"

비틀린, 하지만 속에서 솟아올라오는 웃음이 그의 입에서 흘러나왔다. 그 앞을 막아선 검은 그림자를 보았기 때문이다. 검은 피풍에 죽립을 쓴 사내를.

그는 한결같이 외쳤다.

"내 먹이를 건드리지 못한다!"

뒤로 물러선 혈의사내가 몸을 떨었다.

혈리연이 이해할 수 없다는 듯 물었다.

"도대체 나와 무슨 관계냐?"

피풍의 사내, 홍교의 교주 신도립이 살기를 내뿜었다. 그리곤 낮지만 사방으로 퍼지는 목소리로 답했다.

"홍교는 원한을 잊지 않는다."

혈리연이 크게 웃었다.

"하하하, 홍교였다고? 그럼 홍교의 교주?"

웃는 그를 힐끔 본 신도립은 굳은 표정으로 달려드는 혈의사내를 향해 마주쳐 갔다. 순식간에 그의 몸은 불길로 휩싸였고, 잿빛으로 물든 기운과 뒤섞였다.

콰콰쾅!

모두 쥐 죽은 듯 조용한 침묵을 지켰다. 그들은 꼿꼿이 서 있는 신도립, 홍교라고 밝힌 고수를 바라보았다. 그리고 그 앞에 쓰러져 부들부들 떨고 있는 혈의사내도…….

신도립은 천천히 몸을 돌려 혈리연을 바라보았다.

"볼 때마다 걸레가 되어 있군. 이래서야 복수의 의미가 없잖은가."

혈리연이 힘겹게 입을 열었다.

"흐르는 쌍코피나 닦아라."

흠칫 놀란 신도립이 급히 소매를 쓸어 얼굴을 닦았다. 하지만 내상이 심했던지 피는 멈추지 않고 계속 흐르고 있었다. 그러다 잠시 후, 비틀거리며 바닥에 털썩 주저앉았다.

그는 인상을 찌푸렸다. 겉은 쌍코피로 끝났지만 속은 말이 아닐 정도의 내상을 입었기 때문이다.

홍라영존이 그 모습을 보고 혀를 찼다.

"홍교의 교주가 대단한 무공을 가지고 있다는 소문은 들어 알고 있지만 저 정도일 줄은 몰랐군."

벽력도제가 그 심한 부상에도 불구하고 짜증을 냈다.

"우리가 힘 다 뺀 상대를 쓰러뜨린 게 뭐가 대단하다고 그러냐, 할망구!"

그때 맹주가 자조적인 미소를 지으며 그들에게 위험을 경고했다.

"우리 운도 여기서 끝인가 보오."

그는 바위산 뒤쪽으로 물결치듯 달려오는 검은 인영들을 바라보았다.

모두의 시선이 그들에게 향했다. 사이한 기운을 물씬 풍기는 고수들은 혈의사내가 쓰러졌다는 충격에 분노까지 더해 빠르게 거리를 좁혀오고 있었다.

선두에선 누군가가 외쳤다.

"마각의 이름 아래 녀석들의 수급을 잘라라!"

홍라영존이 한숨을 푹 쉬었다.

"그냥 궁에나 있을 걸 그랬소."

벽력도제가 말을 받았다.

"할망구가 온다는 소리만 들었어도 안 왔을 텐데……."

그러자 그의 곁에 있던 소년이 검을 뽑아 들고 마각이라 주장하는 고수들을 향해 섰다.

벽력도제가 걱정스럽게 말했다.

"어차피 끝이다. 너라도 도주하여 뒷날을 도모해라."

소년은 고개를 저었다. 굳은 표정으로 온몸에 힘을 주고 있었다. 그런데 그때, 수백 명의 무리가 뒤쪽 숲에서 쏟아져 나오며 소리쳤다.

"군사를 다치게 하지 마라!"

회양월이었다. 그리고 그 뒤로 비각의 대원들과 청천대가 빛처럼 달려 마각의 무리를 덮쳤다.

살아남았던 철갑혈마대 이십여 명이 역시 기회를 틈타 전투에 합류했다. 소년도 힘을 얻었는지 나이답지 않게 뛰어난 무공을 뽐내며 전투 속으로 몸을 던지고 있었다.

황량하게 무너진 평정산!

절벽이 무너져 길이라고 할 만한 곳이 없었다. 나무는 흙먼지에 쌓여 흔적조차 보이지 않았다. 봉우리는 산사태로 인해 형체를 잃었고, 벽력탄의 폭발력 때문에 아직도 연기가 사방을 메우고 있었다.

그 지옥도 속에서 일단의 무리가 걷고 있었다.

들것에 실려 가던 노인 하나, 맹주가 고개를 슬쩍 들어 옆의 들것을 바라보았다.

"자네, 나중에 맹으로 찾아오게."

소리를 들은 혈리연이 고개를 돌렸다.

"못생긴 얼굴 저리 치우쇼."

맹주는 다시 들것에 머리를 얹혀 편한 자세를 취했다.

혈리연이 말했다.

"거기 가서 뭐하려고? 어여쁜 소저라도 있소?"

"대가는 치러야지?"

혈리연의 인상이 구겨졌다. 은근한 살기까지 드러냈다.

"무슨 대가?"

"무림을 구했으니 술 한 사발 대접해야 할 것이 아닌가."

"술?"

잠잠하던 맹주가 다시 고개를 쳐들었다.

"아직도 옛 일에 얽혀 있는 것이 아니라면……."

"그때에서 벗어나지 못한 건 영감이 아니오?"

"하긴……. 호북에 사람을 보낸 건 미안하네."

"내가 그때 죽었으면 그 소리도 못 들을 뻔했네. 눈물 나오."

"허허, 그게 미안하다는 사람에게 할 소린가? 아무튼 맹에 한번 찾아오면 거나하게 한상 대접하지."

"술 한 잔 얻어먹으러 거기까지 가라고?"

"그럼, 뭘 원하는가?"

"돈으로 주쇼."

"얼마나?"

“한 만 냥 정도 주면 찾아갈 수도 있겠지.”
“오지 말게.”
“…….”

회양월은 무림의 최고수들이 들것에 실려 가는 모습을 힐끔
힐끔 바라보다 마맹상에게 물었다.
“도대체 얼마나 강한 고수를 상대했기에 저분들이 저런 지
경까지 된 걸까요?”
“천마역혈경을 완전히 익힌 고수라면 가능한 일이기도 하
죠.”
“흐음!”
문득 회양월이 혈리연에게 다가가 물었다.
“아버지의 유품은 어딨죠?”
“지금 그게 중요하냐?”
“그냥 궁금해서…….”
“궁금해할 것도 없다. 잃어버렸으니까. 그리고 그런 것보다
문파 경영이나 신경 써라. 내 할 일은 이제 끝났으니까.”
회양월이 서운한 표정을 지었다.
“그냥 청천문에 계시면 안 될까요?”
“돈이나 주고 그런 말을 하던가.”
“약속한 대금을 꼭 지불할 겁니다.”
그러자 혈리연이 피식 웃었다.
“아무튼 당장은 여행이나 다닐 생각이다.”

"그런 다음은요?"

"진짜 내 생에 도와주고 싶은 놈이 생겨서 그 녀석에게 갈 참이다. 조심해."

"네?"

"조만간 무림을 떨쳐 울린 녹림도가 탄생할 테니까. 표국 운영에 기를 쏟아부어야 할 거다."

회양월은 무슨 소린지 몰랐지만 혈리연이 눈을 감는 바람에 더 이상 물어볼 수가 없었다. 그때, 들릴 듯 말 듯 뒤에서 실려 오던 신도립의 목소리가 있었다.

"치료 후에 찾아간다."

평정산을 빠져나가려면 아직도 한참이었다.

*　　　*　　　*

"왜 이리 귀가 가렵지?"

진소충은 작은 초막에서 음란서적을 읽으며 귀를 긁었다.

〈終〉

사우 新무협 판타지 소설
FANTASTIC ORIENTAL HEROES

이것은 바람처럼 질주하였던
한 사내의 이야기이다!

철혈의 무인은 아니었지만 호쾌함이 무엇인지를 아는 사내였고,
모든 이들이 그를 떠올릴 때면 미소를 머금었다.
이제 그의 이야기를 시작한다.

무한 상상 · 공상 세계, 청어람 신무협 & 판타지

이인세가 | 김석진 지음

1

이인세가 二人世家

김석진 新무협 판타지 소설 |맞춰질 기연은 없다|
Fantastic Oriental Heroes

청어람

이인씨가

김석진 新 무협 판타지 소설
FANTASTIC ORIENTAL HEROES

최고 장수 인기작 『삼류무사』의 완결 후 1년. 마침내 드러나는 새로운 대작!
기연을 찾아 떠난 주인공이 마주치는 다채로운 여정 속에 깊이 빠져든다!

『삼류무사(三流武士)』의 묵직한 명성은 잊어라!

빠르게 이어지는 『이인세가(二人世家)』의 화려한 시대가 도래하리니!!

"건강 도인술로 내공을 돌리고 육합권법보다 못한 주먹질로 강호의 안녕을 지키려 나서는 천하제일가의
무상(武相)이라?"

가문의 비기, 황하육권은 약을 팔 때나 쓰는 편이 나을 듯했다. 그래서 필요했다.
극강하면서도 획기적이며 단시간에 가능한 무엇!

그것은 기연(奇緣)!! "기연에 임자가 어디 있어? 먼저 가서 얻으면 땡이지!"

유행이 아닌 자유추구 -
WWW.chungeoram.com

Book Publishing CHUNGEORAM

장랑행로
張郎行路

진패랑 新무협 판타지 소설
FANTASTIC ORIENTAL HEROES

세상을 떨쳐울릴 영웅에게 뼈를 깎는 고난의 계절은 필연!

살수인 아비로 인해 공동파의 하늘 아래 갇힌 장랑.
그리고 그에게 닥친 상상불허의 절세 기연,

『강호잡기총요(江湖雜技總要)』

강호에 떠도는 오만 가지 잡동사니가 총망라되어 있는 서적.
그리고 거기에서는 천하제일검의 검법도 한낱 허접한 잡기일 뿐.
자상한 사부의 배려 아래 끝없는 성장을 거듭하여,
마침내 세상 밖으로 나서는데…

잔혹한 운명에 굴강하게 맞서나가는 장랑의 행로에 가슴 두근거린다.

유행이 아닌 자유추구 —
WWW.chungeoram.com